„... weil ich noch immer an das innere Gute im Menschen glaube.“

Anne Frank

Dank meiner Familie war mir die Möglichkeit gegeben, mehrmals einige Wochen in Bahrain, Dubai und Jordanien zu recherchieren. Kultur und Religion der arabischen Länder sind andersartig, jedoch interessant und faszinierend. Es gibt einen gemeinsamen Nenner des Morgen- und Abendlandes: GOTT!

Großer Dank gilt Flügeln und Spirit des PEGASUS.

Heike Adami

Fenster zur Freiheit

Eine Liebe in Arabien

spiritbooks

Alle im Roman dargestellten Personen und Handlungen sind frei erfunden. Ähnlichkeiten mit lebenden Personen sind reiner Zufall.

Verlag: www.spiritbooks.de
Autor: Heike Adami
Herausgeber: Ulrike Dietmann
Lektorat: Andrea Zieglowski
Umschlaggestaltung: Antje Stephan, www.epona-spirit.de
Umschlagsillustration: Christoph Spengler
Druck und Verlagsdienstleister: www.tredition.de
Printed in Germany

ISBN: 978-3-9815421-9-6

Prolog

Alles war so neu. So anders. Ich konnte mein Glück, in San Francisco zu sein, noch immer nicht fassen. Bis vor vier Wochen durften wir hier in der Urlaubsresidenz von Layla und Abdullah, unseren Freunden aus Bahrain, verweilen. Doch jetzt hatten wir unser eigenes exzellentes Penthouse bezogen. Die neue große Dachterrassenwohnung mit direktem Meeresblick kam mir wie ein Traum vor.

Noch drei Stunden bis zur Eröffnung meiner ersten Vernissage, die erste finanzielle Unabhängigkeit in meiner langjährigen Ehe. Ich fühlte mich von meinen Einengungen befreit. In meiner Laissez-Faire-Hauskleidung lief ich alle fünf Minuten ins Badezimmer, erfrischte mein Gesicht mit eiskaltem Wasser und klopfte mit beiden Händen auf meine Wangen, als wollte ich mich wachrütteln. Aus meinem Traum aufwachen, der vor fast vierzig Jahren begonnen hatte, zum Alptraum wurde und dann zur erstklassigen Realität wechselte.

Das Penthouse sicherte mir den Blick auf die Golden Gate Bridge. Über mein geliebtes Meer hinweg zeigte sich auf der anderen Seite die Künstlerinsel Sausalito. Während ich aus dem Badezimmer kam, rief ich quer durch die Wohnung nach unseren vier Kindern. Den Zwillingsbrüdern Bashar und Ahmet sowie den Zwillingtöchtern Alia und Chayma.

„Wie weit seid ihr? Wir müssen uns fertig machen, wenn wir nicht zu spät kommen wollen!“

„Meine liebe Sophie, wir haben Zeit. Es ist erst vier Uhr. Um sechs Uhr dreißig triffst du dich mit Oiva. Wenn wir gegen fünf Uhr fünfundvierzig fahren, liegen wir wunderbar in der Zeit.“ Latif, mein geliebter Ehemann, erkannte meine Nervosität, die sich in den letzten Stunden verstärkte.

„Ok! Dann mache ich mir noch einen Tee.“ Wie von einem Geistesblitz getroffen unterbrach ich meinen Weg, blieb kurz stehen, setzte die linke Hand in die Hüfte und deutete mit dem rechten Zeigefinger nach oben in den Himmel. „Now we are living in a free world. Ich darf jetzt ein Glas Champagner trinken. Die prickelnde Flüssigkeit der schönen, reifen Weintrauben bekommt mir sicherlich hervorragend.“ Leichten Fußes und beschwingt lief ich in die Küche. Erstmals war sie nach meinem Geschmack eingerichtet worden. Es war das Modernste, was der Markt anbot. Ein weißes Hochglanzmodell von „Let me“. Auf der Arbeitsfläche in der Mitte des Raumes war stets frisches kalifornisches Obst wie Bananen, Trauben und Pflaumen platziert. Die weißen Rosen am Eingang der Küche verzauberten mit einer Frische, die nach Unabhängigkeit und Neubeginn duftete. Glücklich schnupperte ich an dieser Blüte der Liebe. Ihren Sinnesreiz sog ich auf und schwebte zum Kühlschrank. Beim Öffnen schaute ich auf das Meer. Das blaue, ruhige Meer mit seiner endlos erscheinenden Freiheit am Horizont. So oft und wann immer ich wollte, konnte ich es sehen, wenn sich der typische Nebel verzogen hatte. Nicht in früheren Jahren, sondern erst jetzt war ich in meinem Leben angekommen, das von Liebe und Respekt in Freiheit umgeben war.

Aus dem geräumigen Kühlschrank nahm ich eine Flasche meines Lieblingschampagners, der zur Feier des Tages gelagert war, und öffnete sie.

„Upps!“, lachend führte ich ein Glas darunter. Ich wollte möglichst viel von der ausschäumenden, golden-prickelnden Flüssigkeit auffangen. Nervös und aufgeregt tippelte ich ständig mit meinen Füßen auf der Stelle.

„Ausnahmsweise kannst du mir bitte auch eines einschenken, meine Liebe!“, rief Latif mir aus seinem Arbeitszimmer zu. Noch immer konnte er sich nicht von seiner Arbeit losreißen, die jetzt eine andere war. Latif hatte seine große Leidenschaft aus der Studentenzeit in

Amerika, sein damaliges Hobby, zu seinem Beruf gemacht. Er verdiente inzwischen gutes Geld als Jugendtrainer der Baseballmannschaft. Das machte mich sehr stolz. Ich hatte nichts dagegen, dass er seinen Job als Finanz- und Immobilienmakler an den Nagel gehängt hatte. Gleichermaßen erfreute mich seine nun lockere Geste, sich auch ein Glas mit der flüssigen Köstlichkeit zu genehmigen, obwohl der Koran Alkohol verbot.

„Ja, natürlich. Aber nur ausnahmsweise", antwortete ich mit stolzer Stimme, die meine besonderen Gefühle für diesen Tag widerspiegelte. Ein Lächeln zog über mein Gesicht.

Die letzte Stunde vor der Abfahrt verging schnell. Die ganze Familie, auch unsere Maid Angel, war ins neueste Outfit gekleidet. Jeder zeigte sich von seiner schönsten Seite. Der Friseur hatte sein Bestes gegeben. Sogar Angel hatte ihre Haare geföhnt. Sie trug sie offen. Mit dezent aufgetragenem Makeup sah sie ungewöhnlich attraktiv aus. Es war der erste Tag in ihrem Leben, an dem sie sich herausputzte. Ich sah, wie sie sich vor dem Eingangsspiegel drehte und wendete. Sie wollte sich von allen Seiten genau sehen und überprüfen, ob das Bild vor dem Spiegel wirklich zu ihr gehörte. Angel war eine der vielen Maids, die unsere Pforte beschritten hatten. Dennoch war sie nicht irgendeine. Sie war die Maid, die mich in meinen schwierigen Zeiten als Hausfrau und Mutter unterstützt hatte, als sei sie ein Familienmitglied. Unsere Beziehung war stärker als gewöhnlich zwischen einer Maid und ihrer Madame. Ich war sehr froh über ihren Entschluss, mit uns nach San Francisco zu kommen. Es war für mich ein Beweis des Vertrauens und der Anerkennung.

Seit ich mit meiner Familie in Kalifornien lebte und ein Ritual der Indianer entdeckt hatte, das Glück bringen sollte, vollführten wir es bei wichtigen Ereignissen. So auch an diesem Tag vor der Vernissage. Es war zugleich eine Art der Entspannung und des Energieflusses. Dazu fanden wir uns im geräumigen, hellen Foyer des Penthouses ein. Latif, Bashar, Ahmet, Alia, Chayma, ich und Angel standen im Kreis und fassten uns an den Händen. Latif und ich standen uns gegenüber.

Latif im Norden. Ich im Süden. Zwischen uns waren auf der einen Seite Bashar, Ahmet und Alia und auf der anderen Chayma und Angel. Dabei blickten wir uns nacheinander fest in die Augen. Latif und ich eröffneten mit einem Augenzwinkern die Blickkontakt-Runde, die wir nach rechts fortsetzten, bis sich jeder „geblickt" hatte. Diesen Durchgang nahmen wir mit ernstem Gesichtsausdruck vor. Danach bewegten wir uns in kleinen Schritten in die Mitte des Kreises. Wir streckten unsere Arme nach oben, schauten ihnen nach, ließen sie los, liefen wieder auseinander und riefen laut den indianischen Verbindungscode der gereinigten Seelen: „Yuahuaho!"

Alles lief super bis zu dem Zeitpunkt, als wir losfahren wollten. Noch gelassen und entspannt saß ich auf dem Beifahrersitz. Latif hinter dem Lenkrad seines geliebten neuen Cherokee-Jeeps. Die Kinder und Angel saßen großzügig verteilt im hinteren Bereich. Obwohl im Innenraum sehr viel Platz war, fühlte ich mich von Sekunde zu Sekunde unwohler. Zu viele Menschen im für mich zu kleinen Wagen. Meine Nervosität und das Bukett der Düfte steigerten mein Unbehagen. „Latif, wenn wir losfahren, mach sofort die Lüftung an und das Fenster zu. Bitte!"

„Warum?"

„Latif, mach bitte die Lüftung an und das Fenster zu!", wiederholte ich energisch.

„Aber warum, meine Liebe? Du liebst doch den Wind und die frische Luft."

„Wenn die zweihundert Dollar beim Coiffeur für den Wind gewesen sein sollen und ich mir dann gezwungenermaßen ein Tuch um die Haare binden muss, weil es schon zu spät ist, nochmal zum Friseur zu gehen, so mach bitte die Fenster auf", erwiderte ich zynisch, so dass es auch die Kinder vernehmen konnten und zusammenzuckten. Dann legte ich noch drauf: „Oder ist es dir lieber, Latif, wenn ich wieder einen Niqab trage?"

Erstaunt sah er mich an. Das Wort „Niqab" musste auch bei ihm unbehagliche Gefühle geweckt haben. „Ok! Ok! Lassen wir bitte den

Niqab dort, wo er hingehört. Und zwar in Arabien. Aber was ist los mit dir? Es ist doch gar nicht mehr so warm."

„Latif, schalte einfach die Lüftung ein." Neunzehn Jahre verheiratet und noch immer wusste er nicht, was ich brauchte. „Es macht mich wahnsinnig, mit so vielen in einem Auto zu sitzen", sagte ich entnervt, „auch wenn die Fahrt noch so kurz ist. Außerdem gibt mir der Duftmix aus Armani, Joop, Adidas und weiß ich was den Rest, sodass die Entspannung hin ist."

Der automatische Fensteröffner arbeitete mir nicht fix genug. Ich drückte mit meinem rechten Zeigefinger fester drauf in der Hoffnung, er ließe sich schneller öffnen. Aber am Ende schmerzte nur der Finger. Kurzatmig und genervt schmiss ich meine Haare zurück. Meinen Kopf hängte ich wie ein Pudel aus dem Fenster. Eine Windbö blies mir ins Gesicht, sodass ich das Gefühl hatte, an meinem eigenen Atem zu ersticken. Es war eine kontroverse Situation, in die ich mich selbst gebracht hatte. Aber ich konnte nicht anders. Ich hatte mich in die Verfassung hineingesteigert und sah mich gezwungen, das Fenster zu öffnen. Latif hantierte immer noch mit dem Schlüssel herum. Mein krebsroter Hals zeigte meine innere ungelebte Energie, die deutlich durch laute Worte zum Ausbruch kam. Ich schimpfte. Es wurde still.

Bashar erkannte die Situation. „Gut! Dann fahren Ahmet, Chayma, Alia, Angel und ich im Jeep und ihr nehmt unseren Mercedes C300, Mum. Damit ist der Geruch für dich entschärft und wir haben alle Platz."

„Du bist ein guter Junge. Ich weiß, was ich an dir habe", sagte ich lächelnd zu Bashar. Zufrieden schloss ich mein Fenster.

Latif und ich mussten den Wagen wechseln. Dennoch war die Idee brillant. Ich konnte mich auf Bashar verlassen. Er würde ein guter Chauffeur sein.

In unserer Luxuskarosse, die sich Latif von einem minimalen Teil des Immobilienerlöses geleistet hatte, nahm ich eine entspannte Sitzposition ein. Ich zupfte an meiner Kleidung – einer schwarzen Hose im Marlene-Dietrich-Stil. Falten wollte ich verhindern. Ich klappte den

Makeup-Spiegel herunter, betrachtete mich und stellte fest, dass einzelne Härchen der Augenbrauen nicht korrekt in der Wuchsrichtung lagen. Ich feuchtete meinen rechten Zeigefinger mit etwas Speichel an und strich von der Mitte nach außen über beide Augenbrauen.

Die Augen öffnete ich ganz weit, um leichte Verklebungen an den Wimpern zu lösen. Mein Blick ging zu den Lippen. Das Magenta des Lippenstiftes stach mit seiner Leuchtkraft und dem Glitzerglanz besonders hervor. Noch immer hatte ich die Angewohnheit aus meiner Stewardessen-Zeit und meinem Leben in Bahrain, alles müsse perfekt an mir sein. Doch arbeitete ich daran, diese Oberflächlichkeit loszulassen. Mein Hals hatte wieder seine natürliche Farbe angenommen. Meine Atemnot und Halsverfärbung als Erscheinung der inneren Unruhe kamen immer dann, wenn ich das Gefühl hatte, die Enge eines Käfigs zu erleben. Die extremen Zeichen der Platzangst traten stets in Verbindung mit dem Gefühl der verlorengegangenen Freiheit auf, so wie es oftmals in Bahrain gewesen war – Beklemmungen und Angstzustände. Ich musste den Raum verlassen. Mit der Vorstellung, die Weite des Meeres zu sehen, atmete ich langsam und gleichmäßig, um Ruhe in meinen Körper zu bekommen. Latif war losgefahren und hatte die Lüftung angemacht.

Mit meinen Augen glitt ich weiter zu meinem Blusenkragen. Mir schien, als sei er schon wieder verrutscht. Ich stellte ihn mit beiden Händen korrekt über den schwarzen Kragen des Anzugblasers auf. Zufrieden lächelte ich mich in meinem smarten Makeup-Spiegel an. Der Rücken des weichen Ledersitzes gab einen angenehmen Halt. Ich bewegte meine Zehen und drehte die Füße in den neuen roten Schuhen mit den sechs Zentimeter hohen Absätzen. Um zu spüren, wie sich meine Füße fühlten, versetzte ich mich in sie hinein.

Sie sagten zu mir: „Oh, das ist ein neues Gefühl. Die Fersen sind so weit oben und die Zehen dort unten! Es ist wie auf einer Rutschbahn. Ständig haben wir das Gefühl, es geht was. Es bewegt sich was. Ungewohnt, schön und macht neugierig.“ So wie in meinem Leben. Ich sah und fühlte mich wieder perfekt. Ich ließ mich entspannt in den

„Alles super! Brillant! Mit Blick auf die Skyline. Nur der blaue Himmel fehlt“, stellte Imke fest.

„Unser Glückskind soll noch eine Erinnerung an unser Land haben. Sonst vergisst sie uns hier“, witzelte Faruk.

Layla nahm meine Hand und sagte: „Mashallah, meine liebe Sophie. Was Gott wünscht, wird geschehen.“ Ihre Stimme versprühte Warmherzigkeit. Ergriffen erwiderte ich ihren Händedruck.

Die lustige Runde stand im Kreis. „Wie in alten Zeiten“, dachte ich und zog Oiva heraus.

„Oiva, du glaubst nicht, wen ich an einer Ampel im Nachbarauto gesehen habe.“

„Komm, sag schon. Mach es nicht so spannend.“ Oiva schaute auf meine Hände. Erst da bemerkte ich, dass ich sie aneinander rieb.

„Du bist ganz aufgeregt. Doch nicht etwa dein Konversationskompagnon von damals, der dich nach New York mitnehmen wollte?“

„Nicht so laut! Sprich leiser, bevor einer mithört. Das wäre ganz und gar unbrauchbar.“

„Wie hieß er noch gleich?“

„Jean“, flüsterte ich und lächelte dabei hinüber zu Latif, der gerade den Blick zu mir gefunden hatte.

„Und jetzt?“

„Wie? Und jetzt! Nichts und jetzt! Wir fuhren geradeaus und er bog rechts ab.“

„War er allein im Wagen?“ Oiva zeigte mit ihrer Stirn, die in Falten gezogen war, fragende Neugierde.

Ich schaute sie mit hellem Lachen an und tat so, als wäre es ein witziges Gespräch. „Nein! Eine Frau saß neben ihm. Aber frag nicht, wie sie aussah. Ist mir auch egal.“

„Ist es dir wirklich gleichgültig?“, bohrte Oiva nach.

„Glaube mir, ich habe jetzt das, was ich immer wollte. Die Kinder sind wohlauf. Zwischen Latif und mir hat sich alles vorzüglich entwickelt. Endlich leben wir in Freiheit ohne roten Sand und hohe Mauern. Ich werde mir das nicht zerstören.“ Ich hob zur Bekräftigung die rechte Hand und ergänzte: „Und nicht zu vergessen, ich habe jetzt, dank dir, meine finanzielle Unabhängigkeit."

„Na, dann ist ja alles in Butter auf dem Kutter. Komm, lass uns ein Glas Champagner holen." Arm in Arm gingen wir hinüber zu unseren Freunden.

Alle aus der Kunstszene waren gekommen. Die Neureichen und die an „Multikulti" und freier Kommunikation Interessierten. Zumindest taten sie so, um Champagner, Rotwein, Bier und Fingerfood ergattern zu können. Die Damen waren im kleinen Schwarzen oder im modisch-farbenen Langen gekommen. Mit Kopfschmuck und ohne. Die Herren in legeren Jeans mit Sakko und aufgemotzt mit erfrischendem Parfümduft.

Der Ausstellungsraum war voll. Übervoll. Die Menschen drängten sich, die Bilderwelt einer Familie aus dem Orient zu sehen. Die Verbindungen zwischen Christen, Moslems, Israelis und Buddhisten kennenzulernen. Plausch und Smalltalk erhöhten den Geräuschpegel.

Als ich durch die Menge ging, spürte ich die Lebendigkeit der Menschen. Begriffe wie Koran, Bibel, Abaya und die moderne Welt drangen an meine Ohren. Sie diskutierten über ein Leben unter Moslems.

„Wow! Ist nicht toll, wie viele Menschen gekommen sind? Schau, sie sind alle deinetwegen da." Oiva drehte ihren Kopf in alle Richtungen.

Ich achtete nicht auf die Vielzahl der Gäste. Meine Blicke gingen durch den großen, hellen Raum. Jedes Bild war so beleuchtet, dass die Botschaft des Fotos im Fokus stand. Ein Bild fiel mir ins Auge – die verschleierte Schiitin in der schwarzen Abaya vor brennenden Autoreifen. Eine Momentaufnahme der Revolution.

Es gab kein Licht, das den Raum komplett beleuchtete. Das machte die Ausstellung so interessant und eindeutig. Nichts sollte vom Wesentlichen der Fotos ablenken. Die weißen Wände unterstützten den Ausdruck der Bilder. Eine farbige Wand hätte zu sehr abgelenkt. Das wollte ich nicht. Die Reinheit in der Aussage eines jeden Bildes zu bekräftigen, war mir wichtig. Als I-Tupfen hatte ich mich entschieden, die Einheit mit roten Bistrotischen und türkisfarbenen Stühlen zu konfrontieren und so der absoluten Schlichtheit entgegenzuwirken.

Zum ersten Mal seit vielen Jahren spürte ich wieder das Gefühl der Selbständigkeit in mir. Bei dem Gedanken, dass alle gekommen waren, um meine Ausstellung zu sehen, bekam ich Gänsehaut. In diesem Moment war ich überwältigt. Diese Bilder repräsentierten, dass ich meine Vergangenheit hinter mir gelassen hatte und nun in einer anderen Gegenwart lebte. Ich atmete tief durch, zog die Schultern nach hinten, warf meine Haare mit einem Kopfkick nach links zurück und richtete mich bewusst gerade auf.

„Oiva, die Ausstellung ist dir sehr gut gelungen."

„Nein, meine Liebe. Nicht mir. Sieh genau hin. Es sind deine Bilder. Sie sind alle zu dir gekommen", unterbrach mich Oiva und klopfte mir ermutigend und voller Achtung auf die Schulter.

Ich blickte in Oivas Augen, brachte ihr ein Lächeln entgegen und sagte: „Lass uns anstoßen. Das ist ein Gefühl, das wie Öl herunterläuft." Voller Genuss nahmen wir einen Schluck vom gut temperierten Champagner.

„Aber du musst schon zugeben, Oiva, ohne deine Sammlung wäre keine Vernissage zustande gekommen. Ahnte ich, dass du auf solch eine Idee kommen würdest? Ich glaube, ich hätte dir kein einziges Bild zukommen lassen. Ich hätte vielleicht draufkommen können, als du besondere Bilder in größerem Format mit der Post haben wolltest."

„Da siehst du, wie wichtig es ist, nicht alles zu wissen. Du musst nur Geduld haben."

„Diesbezüglich bin ich in meiner Ehe intensiv gefordert worden." Mit einem Kopfnicken bekräftigte ich meine Antwort.

„Aber schau, Sophie, alles hat sich gelöst", grinste Oiva.

„Inshallah!" Wir ließen uns den Champagner schmecken.

Oiva sah auf die Uhr. „Drei Minuten vor Sieben. Lass uns die Vernissage eröffnen."

Die Lichteinstellung wurde neu geregelt. Der große Moment war gekommen, in dem ich mit Oiva im Rampenlicht stand. Stille verbreitete sich. Oiva begrüßte die Anwesenden. Sie wies auf die asketische Beschriftung der Fotos hin, mit der wir eine offene Ausstellung mit freiem Gedankenfluss zum Leben einer Multikulti-Familie im Orient zum Ausdruck bringen wollten. Abschließend lud Oiva die Gäste zum Fingerfood-Buffet ein, das aus arabischen und italienischen Tapas bestand. Mit einem freundlichen „Inshallah" beendete sie ihre kurze und stark gestikulierte Begrüßung.

Während ihrer Rede fühlte ich großen Stolz in mir. Mir wurde bewusst, an welcher Stelle ich nun stand. Viel zu lange hatte es gedauert, bis ich am richtigen Zug war. Ich hatte alles erreicht. Meine Kinder, die inzwischen zu Teenagern herangewachsen waren, strahlten mich in diesem Moment mit großer Freude an. Ihre Augen verrieten gefühltes Glück. Sie grinsten um die Wette. Sie waren beeindruckt von der Bildershow und den vielen Gästen, die gekommen waren, um Interesse an ihrem Leben zu zeigen. Latif stand zu meiner Rechten und zwinkerte mir mit einer bei ihm ungewöhnlichen Leichtigkeit zu. Obwohl wir auseinander standen, konnte ich die Wärme, die unsere Familie verband, spüren. Meine Seele fühlte sich zuhause.

Oiva war nicht nur eine große Hilfe bei der Organisation und den Vorüberlegungen zur Vernissage. Sie machte auch jetzt ihre Sache spitzenmäßig. Zufrieden lächelte ich in die bunte Runde.

Die Beleuchtung der Ausstellung wurde so eingestellt, dass wieder die Bilder im Fokus des Scheins standen. Diese Beleuchtung brachte Geborgenheit und Ruhe in den Raum. Ein leichtes Wohlfühl-Gefühl verbreitete sich. Die Stimmen wurden leiser, die Geräusche gingen zurück. Lounge-Musik ertönte im Hintergrund aus den Lautsprecherboxen.

Bewusst hatte ich mein persönliches Parfüm, ein Duft nach arabischem Frühling aus hochwertigem Adlerholzöl, im Raum verteilt. Ich hoffte über den Geruchssinn die Sensibilität des Unterbewusstseins der Gäste anregen zu können. Die Veränderung im Land, in meiner Familie und besonders in mir sollte förmlich in der Luft liegen. Die weißen Lilien am Eingang sowie der Wasserbrunnen mit dem großen grün-violetten Fluorid in der Mitte des Raumes unterstützten den Energiefluss.

Mein Blick schwebte über die Bilder, an denen ich vorbeiging. Unterschiedliche Emotionen – des Lachens, Staunens und In-mich-hinein-Schmunzelns – lösten sie bei mir aus.

Schwarz-Weiß-Fotografien hingen meist ohne Kommentar an den Wänden, gedacht als Selbstfindung und Anregung zur Diskussion. Eine offene Ausstellung sollte es sein, bei der die Besucher über den Koran, den Glauben, die Unterschiede und Gemeinsamkeiten westlicher und arabischer Kultur sowie die Welt im Allgemeinen zum Nachdenken aufgefordert waren.

I. Kapitel

Das Bild mit den dunklen Holzwänden, der holzverkleideten Decke in dem schmalen Gang und dem düsteren Licht hatte mich ganz besonders angesprochen. Nach all den Jahren konnte ich es mit Abstand ansehen. Meine Gefühle von damals, der Groll und die Einsamkeit waren nicht mehr vorhanden. Trotzdem verstand ich noch immer, dass zu jener Zeit diese Emotionen mein Leben beherrscht hatten und es dazu führte, meinen Weg zu gehen.

Je länger und genauer ich das Bild betrachtete, desto mehr verstummten die Geräusche um mich. Ich sah, wie Bewegung in die Fotografie kam. Wie die Personen in der damaligen Wohnung gestikulierten ...

... Es war an meinem 13. Geburtstag. Ich war mit meiner Schwester Frances aus der Schule nachhause gekommen und hatte die Haustür aufgeschlossen. Laute Stimmen waren durch die Wohnung gedrungen. Ein großes Durcheinander von Frauenstimmen und Mädchengeschrei. Wir hatten uns angesehen. Frances zuckte mit den Schultern. Sie wollte von allem nichts wissen und schloss sich auf der winzigen, fensterlosen Toilette ein.

Der Flur mit seinen Holzwänden ließ den Raum dunkel und klein erscheinen. Die Garderobe zur Linken quoll wie immer von Jacken und Mänteln über. Zwei davon waren mir fremd.

Die Tür zum Wohnzimmer lehnte nur an. Ein Hineinspähen war möglich. Die Stimmen überschlugen sich. So einen hektischen Umgang miteinander hatte ich zuvor nie in dieser eskalierten Form erlebt. Ich wurde unruhig und neugierig zugleich.

Meine Stiefmutter hielt ihren geliebten Sohn beschützend fest. Ihnen gegenüber stand eine andere Frau mit einem rothaarigen Mädel, das das ganze Wohnzimmer zusammenschrie, so dass das Geschirr zu klirren anfing. Die Frau, die hilflos neben ihr stand, erkannte ich als meine Mutter und das schreiende Etwas musste meine Halbschwester sein. Mein Herz pochte, als wolle es herausspringen. Meine Kehle schnürte sich zu. Nie war meine Mutter da. Ausgerechnet heute an meinem Geburtstag, an dem Vater mit mir und Frances zum Italiener gehen wollte, da kam sie. Sie wusste sich in Szene zu setzen. Die zwei Frauen keiften sich an. Meine Mutter in englisch-deutschem Kuddelmuddel und meine Stiefmutter im Kostüm deutscher Sekretärinnen-Sprache. Dazwischen stand das brüllende Kind. Feindlicher konnte die Situation nicht sein.

Und was machte mein österreichischer Vater? Mit gesenktem Kopf saß er auf einem Stuhl zwischen beiden gegeneinander zischenden Frauen. Einer Mutter, die nicht erreichbar war und einer Stiefmutter, die mir und Frances gegenüber keine Muttergefühle zeigte. Solche Situationen hatte ich satt. Ich wollte raus aus diesem Leben in der Patchwork-Familie. Aus diesem muffigen, spießigen Dasein.

Die Sonne strahlte in das Zimmer zwischen die Personen. Deutlich war die dicke Luft im Raum zu spüren. Ich schmiss meine Schultasche in die Ecke, riss wieder die Haustür auf, zog sie voller Wucht hinter mir ins Schloss und rannte davon. Weg!

Die viel zu oft wechselnden Familienkonstellationen mit zwei oder mehreren Kindern, die meine Schwester und ich nie zuvor gesehen hatten und mit denen wir in einer Fünf-Zimmer-Altstadt-Wohnung leben sollten, waren zeitweise unerträglich.

Oft hatten Frances und ich uns dem Familiengehabe entrissen, indem wir unsere freie Zeit zusammen außerhalb verbracht haben. Wir liebten die friedliche Natur. Stunden spazierten wir durch Feld und Wald mit ihrem erquickenden Duft nach frischem Grün. Wir tollten über bunte Wiesen mit gelbem Löwenzahn und rotem Mohn, legten uns dazwischen und sahen in den blauen Himmel. Wir beobachteten die Wolken, wie sie in der Ferne ihre Form vom Dinosaurier über Hasen zu einem Halbmond veränderten. Mit unseren Augen verfolgten wir den Flug der Vögel. Wie sie hoch hinaus zogen und unserer Sicht entkamen. Rege wehte der Wind durch unser langes Haar und brachte uns den Duft der kleinen Blumenblüten.

So kam es, dass wir die besten Freundinnen waren. Doch dies fiel mir zu jener Zeit überhaupt nicht auf. Ich hatte meine Freundin immer um mich. Ich musste sie nie suchen oder anrufen. Frances war stets für mich da und ich für sie. Durch unsere häufig wechselnden Familienmitglieder wurde das bestärkt und schweißte uns zusammen. Wir wussten, wir konnten uns aufeinander verlassen. Wir schlossen den Bund gegen den Rest der Welt. Besuchten die gleiche Schulklasse, hatten den gleichen Beruf gewählt und waren dann doch weiter getrennt, als wir je dachten und uns lieb war.

Nach der Ausbildung zur Hotelfachfrau wurde ich Flugbegleiterin. Frances lernte Bürokauffrau und wurde später ebenso Stewardess. Wir wollten der heimischen Begrenzung entfliehen und uns in die große Freiheit der weiten Welt über den Wolken stürzen. Offen für das Neue, das keiner kannte, zogen wir hinaus. Während ich meinen Weg bei Gulf Air ging, arbeitete Frances bei einer japanischen Fluggesellschaft. Dort lernte sie ihren israelischen Mann, Oz, kennen.

Ich sah ein Bild, das Frances, Jonah und mich am Strand des Toten Meeres in der Nachmittagssonne zeigte. Wundervolle Urlaubstage hatte ich bei meiner Schwester mit Familie in Ramallah verbracht. Es war das Abschiedsbild, bevor wir mein Reisegepäck aus Frances´ Wohnung holten und ich wieder zurück zu meinem Dienst nach Bahrain musste ...

... Jonah war eineinhalb Jahre alt, launisch und auf seine Mutter fixiert, aber ein süßer Fratz. Mit seiner karamellartig sonnengebräunten Haut und den braunen Augen seines Vaters hatte er schon als Baby das gewisse Etwas. Er wusste, wann und wie er sein herzliches Lächeln über sein weiches Gesicht ausbreiten musste. Frances war wieder im vierten Monat schwanger. Sie war glücklich.

Oz hatte einen athletischen Body, war groß, hatte dunkelbraune Haare und braune Augen. Frances hatte ihn als Pilot kennen- und lieben gelernt. Doch er wollte zum israelischen Geheimdienst wechseln und das missfiel ihr. Er hatte die besten Referenzen und so bestanden ausgezeichnete Chancen, den Job mit dem doppelten Gehalt zu bekommen. Selbstverständlich wünschte ich das Beste für ihr Leben, doch kümmerte mich dieser Konflikt weniger.

In unserer Urlaubszeit war die Stimmung prächtig. Jeder ließ seinen Humor spielen. Wir gingen gemeinsam shoppen und tranken danach Kaffee auf der Juweliermeile von Ramallah, so nannte Frances die Straße mit Flair im offensiven Israel. In den Häusern wechselten Restaurants und Cafés einander ab. Dennoch trug jeder Tag den Schein von Normalität, von dem Jonah nichts mitbekam. Ich sah ihm an, dass er sich in seinem Buggy wohlfühlte. Seine Augen strahlten mir entgegen. Aus vollem Herzen lachte er, wenn wir die Straßenlöcher rasend schnell umfuhren. In Schlangenlinien oder in Bewegung wie bei einer Autoskooter-Fahrt bahnten wir uns den Weg an den bombardierten Häusern vorbei. Die Häuser ohne Wände präsentierten ihr Inneres. Die Toilettenschüssel, die Küchenzeile, der Fernseher und vieles mehr waren zu erkennen. Ein alptraumartiger Anblick! Die Auswirkungen der Auseinandersetzung zwischen Israelis und Palästinensern. Dank Jonah gelang es uns, nach vorne zu blicken und die Bilder als Ergebnis der angewandten Gewalt vorbeiziehen zu lassen.

Frances liebte ihren Mann und so hatte sie die Kraft, um über das Leid im Land hinwegzusehen. Sie hatte ihre Freundinnen. Sprach fließend Hebräisch und schien sich wohlzufühlen.

Die Urlaubstage vergingen schnell. Das Entspannungsbad im salzhaltigen Toten Meer hatte mir die Leichtigkeit des Seins verliehen. Ich lag auf dem Wasser, ließ mich treiben und blickte in den blauen Himmel. Ich schob das Grauen des Krieges, die Toten weg. Alles war wunderbar. Doch dann kam der Abschied.

Durch das gekippte, schmale Fenster der kleinen Küche schien die Morgensonne, deren Strahlen den Raum erwärmten. Ein sanfter Hauch des Windes erfrischte die Luft, in der noch der Geruch von angebranntem Spiegelei steckte.

Frances stand vor der vollgepackten Arbeitsfläche. Das Geschirr vom Frühstück mit den Essensresten versperrte den Platz. Kurzerhand stellte sie alles in die Spüle und wischte die Fläche feucht ab. Aus der mit frischen israelischen Datteln und Früchten gefüllten blauen Schale nahm sie Apfelsinen, Zitronen, Sabres und Limetten und presste einen Multivitaminsaft. Dabei klammerte sich Jonah an ihre Beine. An mich gerichtet sprach sie mit leicht beklommener Stimme. Ich kannte Frances. Es war der dumpfe Tonfall, der ihr immer dann aus der Kehle kam, wenn sie Traurigkeit unterdrücken wollte.

„Ach, meine Liebe. Trauern wir nicht der Zeit nach. Wir haben es uns schön gemacht. Du siehst absolut erholt aus. Wenn dein Chef dich so sieht, wird er dir noch weniger freie Tage gönnen." Ich meinte, ein Schmunzeln im Klang zu hören.

„Du machst mir Spaß. Glaube mir, tausendmal lieber würde ich hier bleiben, als in diesem Kostüm zurückzugehen und die Dienerschaft der gutbetuchten Familien in Arabien zu bedienen." Ich richtete den Kragen meines cremefarbenen Blazers. Diesmal musste ich in Arbeitskleidung fliegen, denn ich hatte alle mögliche Zeit bei Frances ausgeschöpft und musste den letzten Flieger nehmen. So blieb mir keine Minute zum Kleider wechseln. Nach der Ankunft in Bahrain sollte ich gleich meinen Dienst, einen Flug in den Libanon, antreten. Ich dachte, die wenigen Flugstunden würde ich schon irgendwie überstehen. Dennoch wusste ich auch, dass es keine gute Idee war, in Tracht zurück zu fliegen. Ich nahm einen großen Schluck von dem herrlich frischen Saft, den Frances mir im Glas gereicht hatte, und drehte mich von ihr weg. Mein Blick ging gezielt hinaus aus dem Fenster. Der Wind brachte mit der Luft eine leichte Salzbrise herein. Ich spürte das Meer auf meiner Haut. Meine Gedanken flogen durch mein Leben und meine Arbeit.

Mein Flugplan konzentrierte sich auf die asiatischen Länder und Indien. Auf den Flügen bediente ich Driver, Maids, Privatlehrer. Es waren Angestellte, die das Leben der reichen Familien vereinfachen sollten. Manchmal kam mir der Gedanke, sie würden speziell das Ventil ihrer Unhöflichkeit, die sie von ihren Sirs und Madames erfuhren, gegenüber uns, dem Flugpersonal, öffnen. Ihre Blicke sprachen Bände. Sie schikanierten uns. Während des Essens flog das auf den Boden, was sie auf dem Teller unvorsichtig hin- und herschoben. Am Ende rülpsten sie aus vollem Bauch. Ihr Schweiß, der schon den Raum beherrschte, wurde auf diese Weise durch ihren Eigengeruch aus Tabak, Nelken, Zimt und Curry intensiv unterstützt. In ihren Gesichtern stand mehr als Genugtuung, wenn sie wegen einer Cola mitten in der Nacht um drei Uhr nach uns klingelten. Und wieder und wieder.

Wir, die Crew, hatten auch in diesen Ländern ein oder zwei Tage frei, an denen wir durch die Städte zogen und die billigen Double von Schmuck und Gucci-Taschen kauften. Das exotische Grün der einzelnen Länder spendete eine herrliche Augenweide mit viel Sauerstoff. Keine meiner Schulfreundinnen war je dorthin gereist. Ich habe viel gesehen. Auch den Spaß in der Crew nicht zu vergessen. Aber nun war ich an einem Punkt angekommen, an dem sich etwas ändern musste. Und dann war da die Geschichte mit Latif. Meine Entscheidung, ob ich mich von ihm trennen und nach England gehen sollte, stand noch in den Sternen.

Während ich hinausschaute, sagte ich zu Frances: „Weißt du, wenn ich dein Familienglück in dieser wohnlichen Idylle am Meer sehe, dann beneide ich dich."

„Du hast doch deine Unabhängigkeit. Jonah hält mich genauso wach, wie dein Job dich."

„Schon, aber du musst nicht während der Arbeit dieses verschleierte Kostüm tragen." Ich zeigte auf meinen Hut mit Schleier, der das

Gesicht bedecken sollte. „Und in der Hitze musst du auch nicht Menschen bedienen, die dich nicht verstehen und du sie nicht. Wenn ich doch nur andere Flüge bekäme. Weißt du, einen von denen, die nach New York, Tokio oder London gehen."

„Sprich doch noch mal bei deinem Chef vor." Frances versuchte mich zu motivieren.

„So oft, wie ich das schon gemacht habe, fehlt mir inzwischen die Lust, wieder nachzuhaken."

„Du musst am Ball bleiben."

Ich schwieg, sog den Blick auf und drehte mich zu ihr. Das leere Glas stellte ich zu dem anderen Geschirr in der Spüle. „Der war echt lecker."

„Der hat dir jetzt die Power für das Vorsprechen beim Chef gegeben." Mit einem Lächeln schaute sie mir in die Augen.

Inzwischen saß Jonah auf ihrem Arm. Sein Gesichtsausdruck zeigte ein interessiertes Zuhören. Leichte Traurigkeit stand in seinen Augen. Er spürte wohl, dass ich ging. Ich öffnete meine Arme. Die Einladungsgeste nahm er gleich auf und streckte sich mir entgegen.

„Komm, mein süßer, kleiner Knoddel! Lass dich nochmal drücken und gib Tante Sophie einen Kuss." Mir war bewusst, es würde lange dauern, bis ich ihn wiedersähe. „Beim nächsten Treffen wirst du richtig gut gewachsen sein."

Jonah drückte mich, seine Tante Sophie, mit den kleinen Ärmchen. Verwundert schaute er mich mit seinen rehbraunen Augen an, so, als ob er mich verstünde. Da ich ihn nochmals lachen sehen wollte, schaukelte ich ihn mit leicht angewinkelten Armen vor meinem Körper durch die Luft. Das mochte Jonah, weil seine braunen, glatten Haare durch den leichten Wind hin und her wirbelten. Somit hatte er seine Freude und ich sein Lachen in mein Herz aufgenommen.

„Jetzt müsst ihr aber aufhören, denn sonst verpasst du noch den Bus. Das ist sowieso schon der letzte, bevor dein Flieger geht", sagte Frances und nahm Jonah aus dem Schwung, so dass er voller Freude zu ihr hinüberflog.

„Ok! Ok!“

„Ich habe das Taxi bestellt. Es müsste gleich da sein“, sagte Frances, während Jonah sie umschlungen hatte.

„Den Koffer habe ich gepackt. Meine Tickets für den Bus und den Flieger sind in meiner Tasche.“

Nachdem Frances Jonah in sein Bettchen gesetzt hatte, gingen wir aufeinander zu und umarmten uns inniglich. Es war eine intensive Beziehung mit starken Schwestergefühlen, die uns in all den Jahren zusammenhielt. Wir trugen Freud und Leid gemeinsam. Traurigkeit überfiel uns. Langsam lösten wir uns aus der Umarmung. Unser überzogenes Lachen hatte seine eigene Melodie. Dennoch sprachen die glänzenden Augen für sich.

„Wir können es nicht verbergen ...“

„Müssen wir auch nicht“, ergänzte Frances, meine geliebte Schwester. Sie rieb sich ihre Augen, aus denen Tränen flossen, die auch ich weinen wollte. Doch ich kaute fleißig auf meinem Minzkaugummi, der mir darüber hinweg half.

„Wir telefonieren wieder, wenn ich mit meinem nächsten Flug in Bombay bin.“

„Ja, super. Wir bleiben auf jeden Fall irgendwie in Verbindung.“

„Auf jeden Fall!“

Dann klingelte es an der Tür – das Taxi.

„Ich gehe alleine hinunter. Bleib du bei Jonah hier oben. Grüße Oz. Und lass es dir gut gehen.“

„Ja, mach ich. Und nimm du deine Bediensteten-Flüge easy.“

„Ok! Ich versuche es.“ Ich nahm mein Gepäck und ging die Treppen hinunter. Das Taxi stand genau vor der Eingangstür. Der Taxifahrer begrüßte mich mit etwas, das er in seinen Bart murmelte, und lud mein Gepäck in den Kofferraum. Ein letztes Mal drehte ich mich zum Haus und schaute nach oben zum dritten Stock. Aus dem geöffneten Küchenfenster sahen sie mir nach. Jonah saß auf Frances` Arm. Er streckte mit einem weinerlichen Gesicht seine Arme nach mir aus. Sein unüberhörbares Schreien sollte mir noch Stunden danach in den

Ohren liegen. Frances versuchte zu schmunzeln und hatte mir abermals zugewinkt. Ich stieg in das Taxi. Aus meiner Handtasche zog ich einen Handspiegel, in dem ich mich verwundert ansah. Nun hatten wir es geschafft, was wir beide nie mochten. Meine Tusche war von den Kullertränen verlaufen. Meine Maske war zerstört. Gefühle der Einsamkeit stiegen empor. Es war einer der Momente in meinem Leben, den ich hasste, den ich nicht bedacht hatte, als ich mich für den Beruf Stewardess entschied.

Das Taxi fuhr mich zu dem bekannten Abfahrtsplatz in der ausgedörrten Einöde, um mit dem Bus zum Flughafen in Jordanien zu kommen. Der Himmel war stahlblau. Die Sonne knallte bestimmt ihre neununddreißig Grad herunter. Diese trockene Hitze, in der ich nun in einem uralten Bus ohne Klimaanlage mit geschlossenen Fenstern durch die trockene jordanische Landschaft fahren musste, war mir zuwider. Auf den Sitzen haftete der Schweiß der letzten drei Jahre.

Weit und breit stand kein Gebäude. Keine Oase. Nur Wüste. Soweit mein Auge schauen konnte, sah es nach einem Gott verlassenen Land aus.

Ich wusste, was auf mich zukam. Meine Mitfahrer waren zahnlose Männer mit Vollbart, dessen Intensität möglicherweise nicht nur Gebisslücken überdecken sollte. Die Anzahl und Tiefe der Gesichtsfalten ließen ein Alter vermuten, bei dem ich mir schwer vorstellen konnte, eine solche Reise noch durchzuführen. All das schien sie nicht daran zu hindern, das für sie unbekannte weibliche Geschöpf langanhaltend anzustarren. Sie gafften. Ich musste es erdulden. Egal, was ich trug. Ob freizügig, was ich natürlich nie ausprobierte, oder bedeckt. Es genügte, keine Abaya zu tragen und als Frau alleine unterwegs zu sein. Jedes Mal wurde ich von solchen arabischen Wesen schaurig gemustert.

Am Bus standen bestimmt vierzig Menschen. Fast nur Männer mit langem Vollbart in dunkler Kleidung und kleinem Handgepäck. In ihren Augen schimmerte der finstere Blick des Missmutes. Ich stellte mich an, stieg ein und ging am Fahrer mit dunkler Sonnenbrille und schwarzen Haaren vorbei.

Wieder fuhren viel zu viele Menschen mit, so dass die Luftzusammensetzung drittklassig wurde. Sie war erdrückend. Meinen Atem versuchte ich durchgängig flach zu halten, um zu vermeiden, Bakterien oder überflüssige Abgase einzuatmen, die im Bus ständig aufs Neue entstanden und ihre eigenen Gerüche zutage brachten. Wie so oft waren diverse Gewürze und Tabak die Hauptbestandteile dieses Buketts.

Mit meiner Sonnenbrille verdeckte ich mein Gesicht. An dem hochgestellten Kragen konnte ich mein neues Parfüm schnuppern, um meine Überlebenschance zu erhöhen. Die Menschen redeten laut und viel.

Der Bus setzte sich schwerfällig in Bewegung und holperte voran. Zwei Stunden durch das jordanische Gelände zum Flughafen standen mir bevor. Erfreulicherweise war mein Nebenplatz von einer Frau besetzt, die nicht ganz so manifest blickte wie die Männer.

Mit freundlichem Lächeln sah ich sie an und sagte: „Hi, heute ist der Bus wieder überfüllt. Es wird eine hitzige Fahrt werden.“ Die Fremde gab kein Wort von sich. Unsere Verbindung bestand einzig aus einem Lächeln.

Um mich abzulenken, dachte ich an die schönen Tage bei meiner Schwester zurück. Eine Familie, die mir fehlte. Das spürte ich von Zeit zu Zeit und insbesondere dann, wenn mein Job, auf den ich mich in meinen Jugendjahren erwartungsvoll gefreut hatte, nervte, weil ich in den Flugzeugen nur undankbare und verständnislose Dienerschaft bediente. Das war nicht das, was ich mir unter dem Beruf Stewardess vorgestellt hatte. Wäre da nicht die Crew gewesen, die mir das gab, was mir sonst fehlte: Verständnis, Zugehörigkeit, Freude, Spaß. Wir waren wie eine große, erwachsene Familie.

Ich hatte die Augen geschlossen und sog ACDC durch meinen Oki-Doki, meine „Ohrenstöpsel-Musik“, ein. Ich verdrängte die Umgebung, in der ich mich befand, sah die grimmigen Gesichter nicht und roch keinen aufdringlichen Schweiß. Ich hielt mich in meiner eigenen freien Welt auf.

Doch dann, nach vielen Kilometern in der Wüste Jordaniens, durch das Gebiet, in dem Jesus vor über zweitausend Jahren wanderte und predigte, stoppte der Bus. Ein Kontrollpunkt. Die Tür wurde geöffnet und die trockene Hitze drang ungehindert in den überfüllten Bus.

Zwei Männer in Armeekleidung und mit Gewehren kamen herein. Sie sahen streng und unbeirrt in die Runde. Mit schweren Schritten gingen sie durch den Bus und starrten aus ihren dunklen, tiefliegenden Augen eindringlich in die der Buspassagiere.

Jeder musste seinen Ausweis vorzeigen. Nur bei wenigen schauten sie genauer hin. Sie kamen näher und standen dicht vor meinem Körper. Beängstigend. Mein Magen rollte sich zusammen. Mir wurde übel, und das aus gutem Grund. Meinen Herzschlag konnte ich im Hals spüren. Verunsichert und nervös suchte ich in meiner Tasche. Doch ich wusste, ich würde nichts finden und hoffte auf eine freundliche Eingebung seitens der Soldaten. Mit zittrigen Händen streckte ich ihnen den Ausweis, in dem keine Siegel von Bahrain oder Israel waren, entgegen. Das war lebensnotwendig. Einen israelischen und einen moslemischen Stempel in meinem Pass hätte sie vermuten lassen, ich wäre als Spion oder ähnliches unterwegs. So bekam ich an der Grenze stets ein Transitvisum in Form eines Stempels auf einen Zettel, den sie in den Pass tackerten.

Doch diesmal war alles anders. Bei der Einreise mit dem Flugzeug hätte ich mir in Jordanien ein Transitvisum für die Ausreise, also für die Einreise in ein arabisches Land, besorgen müssen. Aber in meiner Urlaubsaufregung hatte ich es vergessen. Aus diesem Grund war ich nun ohne Aufenthaltserlaubnis den grimmigen Blicken der Soldaten ausgeliefert.

Mit meinem Hollywoodlächeln versuchte ich meine Nervosität zu überspielen. Rasch zog einer der Soldaten den Ausweis an sich, schaute mich an, blickte auf das Passfoto und checkte die Daten ab. Die Blicke wechselten mehrfach zwischen den Papieren und meiner Persönlichkeit. Als Soldat war er so geübt, dass er sich seine Zweifel nicht anmerken ließ. Aber ich wusste, die Realität würde mich in diesem Moment einholen. Mit seiner tiefen, geräusperten Stimme forderte er mich in sehr miserablem Englisch auf, mit aus dem Bus zu kommen.

Obwohl ich seine Sprache sehr schlecht verstand, flößten mir seine Augen und sein Gesichtsausdruck so viel Angst ein, dass ich ohne Widerworte, Witzeleien oder Nachfrage seiner auffordernden Gestik folgte. Mitten im jordanischen Gebirge. Ödes trockenes, steiniges Land. Sommer, Sonne, Hitze, was ich hier und jetzt nicht brauchte und schon gar nicht wollte.

Die drei Männer im Zollhäuschen schauten sehr genau in den Pass. Ihre Augen schienen ihre Unterhaltung widerzuspiegeln. Fragen füllten den Raum zwischen ihnen und mir.

Der Soldat mit den dunkelsten Augen sprach mich an. „Warum reisen Sie hier durch die Wüste?"

„Ich habe meine Schwester in Israel besucht und bin auf dem Weg zum Flughafen", antwortete ich mit leiser Stimme.

„In diesem Gewand?"

„Entschuldigen Sie, das ist *meine* Arbeitskleidung."

Die Soldaten schauten sich an und lachten. Ich wollte nicht wissen, welche Gedanken sie sich über meinen Job machten.

Mit einsatzbereitem Gewehr umzingelten sie mich, als sei ich eine Schwerverbrecherin. Nochmals überprüften sie das Foto im Pass mit meinem Gesicht sowie das Ticket zum Flieger, den Beweis für den Arbeitseinsatz. Trotz allem schienen sie mir keinen Glauben zu schenken. Beflissen redeten sie untereinander und telefonierten. Sie ließen mich achtlos stehen. Die Zeit verging. Meine innere Unruhe versuchte ich unter Kontrolle zu halten, indem ich mich auf einen schwarzen Punkt am Boden konzentrierte. Da hatte ich einen Fixpunkt, mit dem ich mich von ihnen und ihrer militärischen Macht ablenken konnte. Nach endlos erscheinenden Minuten gaben sie mir die Papiere und schickten mich eiligst zurück in den Bus. Fix stieg ich die Stufen hinauf in das antiquarische Modell, lief zurück zu meinem Platz und wurde dabei von den Blicken der Mitfahrenden verfolgt. Wie eine Aussätzige. Es war töricht. Ich zitterte am ganzen Körper und war froh, meine große, schwarze Sonnenbrille auf der Nase zu haben.

Nachdem ich mich beruhigt hatte, wollte ich die Papiere, sprich Ausweis und Ticket, in die Tasche stecken. Schlagartig erhöhte sich meine Körpertemperatur. Das Gefühl, von innen heraus zu verbrennen, breitete sich in mir aus. Das Ticket war nicht dabei. Die Kontrolleure hatten nur den Pass zurückgegeben. Ich saß fest. Der Schweiß lief mir aus allen Poren. Der Weg an diesen gaffenden Blicken vorbei zum Busfahrer folgte. Inzwischen schaute er mich nicht mehr so freundlich an wie zu Beginn der Fahrt, als ich eingestiegen war. Mit meinem aufgesetzten Hollywoodlächeln, soweit es noch vorhanden war, bat ich ihn zurückzufahren. Der Busfahrer sah mich an, als sei ich ein Alien. Er wollte mir kein Wort glauben. Hinzu kam, dass ich eine Frau war, die ihm nun sagte, was er zu machen habe. Sein Blick beinhaltete höchste Missachtung. Mit großem, für mich unverständlichem Gemecker, in einer Sprache, die ich nicht verstand, drehte er mit einem Hauruck den Bus, so dass die stehenden Gäste mit lautem Geschrei hin und her geschleudert wurden. Er fuhr zurück und ließ mich hinaus.

Mit dem Gedanken, das Ticket zu holen und wieder mit zurückzufahren, da ich meinen Flieger erreichen musste, verließ ich rasch den Bus. Doch der Busfahrer hatte mich hinausgeworfen. Ich traute meinen Augen nicht, wie schnell er sofort losgefahren war. Der aufgewirbelte, trockene Sand peitschte um mich herum. Meinen Koffer hatte er mir hinterhergeworfen. Er platzte auf. Die Kleider wirbelten genauso durch den Wind wie der Sand. Ich lief ihnen nach und versuchte, sie wieder einzusammeln, was mir nicht ganz gelang. Mein schwarzer BH wurde von einer großen Bö davongetragen. Mit Schweißperlen auf der Stirn und Achselrändern drehte ich mich um. Die lachenden Gesichter der Grenzbeamten empfingen mich. In übertönender Lautstärke ließen sie ihrer Freude vollen Lauf.

Ich sah die Soldaten an und dachte: Jetzt musst du als Gipfel der Demütigung zu ihnen und dir das Ticket geben lassen. Sicherlich machen sie sich einen Spaß draus. Sie reden wieder etwas für mich Unverständliches und lachen sich dabei halbtot. Welch Schande wird mich heute noch ereilen?

Je näher ich auf sie zukam, desto grimmiger wurde ihr Blick. Ich spürte ihre Macht, die sie ausnutzten. Mit aller Kraft versuchte ich, ihnen mit ernstem Blick entgegen zu schauen. Ich bat um die Herausgabe meines Tickets. Doch die zwei Soldaten lachten sich hämisch an, witzelten in ihrer Sprache und schauten immer wieder auf mein Ticket, das vor ihnen auf dem Tisch lag. Ich versuchte, Ruhe zu bewahren und abzuwarten. Die Zeit war mein Freund. Nach einigen Minuten beendete einer der Soldaten ihre Spielerei. Mit tiefer, fester Stimme sagte er in englischer Sprache zu mir, ich solle mich besser kontrollieren und nicht so leichtlebig durch das Leben ziehen. Freundlich und erleichtert nahm ich das Ticket entgegen, ging hinaus und verschwendete keinen Gedanken über seine Worte. Meine Wut in mir war schon zu groß.

Der Boden war heiß und weich. Am liebsten wäre ich in den Sand eingesunken. Aber er hielt. Die Soldaten mit diesen dunklen, markanten Gesichtern, die durch ihre kräftigen Bärte unterstützt wurden, ängstigten mich immer noch. Mit hochgezogenen Augenbrauen, die Zigarette im linken Mundwinkel, hatten sie die Situation unter Kontrolle. Ich schaute auf die Uhr. Mein Flieger würde weg sein. Da wusste ich, zusätzliche Schwierigkeiten kämen auf mich zu. Mein Magen verkrampfte sich und zog Energie aus dem Körper. In der trockenen Hitze stand ich neben meinem Gepäck und musste fünfundvierzig Minuten auf den nächsten Bus warten. Das waren gefühlte zwei Stunden in der jordanischen Sauna. Und wenn es schlecht ginge, müsste ich im Bus die ganze Fahrt stehen.

Die Grenzsoldaten lachten weiterhin hämisch, schienen Witze zu machen und fanden die Situation gar lustig. Ich hingegen hätte in Tränen ausbrechen können. Aber das war schon wegen des aufgelegten Makeups unmöglich. Die große Hitze machte mir natürlich sehr zu schaffen. In der langen Wartezeit hatte ich ab und an das Gefühl, mir würden die Knie nachgeben. Doch ACDC gab mir die Kraft, die Beine aufzurichten, unter der Sonnenbrille zu trotzen und meine Wut über diese grimmigen Männer in dieser Männerwirtschaft, in dieser verschärften Männerwelt, zu verbergen. Am liebsten wäre ich explodiert. Stattdessen zog ich es vor, bei dem Lied „Highway to hell“ laut mitzusingen. Mein Ungemach sang ich in dieser trocken staubigen Hitze unter dem blauen Himmel hinaus. Nach einigen Minuten hatte ich wieder die Muße, meine Kamera zu zücken, um Motive für meine Bilderwelt zu erhaschen.

II. Kapitel

Die letzten drei Stunden des Rückflugs von Mumbai standen bevor. Sechs Tage arbeiten, Langstreckenflüge absolvieren war Knochenarbeit. Doch sollte es stets locker, leicht und flockig aussehen. Mein Hollywoodlächeln versteinerte zu einer Maske, die sich danach sehnte, auf die Seite gelegt und aus dem Rampenlicht gezogen zu werden.

Überraschenderweise dachte ich nur selten an das Dinner mit Latif. Wahrscheinlich lag es daran, dass die Passagiere wieder einmal sehr ungehalten auftraten und mich ständig forderten. Es waren einige der wenigen Minuten, in denen ich auf dem kleinen Hocker in der Küchenecke zum Nachdenken kam. Mit einer Tasse frisch gekochtem Kaffee versuchte ich, meine müden Geister wieder zurück in das lebendige Geschehen zu rufen. Die viel zu heiße Tasse hielt ich vorsichtig mit zwei Fingern der rechten Hand fest.

Morgen Abend wollte Latif mit mir zum Dinner gehen. Was sollte ich anziehen? Wo würden wir hingehen? Oder vergäße er es? Was war mir lieb? Ich wusste nichts. In meinem Hirn ging alles vor und zurück. Und schon erleuchtete das Signal von dem Passagier auf Platz Fünfundvierzig A. Wieder verschwand alles aus meinem Kopf und ich machte meinen Job. Trotzdem fühlte ich mich anders als zwei Tage zuvor. Ich war unruhiger. Hipp und high fühlte ich mich, als hätte ich Drogen konsumiert. Ich wusste nur, dass ich nach diesem Abend genau wissen musste, ob ich mit Latif zusammenbleiben wollte oder nicht. Das war die wichtige Aufgabe, die ich während des Dinners lösen musste.

Zuhause wollte ich schnell unter die Dusche springen und für den Rest der Zeit vor dem Treffen ins Bett, das in der Zwei-Zimmer-Wohnung stand, die ich mir mit Oiva in Bahrain teilte. Zwar lag noch ein ganzer Tag dazwischen, doch so müde und ausgelaugt wie ich mich fühlte, wollte ich bestimmt nicht aufstehen.

Oiva war nicht da. Mausi und Gutzilein zeigten sich auch nicht. Das war ein Zeichen dafür, dass sie Dienst hatte. Dann gab sie ihre Katzen bei der Nachbarin ab. Es war einer der wenigen Momente, in denen ich froh war, allein zuhause zu sein. So konnte keiner meinen tiefen, festen Schlaf stören, den ich mir so sehr wünschte. Ich ging in mein Zimmer, stellte den Koffer in die Ecke und zog meine Arbeitstracht aus. Nach einem Tee und der Dusche wollte ich gerade meine Bettdecke zurückschlagen, als mir ein großes Paket auffiel. Oiva musste es dort im Gemenge der großen Patchwork-Decke hingelegt haben. Mein Name und meine Adresse standen darauf. Wer sollte mir ein solch großes Paket senden? Ich begutachtete die Vorderseite. Kein Absender. Nicht aus dem Ausland. Dies ließen die Briefmarken erkennen. Ich grübelte. Obwohl mein Körper unterhalb der gewöhnlichen Schlafeinheit dümpelte, öffnete ich mit letzter Kraft und großer Neugierde das Klebeband mit einer Schere. Ein anderes Paket mit roter Schleife zeigte sich. Ich nahm es heraus und legte es wie ein rohes Ei auf das Bett. Ungläubig stand ich davor.

Was ist das? Was soll das?, dachte ich mir. Nervös griff ich wieder zur äußeren Verpackung und sah auf die Adresse. Eindeutig war es meine. Ich zog an dem roten Band der Schleife und öffnete es.

Weißes, mit dem Duft der Maiglöckchen überzogenes Seidenpapier kam mir entgegen. Unter knisternden Geräuschen zupfte ich es nach allen Seiten auseinander. Meine Augen wollten nicht wahrhaben, was sie sahen. Mit zittrigen Händen hob ich das Geschenk vorsichtig heraus. Es war so fein und weich, dass es mir fast aus den Fingern glitt. Ich ging einen Schritt zurück, damit es nicht auf dem Bett auflag. In voller Länge wollte ich es vor mich halten.

„Wow! Ein Traum in Rot“, dachte ich mir und lief in Oivas Zimmer. Sie hatte zwei körpergroße Spiegel so angeordnet, dass sie sich von vorn und hinten gleichzeitig begutachten konnte. In diesen Minuten wollte ich mein Geschenk an mir sehen – ein Abendkleid in glänzendem Satin. Meine dunkelbraunen Haare hoben das leuchtende Rot besonders hervor. Ich drehte und wendete mich nach allen Seiten. Schließlich schlüpfte ich hinein. Ein Reißverschluss war auf der linken Seite des Oberkörpers eingenäht. Es passte wie angegossen. Oberhalb der Taille lag es figurbetont an und danach fiel es wie Blüten einer Rose herab.

Woher wusste er meine Größe? Kannte er mich doch besser, als mir in unseren gemeinsamen drei Jahren bewusst war? Langsam schritt ich zurück in mein Zimmer. Dort durchsuchte ich nochmals das Paket mit dem Seidenpapier. Ein Bild mit einem roten Sonnenuntergang lag auf dem Paketboden. Ich zog es heraus und drehte es um.

„Meine liebe Sophie, ich freue mich, dich am Mittwochabend um einundzwanzig Uhr in diesem Kleid zu sehen. Dein Latif!“, hatte er in geschwungener Schrift notiert.

„Typisch“, sagte ich verträumt. Doch was war „typisch“? Von sich überzeugt zu sein? Nicht loslassen können? Oder war es schon damals eine Form des Diktats? Es war das, was ich herausfinden sollte. Vorsichtig hängte ich das Kleid auf, räumte das Paket weg und warf mich todmüde auf mein Bett. Übermüdet vom Arbeitsstress und den neuen Eindrücken über Latifs Verhalten schlief ich sofort ein.

Am nächsten Nachmittag wurde ich durch das Kratzen der Katzen an meiner Tür geweckt. Oiva musste gekommen sein. Irgendwann später stieg ich aus dem Bett. Meine Freundin war in der Küche. Ich erzählte ihr von meinen Neuigkeiten: Das Gespräch mit Latif bei unserem letzten Treffen und das Satinkleid.

„Glaube mir, meine Liebe, er weiß, was er will. Ich weiß hingegen nicht, was du noch überprüfen musst. Er hat sich entschuldigt.“

Mein Blick richtete sich auf das eingebrannte Loch im Fußboden, das vom Vormieter stammte. „Oiva, du hast recht. Aber es ist meine Schwester, deren Ehe er missbilligt. Wie konnte er so abfällig reden? Auch der Ton war herausfordernd gewesen.“

„Schon, aber Reibereien zwischen Juden und Arabern wirst auch du nicht verhindern können. Ob du ihn jetzt heiratest oder nicht, die Situation wird sich dadurch nicht ändern.“

„Trotzdem bin ich mir unsicher. Ich muss sowieso sehen, wie sich die Situation mit der Fliegerei für mich entwickelt. Wenn ich keine andere Route bekomme, gedenke ich, bald aufzuhören.“ Ich schaute zu Oiva.

Erstaunte Blicke fingen mich ein. „Jetzt genieße den heutigen Abend. Lass dich überraschen, was kommen wird. Wir werden sehen.“

Gleich halb zehn. Ich stand an der Tür und lief auf und ab, damit das Kleid nicht knitterte. Meine Stimmung verschlechterte sich von Minute zu Minute.

„Oiva, ich habe keine Lust mehr zu warten. Er versetzt mich schon wieder. Was ist das für ein Gehabe von ihm?“

„Vielleicht ist bei ihm etwas dazwischen gekommen.“

„Ja, ein Hund.“ Ich schaute Oiva an und lachte, denn Moslems lehnten Hunde ab. Die schrille Türglocke unterbrach unsere Vertrautheit. Erschrocken blickte ich zu Oiva.

„Alles klar?“, fragte sie. Ich nickte. „Bist du bereit?“ Ich nickte wieder. Vor Nervosität hatte ich meinen Mund fest verschlossen, als wolle jemand etwas aus mir herauspressen.

„Schön siehst du in diesem Kleid aus. Meine schwarzen High Heels und die schwarze Stola passen wirklich hervorragend dazu. Alles wird gut.“ Oiva warf mir einen Luftkuss zu und zwinkerte mit dem rechten Auge. Es war ihr Zeichen, mit dem sie mir zeigte, dass alles so wird, wie ich es wollte, wenn ich dazu bereit war. Von dieser Überlegung war sie stets überzeugt und handelte in ihrem Leben danach. Aber ob es mir auch so gelingen würde, das war die große, offene Frage.

Vorsichtig und ungeübt ging ich die Stufen in den geliehenen High Heels hinunter. Mein Herz pochte. Ich spürte jeden Schlag. Aufgewühlt hielt ich mich am Geländer fest. Zudem quälte mich die Ungewissheit. Wie ich mich fühlen würde, wenn ich neben Latif stände. Mit den hohen Schuhen war ich auch fünf Zentimeter größer als Latif. Das war ein neues Feeling.

Unten angekommen empfing mich Latif in einem Smoking mit weißem Hemd. In stattlicher Figur stand er vor seinem Wagen. „Du siehst fabelhaft aus.“ Mit einem Lachen und strahlenden Augen nahm er meine Hand und führte mich zu seinem Jaguar. Er öffnete die rechte Hintertür, ließ mich einsteigen und machte sie zu. Latif ging zur linken Seite und setzte sich neben mich. Der Chauffeur fuhr ohne Anweisung los. Latif hatte ihn wohl instruiert. Alles passte perfekt zusammen. Die Situation gab mir das Gefühl, er habe in seinem Beruf als Finanzmakler gigantischen Erfolg.

Latifs Gelassenheit zeigte, dass er alles im Griff hatte. Sein Aftershave benebelte meinen Geruchssinn. Es war eine Mischung aus feinem Tabak und Zedernholz. Mit leichtem Druck sank ich in die Rückbank aus weichem Leder. Für Zehntelsekunden schloss ich meine Augen. Mit den Händen tastete ich die kühle Lederbank ab. Es schien, als wolle ich überprüfen, ob es Wirklichkeit war oder gleich unter meinem Sitz ein Loch aufginge und ich hineinfiele. Kein Wort brachte ich heraus. Nicht einmal meinen Unmut über seine Verspätung, für die er sich nicht entschuldigt hatte. Wohlig warm wurde es in mir.

Während der Fahrt war ich mit der unvertrauten Umgebung und meinen Emotionen so beschäftigt, dass ich aus den getönten Fensterscheiben nicht verfolgen konnte, wo der Weg uns hingeführt hatte. Der Wagen hielt und der Chauffeur öffnete meine Tür. Latif stand einen Meter vor mir. Und wieder strahlte er mich mit seinen braunen Augen an.

„Meine liebe Sophie, du verzauberst mich und meine Sinne“, ging ihm über die Lippen, während er mir seine Hand entgegenstreckte. Wir beschritten den Eingang in das einzige Hotel, das am Strand lag.

Das First-Class-Hotel hatte eine gelbwarme Außenbeleuchtung, die zu Romantik einlud. Gespannt neugierig versuchte ich Latifs Schritt mitzuhalten. Das Servicepersonal führte uns zu dem reservierten Tisch. Dazu folgten wir ihm durch die Lounge über die Terrasse zu einem Steg, der zum Strand hinausging. Nur wenige Menschen saßen im Außenbereich. Latif drückte liebevoll meine Hand. Meine Blicke erreichten seine warme Ausstrahlung. Mit seinem Lächeln flog Leichtigkeit in mein Herz. Meine Beine wurden weicher. Um einen Sturz auszuschließen, konzentrierte ich mich auf den idyllisch beleuchteten Weg im Abendschimmer des Mondes. Aus Lautsprechern drang Musik des algerischen Stars KHALED mit Aicha, meinem Lieblingslied, zu mir. Große Fackeln im Sand beschienen einen gedeckten Tisch für zwei Personen. Weiße Tischdecke, weiße Kerzen und weiße Rosen. Meine Farbe.

Immer wieder hatte Latif mir das Gefühl gegeben, mir nicht die notwendige Aufmerksamkeit zu schenken. Aber der heutige Abend war ein Kontrapunkt, der alles in den Schatten stellte. Wie hatte ich mich in ihm getäuscht. Wieder fragte ich mich: „Kannte er mich besser als ich ihn?“ Berührt und fasziniert schaute ich auf den Tisch. Ich schluckte und atmete tief.

Am Tisch angekommen, rückte Latif mir den Stuhl zurecht. Als ich mich bequem gesetzt hatte, beugte er seinen Kopf zu meinem Hals. „Dein Parfüm duftet nach Verlockung“, säuselte er in mein Ohr.

Verzaubert brachte ich kein Wort heraus. Es war das Neue von Rouchain. Eine Mischung aus Patschuli und Rose.

Wie frisch Verliebte amüsierten wir uns, bis Latif zu der ihm wichtigen Frage kam. „Der Mann im Mond ist der Einzige, der uns belauschen kann. Er ist mein Zeuge. Meine liebe Sophie, von ganzem Herzen halte ich um deine Hand an. Mein Goldtaler in diesem glänzenden Rot. Willst du meine Frau werden?“

Ich hatte es geahnt. Dennoch überraschte er mich. Langsam zog ich meine Hand unter seiner hervor, die er ergriffen hatte und zärtlich hielt. Seine Wärme strömte in meinen Körper. Obwohl ich schon zwei

Gläser Rotwein getrunken hatte, musste ich nun einen klaren Kopf behalten.

„Latif, sag, wie stellst du dir das vor? Du bist Moslem und ich Christin? Ich sehe keinen guten Stern über uns stehen."

„Sophie, was soll gegen uns sein, wenn wir uns lieben?"

„Was ist mit deinen Eltern?"

„Ja, meine Eltern lehnen diese Heirat ab, das weißt du. Aber den einzigen Sohn werden sie nicht vor die Tür setzen. Ich liebe dich. So ist es und so bleibt es für immer."

Meine ewigen Bedenken kamen zum Ausbruch. „Ich weiß nicht, Latif, ob das wirklich eine gute Idee für Jahrzehnte ist. Eine Liebe zwischen Moslem und Christin."

„Was soll eine wahre Liebe zerstören können?" Sein vielversprechender Blick erwärmte meine Seele.

„Latif, du machst es mir wirklich nicht einfach. Mein Herz sagt JA und mein Kopf JEIN!" Ich sah in mein leeres Glas Rotwein, als hoffte ich, eine Magie würde mir die korrekte Entscheidung zusenden.

„Du wirst in einer schönen, großen Villa leben. Und alles haben, wovon du mir aus deinen Romanen vorgelesen hast. Wir bekommen Kinder und sind eine glückliche Familie." Latif zeigte ein ehrliches Lächeln, das mich mitriss. Er wusste nun mal, wie er es anstellen musste, wenn er ein Ziel mit Ehrgeiz verfolgte. Latif war ein gutaussehender, erfolgreicher Mann. Ich liebte ihn. Er verlangte auch nicht von mir, zu konvertieren. Aber wir würden in Bahrain mit seiner Hitze und der Wüste leben. Doch mich zog es zu diesem Zeitpunkt in die kühle, grüne Natur zurück. Ich wusste noch nicht, was stärker war: Meine Liebe zu ihm oder meine Sehnsucht nach meinem Mutterland England.

Die laue Sommernacht war unser Begleiter. Ein Lüftchen brachte eine leichte Wellenbewegung in das Meer. Im romantischen Licht der Kerzen und Fackeln durfte ich bei allem Glanz und Schein, der mich umgab, seine Vorbehalte gegen meine Familie nicht aus den Augen verlieren. Auch fehlte mir noch die Entscheidung, ob ich wirklich für immer in einem moslemischen Land voller Hitze und Sonne leben wollte.

III. Kapitel

... Mit einem großen Schluck Champagner spülte ich die Sonnenglut vergangener Tage hinunter. Die alten Gedanken ließ ich beseelt hinter mir.

Noch immer lag der Duft des arabischen Frühlings im Raum. Die Ehemänner waren ihrem Lichtweg durch die Galerie gefolgt. Sie begutachteten auf ihre männliche Weise die Bilder. Vor einer Fotografie mit fröhlichen Menschen in Uniform hielten sie. „Die Crew“ - meine Freundinnen aus der Stewardessen-Zeit. Auch Layla stand dabei.

Wie immer war Oivas weiblich schallendes Gelächter nicht zu überhören. Sie trug zu ihren roten High Heels ein schwarzrot gepunktetes, knielanges und ärmelloses Kleid. Ihre orangefarbenen Haare waren mit einer schwarzroten Feder mit Tüll bestückt, die in Augenbrauenhöhe befestigt war und bis zum Kinn herunter flatterte. Wie damals passte auch heute alles zusammen. Die Handtasche hatte das gleiche Rot wie der Kopfschmuck. Mit ihren fast fünfzig Jahren war sie eine Augenweide.

Imke hasste Röcke. Sie war die Frau, die stets schwarze Hosen mit einer weißen Tunika trug. Schlicht, aber bestimmt. Brigid war die typische irische Frau mit einem Glas Gin in der Hand. Egal, welches Wetter herrschte, sie liebte ein Oberteil mit Spaghettiträgern und einen langen dünnen Rock. Heute trug sie ein violettes bodenlanges Abendkleid mit Spaghettiträgern. Glitzer musste auf jedem Stoff sein. Sogar ihr Dekolleté blinkte.

Ich ging auf sie zu. Über alle Köpfe hinweg war Oiva zu sehen, die mir entgegenrief: „Sophie, wir haben gerätselt, ob du wieder zurückgegangen bist in the men´s world?“

„Nein, Oiva. Freiwillig niemals!“ Ich erkannte Laylas betroffenen Blick. Mir lag fern, sie zu beleidigen, so ergriff ich ihre Hand und sagte: „Layla, du weißt, wir können uns überall in der freien Welt sehen.“ Sie zwinkerte mit den Augen und lächelte mich verständnisvoll an. In die Runde sagte ich: „Ihr seid so fröhlich. Habe ich etwas verpasst?“

Brigit deutete auf das Bild vor ihnen an der Stellwand. „Welches alte Bild hast du hier aus der Kiste gekramt? Das ist ewig her. Wie wir da aussahen!“

„Lustig und witzig mit den Frisuren! In der Stewardessen-Tracht seht ihr aus wie Schauspieler der Sechziger. Pfiffig“, meinte Layla.

„Du meinst so wie Doris Day oder vielleicht Grace Kelly?“, fragte Brigid.

Layla lachte, nickte mit dem Kopf und zog die Augenbrauen hoch.

„Nur leider hat uns keiner erkannt!“, witzelte Oiva.

„Aber seht, heute sind wir fast in Hollywood“, gab Imke von sich. Ein Schmunzeln huschte über ihr Gesicht.

„Wo war das und wer ist das dort hinter Oiva, der fast nicht zu erkennen ist?“

Brigid, Oiva, Imke, Layla und ich steckten unsere Köpfe dicht zusammen, um die Aufnahme zu betrachten, so dass jede das Parfüm der anderen schnuppern konnte. Brigid ging mit dem rechten Zeigefinger über das Bild, als könne sie die Person ertasten. Scheinbar war es auch so, denn plötzlich sagte sie: „Das ist doch Gigolo. Unser Star. Der einzige Mann in unserer damaligen Crew. Der schwarzhaarige, italienische Flugbegleiter mit seinem besonderen Charme. War er nicht dein Lover oder Schwarm?“ Brigid blickte zu mir. „Er war so untypisch italienisch. Ruhig und doch manchmal so extrovertiert.“

Obwohl Jahrzehnte vergangen waren, spürte ich auch heute ein wohliges Gefühl in mir, stritt aber ihr Gerede vehement ab.

„Das habt ihr schon zu jener Zeit falsch aufgefasst. Wir hatten die gleiche Wellenlänge. Ok! Ich konnte gut mit ihm reden und wir haben uns verstanden. Mehr war da nicht.“ Mit meinen Armen, die ich wild in der Luft bewegte, bekräftigte ich meine Worte und fügte ein „Ok!?“ hinzu.

„Du meinst, es war platonische Liebe, die ihren Höhepunkt“, Oiva hob ihre Hand, „natürlich ihren verbalen Höhepunkt in Australien am Strand hatte.“

Alle schauten Oiva an und kicherten, wie in einer Schulklasse.

„Am Lagerfeuer wohlgemerkt“, ergänzte Imke. Aus ihren Augen strahlte der Schalk.

Energisch unterbrach ich das Gekicher. „Falsch! Redet doch, was ihr wollt. Es stimmt sowieso alles nicht.“

„Klär uns doch wenigstens jetzt auf, sonst sterben wir mit einem völlig falschen Bild von dir“, forderte Imke in die Runde. Oiva und Brigid stimmten mit einem Kopfnicken zu. Ich sah die Situation mit Humor, lächelte und wunderte mich nicht, dass sie noch immer so neugierig waren, insbesondere wenn es um persönliche Dinge ging.

„Ok! Damit ihr hier nicht traurig die Ausstellung verlasst, erzähle ich euch, wie es wirklich war.“

Brigid hielt eine Brünette an, die im richtigen Moment mit einem Tablett frisch gekühlten Nachschubs an ihr vorbeiging. „Kommt, lasst uns die Gläser tauschen. Alt gegen Neu. Leer gegen gefüllt“, sagte Brigid, die gerne ein gekühltes volles Glas in der Hand hielt. „Wer weiß, wie lange ihre Story dauert.“

Bevor ich begann, erfrischte ich meine Zunge am prickelnden Getränk. Ich räusperte mich und strich mir eine Haarsträhne hinters Ohr. „Es war, als wir nach Jahren der Flüge in die Armut der Welt endlich in die schönen Städte fliegen durften. Flüge, bei denen die Fluggäste unsere Sprache verstanden, ein Lächeln auf den Lippen hatten und Höflichkeitsformeln kannten. Wir flogen nicht mehr in das überfüllte Bangkok oder Bombay, das jetzige Mumbai. In die Städte, in denen die Menschen damals noch mit Fahrrädern unterwegs waren, weil es keine Autos gab. Die Städte, die so megamäßig überfüllt waren, dass Gestank, Luftverschmutzung und Lärm es unmöglich machten, die Stadt mit ihren Menschen zu mögen.“

„Trotzdem waren wir gerne dort in den engen Gassen und haben die schönste Seide aus Indien und Gewürze aus den Leinensäcken zum ayurvedischen Essen mit dem exotischen Duft der Ferne gekauft. Weißt du noch, wie wir uns die Fußgelenke mit Henna verzieren ließen, Lederröcke kauften und Seidenkleider in frischen Farben nähen ließen? Wir wollten das wilde Leben spüren und erleben." Oiva zog dabei die Feder vor ihren Augen zurück.

„Du hast recht. Aber wir waren auch froh, nicht mehr dorthin zu müssen. Den Körpergeruch zu riechen, dieses Gemisch aus orientalischen Gewürzen und starken Zigaretten. Patschuli war unser Retter in der Not, wenn wir den übelriechenden Metropolen der Welt ausgesetzt waren. Dort, wo sich die Menschen durch die Abgasschichten schlängelten. Die Gullys auf den Straßen den Geruch nach scheußlichem Unrat verteilten. Sagt selbst, wie die vollleibigen, geruchsintensiven Männer mit ihrem schwarzen Schnauzer und der schlamm farbenen Haut voyeuristisch unterwegs waren. Ich fühlte mich schmutzig. Wenn sie mit uns redeten, schüttelten sie immer wieder ihren Kopf in kleinen Bewegungen von links nach rechts und umgekehrt. Und wir dachten, sie würden uns nicht verstehen. Dabei war das ein Teil ihrer Kultur. Und zum Schluss haben wir sie auch noch nachgeäfft." Während ich erzählte, bewegten meine Freundinnen ihre Köpfe in Millimeterabständen wie Inder und lachten hell auf. Wieder richteten sich alle Blicke auf uns. Wie damals, als wir in Uniform am Flughafen im Schritt und der Haltung eines Pfaus unseren Stolz spürten. Weibliche Schönheiten von Piloten und einem einzigen Steward – Gigolo – umgeben, die in ihrer Uniform alle Blicke der Anwesenden im Terminal auf sich zogen. Die Menschen gafften nicht. Es waren bewundernde Blicke, als wären sie von Flügeln getragen. Und wir sogen diese Blicke wie ein ausgetrockneter Schwamm ein paar Wassertropfen auf und genossen sie. Damals wussten wir, warum wir den Beruf gewählt hatten.

Die Situation von damals hatte mich wieder einmal gepackt. In einem Redeschwall fuhr ich fort. „Wie wir auf dem Weg vom Flughafen zum Hotel an Müllhalden und Slums mit Wellblechdächern vorbei zogen. Diese extreme Armut. Sie mussten die Wäsche in den verdreckten Flüssen waschen, die von den Überschwemmungen mit Bakterien und Keimen versetzt waren. Am Ende des Tages bekamen die Schwachen und die Kinder Krankheiten. Und die, die gesund waren, mussten an den Straßenrändern betteln oder wurden von der Polizei verfolgt, weil sie im Kampf um das Überleben Lebensmittel gestohlen hatten."

„Wir hätten doch nichts machen können", unterbrach Brigid.

Staunen und Entsetzen stand für kurze Zeit im Raum. Doch Imke lenkte schnell wieder ein. „Meine Liebe Sophie, willst du uns eine Moralpredigt halten oder kommst du noch zum Thema? Zur Erinnerung: Du wolltest von der Zeit erzählen, als wir in New York und London zum Shoppen gingen. Danach begossen wir in Bars und Discotheken unsere Errungenschaften, die Designerklamotten und den Schmuck."

„Imke hat recht. Langsam werden wir ungeduldig", mahnte Brigid.

„Ok! Wir waren endlich angekommen. In der Welt, in der Besuche von Bars und Restaurants mit ihrem Nachtleben zu den Tagespflichten gehörten. Und da kam der Flug nach Australien ..."

... Der lange Flug, Bahrain-Singapur-Australien, hing uns noch in den Knochen. Die Regenerationsphase nahm von Mal zu Mal mehr Zeit in Anspruch. Doch am Abend trafen wir uns wie immer am Strand. Eine Party am Lagerfeuer. Tanzten barfuß im Sand und sprangen zur Abkühlung ins Meer. Jeder konnte sich bewegen, wie er wollte. Das war uns nach der Tagesenge im Flieger wichtig.

Auch an diesem Abend war das Lagerfeuer am Strand wieder der Anziehungspunkt unserer Crew. Brigid, Imke und Gigolo standen schon in fröhlicher Runde zusammen. Ich hatte mir eine Dose Bier aus unserer kleinen Kühlbox geholt und war auf dem Weg zu ihnen zurück. Ihr Lachen hätte mir auch ohne das Licht des Feuers den Weg zu ihnen gewiesen. Ein warmer Freitagabend, an dem eine leichte Windbö die Luft angenehm kühlte. Der Duft nach verbranntem Holz verbunden mit seinen knisternden Geräuschen löste in mir den Wunsch aus, Halt und Festigkeit zu spüren. Ich wollte festen Boden unter den Füßen wahrnehmen. Ein heimisches Gefühl der Ruhe und Geborgenheit brachte mich dazu, nicht mehr zu ihnen, zur Hitze, zu den überfliegenden Funken zurückzukehren. Ihr alles übertönendes Gelächter, die selbstgefälligen Witze über die Passagiere stießen mich ab. Diese Show der Leichtigkeit hatte seine Wirkung auf mich verloren. Mein Brustkorb schnürte sich zusammen und nahm mir den Atem. Um einer Ausdehnung der inneren Beklemmung keine Chance zu geben, zog ich die Einsamkeit des Strandes mit mir und den Wellen vor. Zum ersten Mal hatte ich das Gefühl, nicht mehr zu ihnen gehen zu wollen. Ich nahm mir die eisgekühlte Bierdose und zog los. Während ich am Beach dahinschlenderte, spielte ich mit dem weichen Sand unter meinen Füßen. Er rieselte durch die Zehen, die ich tiefer in ihn eingrub. Ich brauchte lange, um von der Stelle zu kommen. Gedankenversunken watete ich meinen Weg. Noch immer war ein Rest der Tageshitze an meinen Fußsohlen im weichen Sand zu fühlen. Es war eine wohlige Wärme, die sich von den Sohlen über die Waden über meinen leicht angesetzten Bauch, den ich mir wahrscheinlich nur einbildete, bis zu meinem Herzen verteilte. In gemächlichem Schritt lief ich solange, bis riesige Felsbrocken im Sand den Weg versperrten. Sie waren größer und breiter als ich und noch zwanzig Leute zusammen. Damit blockierten sie die Sicht auf das, was danach kam. Diese graue Eminenz wurde von den Wellen des Meeres gekühlt. Etwa fünfzig Meter waren es noch zu den Felsen. Ich setzte mich in den Sand. Der Abstand zu den Felsen, dieser Mauer, war so geräumig, dass ich meine innere Freiheit spüren konnte. Sie gaben mir Halt, engten mich aber nicht ein. Die Freiheit hatte mich umzingelt. Die Bierdose stellte ich mit leichtem Druck in den Sand. Meine Arme stützte ich auf die angewinkelten Knie. In meiner Lieblingsposition sah ich hinaus in die Ferne. Der leichte Wellengang des Meeres umschlang mich mit seiner Ruhe. Ich schaute, beobachtete und war in mir. Die Wellen wurden größer. Sie prallten mit heftiger Wucht gegen die Felsen, die sie mit erhabener Starre auffingen. Der Salzgeruch kitzelte meine Nase. Wind kam auf. Die Wellen wurden mächtiger und das Geräusch des Wellenganges lauter. Die Abkühlung wehte meine Haare durcheinander und die weiten Jackenärmel flatterten im Wind. Es war, als bliese der Wind alles aus mir heraus, was nicht mehr zu mir passte und bei mir bleiben wollte. Ich stand auf, machte meine Arme seitlich lang und rannte mit den Bewegungen eines Adlers über den Strand. Der Drang, sich mit der Kraft des Windes von alten Mustern zu lösen, trieb mich voran. Die Lust auf das Leben an einem festen Ort schrie in mir. Ein geordnetes Leben wollte ich führen. Keine Nächte in Fliegern um die Ohren schlagen müssen und zwischendurch wieder einem Passagier einen Merlot bringen, weil er nicht schlafen konnte, mich aber aus meinem gerissen hatte. Aber was wollte ich jetzt wirklich?

Ich rannte auf und ab. Sang und schrie, bis ich stolperte und in den Sand fiel, wo ich mich bequem hinsetzte. Müde und erschöpft lauschte ich dem Wasser. Meine Augen sahen in den sternklaren Himmel mit seinem großen Wagen und dem Mond, der beinahe ein Vollmond war. Minuten mussten vergangen sein. Ich roch nicht mehr das Salz oder spürte den warmen Sand. Meine Nase nahm plötzlich nur noch einen Geruch wahr, der all meine Sinne benetzte. Ich fühlte seine Wärme, obwohl ich ihn noch nicht sah. Doch ich wusste, er musste in der Nähe sein.

„Hallo Sophie“, sagte seine warme Stimme. „Hast du auch keine Lust auf die ausgelassene Runde?“ Gigolo setzte sich dicht neben mich, sodass ich seine Körperwärme spürte.

„Ich habe mir ein Bier geholt. Und dann auf das Feuer und die anderen gesehen. Oivas schrilles Lachen war mir zu viel. Es war etwas in mir, das meine Glieder stoppte. Ich konnte nicht zu ihnen gehen. Wie von einer Schranke wurde ich davon abgehalten, bei diesem oberflächlichen, abfälligen Gerede mitzumachen.“ Mit hochgezogenen Mundwinkeln und gesenkten Augenlidern zeigte ich meine Unlust.

„Sie ist wieder übermütig. Ihr Lachen ist auffälliger geworden, als wolle sie ihren Missmut weglachen.“

„Es ist eine komische Stimmung in der Crew. Ich glaube, wir spüren alle, dass die wirkliche Zeit vorbei ist. Mein Körper gibt mir immer öfter zu verstehen, dass ich aufhören soll. Ich suche Ruhe. Will ausschlafen. Kein Gebimmel eines Weckers mitten in der Nacht, weil der Flug irgendwohin um sechs Uhr in der Früh ist. Ich ziehe zu oft die Sonnenbrille vor dem Spiegel auf. Und das ist nicht gut."

„Was hast du vor?"

„Ich weiß noch nicht. Auf jeden Fall aufhören. Und raus aus der Hitze, in der ich diese hässlichen Flecken bekomme." Ich zeigte ihm meine Arme und deutete auf mein Dekolleté, wo sich die braunen Flecken von der Sonne ausbreiteten.

„Ach, so schlimm ist das auch nicht. Ich kann dich noch immer erkennen", witzelte Gigolo.

„Danke für die Blumen, mein Lieber. Aber sage mir, was machst du?"

„Ich gehe nach Mailand. Ich will zum Spätherbst kündigen." Gigolo verschob mit seinen Füßen den Sand zu einer kleinen Burg. „Ich ziehe zu meinem Bekannten."

„Ach, bei dem du deinen Urlaub verbracht hast? Und der dich ein oder zwei Mal besucht hat?"

„Ja, genau der. Der große Schwarzhaarige mit den braunen Augen."

„Genau wie du. Irgendwie seht ihr Italiener gleich aus. Schwarze Haare, braune Augen, groß und schmal. Einfach schön!"

Gigolo saß neben mir im Schneidersitz, lachte, schaute in die Ferne und sagte leise: „Einfach schön." Ich hatte das Gefühl, er sehnte sich auf die andere Seite des Ozeans. Stille lag in der Luft. Mit einem Seufzer kam er wieder zurück und wurde nachdenklich. „Aber wir hatten doch auch eine schöne Zeit." Gigolo griff sich nachdenklich an die Stirn. „Weißt du noch unsere Rallye-Tour durch die Wüste Dubais? Wie wir die Dünen auf und ab gerast sind? Und der Jeep plötzlich seitlich auf nur zwei Rädern stand, weil ein anderer entgegen kam und ich ausweichen musste? Mein Gott, war das wild." Gigolos Augen glänzten, während er mit den Händen die Fahrbewegungen nachmachte. Mit Hingabe sprach er von seiner gelebten Ausgelassenheit.

„Das war zu wild." Ich sah in den Sand, nahm eine Hand voll und ließ ihn durch die leicht geöffnete Faust herausrieseln. In Gedanken redete ich weiter. „Und der Sand peitschte auf die Windschutzscheibe, als wir wieder auf vier Rädern standen. Für kurze Zeit war es dunkel und der Wagen fuhr weiter. Panische Ängste überfielen mich. Krampfhaft hielt ich mich fest."

„Und dann sanken die Reifen ein, weißt du noch? Es ging gar nichts mehr. Wusch! Und da saßen wir auch schon fest." Gigolo hatte die Gabe, wie ein Schauspieler zu artikulieren und gestikulieren. Er ließ ruckartig beide Hände nebeneinander nach unten sinken.

Mein Blick beobachtete ihn, ich zuckte zusammen und sah nochmal den Moment vor Augen, wie der Jeep einsackte. Mit Hilfe seiner dramatischen Darstellungsweise gelang es Gigolo immer wieder, die Spannung zu erhöhen. „Es kam mir wie Lichtjahre vor."

„Aber es kam dir nur so vor. Nachdem ich mit dem Gas gespielt hatte, sind wir langsam wieder herausgekommen. Leichenblass hast du neben mir gesessen. Ich sehe noch deine entsetzten Blicke." Gigolo packte mich an den Oberarmen und zog mich seitlich an sich. Liebevoll drückte er mich an seinen durchtrainierten Körper. Er gab mir in diesem Moment das Gefühl der Zweisamkeit, das ich suchte. „Meine liebe Sophie, du bist eine wundervolle Frau. Ich würde dich so lieben, wie du es brauchst, wenn ich nur könnte. Aber du weißt, es geht nicht."

Seine geflüsterten Worte sanken tief in mich ein. Stumm nickte ich. Gigolo richtete mit seinem linken Zeigefinger mein gesenktes Haupt auf. „Sieh mich nicht so traurig an. Ich bin nun einmal anders. Ich liebe das Leben und die übertriebene Freude. Ich freue mich auf meine verrückten Kleider und die Schminke. All das, nach dem mein Herz schreit, konnte ich in den Jahren als Steward nicht auskosten. In Bahrain muss ich gesittet nach moslemischen Vorstellungen leben. Ich muss meine Gefühle und Sehnsüchte unterdrücken. Sie würden mich sicherlich entlassen, wenn das rausgekommen wäre. Aber ich liebe das

Fliegen in die weite Welt. Also musste ich Kompromisse schließen."

„Du meinst, so etwas wie die Jeep-Tour oder die verrückten Dessous-Partys, bei denen du ausgelassen die farbenfrohsten Dessous anhattest, war ein Ventil?", überrascht schaute ich ihn an. Sein ernster Blick verriet mir seine Antwort. Nachdenklich ließ ich den Sand durch meine Finger rieseln. „Und wir dachten, du machtest Witze und wärst so ein cooler Typ, der einfach nur Spaß wollte. Dabei hättest du wahrscheinlich am liebsten das Teil mit dem gelben Mittelpunkt, umgeben von immer dunkler werdenden Rot, das nach außen diese fetten Zickzack-Spitzen hatte, gekauft."

„Für dich gekauft! Ich glaube, Sonnenuntergang hieß das Teil", ergänzte ich.

Gigolo erwiderte meine Blicke. „Ich hätte nicht. Ich habe es nach der Party." Gigolo eröffnete mir seine innersten Bedürfnisse. „Janette, die Verkäuferin, gab mir ihre Visitenkarte und brachte das Dessous am nächsten Morgen ins Hotel."

Verblüfft saß ich neben meinem Gigolo. Wir schwiegen, hörten dem Meeresrauschen zu und schauten in die Sterne. Die Überraschung, die für mich neue Seite von Gigolo zu kennen, ließ eine ungewohnt knisternde Stille zwischen uns aufkommen. Meine nackten Arme zeigten Gänsehaut.

„Schau, Sophie, genauso wie du jetzt reagierst, weil du weißt, dass ich Transvestit bin, so hättest du mich auch damals abgewiesen. Und das wollte ich nicht. Wir konnten immer Pferde stehlen. Wir waren großartige Freunde. Wir konnten uns aufeinander verlassen und viel Spaß haben. Lass uns nicht entzweit auseinander gehen. Und bitte sei auch jetzt ein stiller Freund, wenn wir zurück zu den anderen gehen." Mit seinen Blicken unterstützte er die Wichtigkeit seines Herzensanliegens.

„Jo mei. Sicherlich bin ich überrascht. Ich dachte, du fändest mich hässlich oder zu fett. Dabei war es nur deine Veranlagung. Was ist das schon gegen meinen Körper?" Ich lachte und warf meine rechte Hand in die Luft.

Gigolo nahm mich in den Arm. „Ich liebe deine Ironie.“ Während er mich liebevoll und doch stark umarmte, schloss ich meine Augen und ließ mich fallen.

Bin ich sicher, gehen zu wollen? Als Stewardess aufzuhören? Aber, wenn er geht, fehlt mir etwas an meiner Seite. Und dann wäre die Zeit auch nicht mehr wie vorher. Ja, und seine Lebens- und Liebesgeschichte hat mich zugegebenermaßen überrascht. Doch macht er es auch richtig? Gewissermaßen nimmt er sich das, was im Moment für ihn gut ist. Als Steward kann er offiziell keine außergewöhnlichen Liebesspiele leben und sich nicht bekennen. Schon gar nicht in einem moslemischen Land. Aber Gigolo liebte das Fliegen. Die strahlenden Augen verrieten immer seine wahre Freude, wenn der Jumbo abhob. Er war stets korrekt und hundertprozentig bei der Arbeit. Vielleicht wäre das anders verlaufen, wenn sein Liebhaber in der Nähe gewesen wäre. Diesen Genuss des Fliegens hat er nun hinter sich. Das Singen der umherfliegenden Vögel riss mich etwas aus meinen tiefliegenden Gedanken. Warum sinniere ich so genau über ihn und seine Gefühle nach? Will ich damit von meiner Trauer, meinem Abschiedsschmerz ablenken? Von der Ungewissheit, was jetzt wirklich kommt? Entscheide ich mich für Latif, dem unsere Beziehung ernst und heilig ist? Bleibe ich bei ihm? Bei meinem treuen und langjährigen Verehrer in der Hitze und damit bei Mohammed, oder gehe ich zurück nach nirgendwo? Kehre ich dem Land meinen Rücken, dem ich so viel Exotik abgewinne, in dem ich so neugierig und entzückt auf das Andere, die Kultur mit ihren Gebräuchen bin? Dort, wo mich die goldene Kuppel auf der Moschee fasziniert? Wo ich anstelle des Glockengeläutes dem Muezzin mein Gehör schenke? Wo die einheitliche Kleidung die Straße beherrscht und bei der Figur und Mode aus Vogue und ELLE oberflächlich egal sind? Soll ich das Land Bahrain verlassen, in dem der schöne Mann, Latif, mein Herz für immer brechen kann und mir meine vergoldete Villa zur Verfügung stellen würde?

Gigolo kennt seinen Weg. Doch welcher Weg ist meiner, der mich von hier fortführt? Trotz allem weiß ich nicht wohin. Aber ich weiß, dass ich meine Freiheit leben muss. In der grünen Natur, die ihre Frische freizügig versprüht. Dort, wo ich die Luft nach einem Regenguss tief in meine Lunge einatmen kann. Der Gang auf dem Scheideweg mit der Aufschrift ‚*Sesshaft hier oder dort*' fühlt sich noch unbehaglich an. Dennoch haben die Wellen meine innere Unruhe ein wenig aufgesogen und hinausgespült.

Gigolo stieß mich sanft aus meinen Überlegungen an den Strand zurück. „Warum schaust du so traurig? Wir wussten von Anfang an, dass dieser Job nur für eine bestimmte Zeit sein würde."

„Sicher, Gigolo." Ich hielt inne, setzte neu an und fuhr fort: „Aber jeder Abschied ist kein Witz." Die alt bekannte Einsamkeit übermannte mich. Nur die Maske hielt meine Tränen zurück.

„Ein paar Monate sind wir noch zusammen. Und die werden wir richtig gut genießen. Ok?"

Gigolo stand auf und lächelte mich an. Er streckte mir seine Hand entgegen. Dankbar ließ ich mich hochziehen. Gemeinsam gingen wir umschlungen in Richtung Feuer, das wir aus der Ferne sahen. Das Lagerfeuer mit der reinigenden Kraft seines mystischen Lichtes glich einem warmen Sonnenuntergang. Noch immer standen sie in gleicher ausgelassener Runde um die Flammen. Sie waren so sehr mit sich und ihren Witzen beschäftigt, dass wir unauffällig unseren Weg über den Strand gehen konnten.

IV. Kapitel

Layla, die kleine filigrane, magersüchtig wirkende Unternehmerin aus Bahrain, hielt sich bisher sehr zurück. Mit ihren exklusiven Designeroutfits von Coco Chanel und Gucci versuchte sie stets ihre achtunddreißig Kilo bei einem Meter fünfundsechzig zu überdecken. Trotzdem konnten ihre Hände, wenn sie keine Handschuhe trug, ihre Beine, die Storchenbeinen glichen, und die Gesichtsform, spitz wie bei einer Maus mit der knochig ausgeprägten, langen, leicht nach rechts gebogenen Nase, ihre magere Erscheinung nicht verleugnen. So gab sie auch heute ihr Allerbestes. Zu ihrem blauen, knielangen Chanel-Kostüm, bei dem der Kragen, das Revers am unteren Ende der Ärmel und das Rockende in Rot gehalten waren, trug sie die passenden roten Pumps. Ihre Handtasche, in der Größe von etwa zwanzig auf zwanzig Zentimeter, hing an ihrem linken Handgelenk. Das Nappaleder war in dem gleichen Rot wie Schuhe und Revers. Sie hatte am oberen Ende zum Griff einen Magnetverschluss in Form eines aufgesetzten Bonbons. Korrekt und stylisch. Layla führte sehr erfolgreich einen großen Importhandel in Bahrain. Sie hatte das Monopol zum An- und Verkauf diverser europäischer Produkte. Dazu gehörten französische Designermöbel, Schweizer Uhren und vieles mehr, was die arabische Frau von heute glaubte, zum Leben zu benötigen. Layla verkörperte die moderne arabische Frau. Gebildet! Erfolgreich! Sie führte stets ein Leben nach westlichem Stil! Obwohl sie die Verschleierung ablehnte und sich nicht an die Regeln der Gebete hielt, glaubte sie an Textpassagen des Korans.

Layla wurde durch ein strenges Elternhaus in eine Rolle gepresst, die sie zu dem werden ließ, was sie lebte. Verbissen arbeitete sie zwölf Stunden am Tag. Sie aß wie ein Eichhörnchen. War sehr ernst und verlangte fünfhundertprozentigen Arbeitseinsatz.

Ihr Ehemann Abdallah unterstützte sie dabei. Jedoch widmete er sich intensiv seinem Hobby, der Autosammlung. Abdallah hatte in seiner klimatisierten Garagenhalle etwa fünfundzwanzig Autos der Premierleague. Das waren keine Sahneschnittchen. Das waren Sahnetorten. Von Jaguar über Lamborghini zu Maserati. Eine Augenweide, die für jeden etwas hatte. Abdallah war ein Freund Latifs und Faruks. Faruk war der Ehemann von Brigid. Gerne feierten wir zusammen auf Partys, die Layla organisiert hatte. Es war perfekt. Musik, Essen, Dekoration. Sogar die Kleidung wurde mit der Einladung vorgegeben. Die letzte große Party hatte das Thema „The 80th". Ein Eventmanager organisierte die Feier im Haus. Sie räumten die Zimmer der ersten Etage leer. Dekorierten sie mit Sitzmöbeln, Tischen und Stehlampen der Achtziger, die mit Blüten verschiedener Blumen in jeglicher Farbe gemustert waren. Die „Spiritband" sorgte für Stimmung. Songs von den Beatles, Abba und den Rolling Stones inspirierten. Eine Bar lud zur Erfrischung mit Getränken aller Art ein. Ausnahmsweise wurden auch Prosecco, Rot- und Weißwein ausgeschenkt. Layla hatte sich leidenschaftlich für ihre Party im westlichen Stil eingesetzt. Wir alle waren sehr beeindruckt. Dieser gelungene Event mit Charme machte den Abend kurzweilig.

Gerade beobachtete ich Layla, wie sie ihre Lippen mit dem passenden roten Lippenstift von Coco Chanel nachzog. Layla, die stets Zurückhaltung zeigte, überraschte mit diesem, für sie, pfiffigen Auftritt.

„Layla, du bist heute sehr charmant gekleidet. Dieses Kostüm kleidet dich vorzüglich. Die roten Endungen zeigen einen Pep, der bei Chanel sehr unüblich ist."

„Ich habe es anfertigen lassen. Extra für heute." Ein Raunen ging durch die Runde. Wir schauten uns gegenseitig mit großen Augen an. Nicht, dass es etwas Besonderes war. Nein, Layla trug öfter ein Design, das sie anfertigen ließ.

Aber für mich, für die Vernissage. Da war ich doch perplex. „Das ehrt mich sehr, meine liebe Layla. Vielen Dank!“ Mit erfreutem Gesichtsausdruck blickte ich in ihre grauen Augen. Sie lächelte.

„Wirklich gelungen.“

„Layla, du hast dich bisher sehr zurückgehalten. Gefällt es dir nicht? Langweilst du dich mit uns?“ Brigid zeigte mit dieser Frage eine Seite von sich, die bei ihr ungewöhnlich war. „Haben wir dich etwa mit unseren Geschichten und dem pausenlosen Gelächter in die Ecke gedrängt?“

„Überhaupt nicht! Macht euch keine Sorgen. Ich höre aufmerksam zu. Ich habe bisher so viel gelacht, wie ich es gar nicht von mir kenne. Ihr müsst wirklich eine tolle Zeit in eurer Crew gehabt haben. Wenn ich das so höre, könnte ich fast neidisch werden.“

„Wir haben nur die witzigen oder für andere witzige Sachen erzählt“, sagte ich mit einem Schmunzeln.

„War nicht eine Italienerin in eurer Crew? Wie hieß sie noch gleich?“ Layla überlegte und schaute in die Runde.

„Alina war ihr werter Name.“ Imke sah nachdenklich in ihr Glas.

„Ja, die rassige, langbeinige Italienerin mit ihren dunklen BH-langen Haaren. Die alle vernaschte und wieder abwimmelte, wie es ihr Spaß machte. Das brachte uns dazu, die Freundschaft zu lösen. Mit einer anderen Arbeitsschicht verloren wir uns aus den Augen.“ Im Takt des Satzes hatte ich meine aufgerichteten Hände auf und ab bewegt. „Auch ihr Alkoholgenuss war weit über unserem Maß. Und so kam es immer wieder vor, dass sie aus der Rolle fiel.“

„Ja, genau. Sie tanzte gerne zur fortgeschrittenen Stunde auf dem Tisch. Was die Männer mega geil machte“, ergänzte Brigid.

„Und sie hatte ihren Spaß.“

„Wer weiß, warum sie so war. Vielleicht wurde sie in ihren Jugendjahren mächtig enttäuscht. Sie glaubte, die große Liebe gefunden zu haben, aber er spielte nur mit ihr.“ Imke suchte eine Erklärung. „Betrachtet man Körper, Geist und Seele als eine Institution, so war sie in sich gefangen. Denn mit ihrer Erfahrung, wie ihr sie jetzt als Möglichkeit beschrieben habt, dachte sie, Alina meine ich, also ihr Geist, Männer seien alle gleich. Dadurch verhält sich ihr Körper entsprechend. Der dann sagt: Männer kannst du nur anmachen, ausnehmen und dich ihnen gegenüber hinterlistig verhalten. Die Seele, als Verbindung zwischen Körper und Geist, führt ihren Weg an." Imke schaute während ihres Vortrages mit großen Augen in die Runde. Vielleicht hoffte sie, die anderen würden sie so besser verstehen.

Wir waren sprachlos. Gespannt lauschten wir Imkes Worten. Ich spürte, wie sich in meinem Kopf ein Hebel umlegte. Mir ging ein Licht auf. Diese Philosophie war genau das, was ich in meinem Leben befolgte. Stets versuchte ich den Stern meiner Seele nicht aus meinen Augen zu verlieren. Brigid zeigte einen Gesichtsausdruck, der völlig neu in ihrer Mimiksammlung war. Sie sah so aus, als würde sie zutiefst nachdenken. Die Schwere der Gedanken ließ sie sich an ihrem Kopf kratzen.

„Wenn ich deiner Philosophie folgen kann, liebe Imke, dann meinst du, sie konnte nicht anders." Nachdenklich schaute Brigid in ihr Glas. Imke nickte.

Oiva ergänzte. „Sie war also gefangen in ihrer Institution, wie du es nennst. Mh!"

Imke nickte wieder. „Genauso ist es. Sie konnte gar nicht anders handeln."

„Dann ist es bei mir so: Ich denke, der Körper braucht Flüssigkeit. Mein Geist übt die Gewohnheit aus und sagt: Trinke. Meine Seele leitet den Weg zum Champagner." Brigid nahm in langsamer Handbewegung ihr Glas und führte es zum Mund. „Ich glaube, ich habe dich verstanden. Cheers!"

Schallendes Gelächter füllte den Raum. Laylas Gleichgewicht im Glauben an den Koran kam ins Schwanken. Ihr Blick zeigte mir, wie gerne auch sie einen kleinen Schluck des französischen Tropfens genossen hätte. Doch sie blieb ihrer anerzogenen Kultur treu und nippte mit einem Lächeln an ihrem Orangensaft.

Imke hatte immer noch ihre Stabilität und kein Glas guten Champagner in der Hand. Zumindest zeigte sie es so. Denn, dass sie wirklich gerne darauf verzichtete, war schwer zu glauben, da sie vor ihrer Ehe mit dem strenggläubigen Ali, der oft seine Dishdasha trug, keine Verächterin gewesen war. Möglicherweise hatte sie diesbezüglich früher das Leben genossen. Dieser Verzicht war einer ihrer Preise, die sie für ihren Lebensstil in der super großen Villa mit ihren drei Kindern zahlte. Als dritte Ehefrau führte sie ein Leben wie eine Alleinerziehende.

„Aber, Leute, wisst ihr was?“, stellte Oiva die Frage, die sie gleich selbst beantwortete, in die Runde. „Zu Anfang, als wir ‚neu‘ in Bahrain angekommen waren, machte es einen exotischen Eindruck auf uns. Viel Sand, wenige Hochhäuser und etwas Grün.“

Layla war wie von einem leuchtenden Sonnenstrahl erwacht und berichtete von den Erzählungen ihres Vaters.

Bahrain sei eine schöne grüne Insel mit vielen Palmen gewesen. Im arabischen Raum muss Bahrain die Paradies-Insel gewesen sein, so dass sich Reiche lange Zeit vor Mohammed auf dieser Halbinsel beerdigen ließen. „Bis neunzehnhundertdreißig unterstützte Bahrain Saudi Arabien, das damals nur eine große Sandwüste mit Millionen Beduinen war“, erzählte Layla. „Ohne Ahnung saß die Bevölkerung auf ihrem Bodenschatz, der sie zu dem machte, was sie heute sind. Bah rain gewann seinen Reichtum aus den Seidenperlen der Süßwasserquellen. Es war ein Land der Sonne mit Meer und prächtigem Grün der unzähligen Palmen. Sandig und unbebaut. Eben ein Paradies.“

Oiva musterte mich mit zunächst fragenden Blicken. Doch dann zeigte sie mit entspannten Gesichtszügen und einem Lächeln Verständnis. „Sophie, deine glänzenden Augen verraten, wie sehr verliebt du in das Land warst. Ich glaube, du bist noch heute in das alte Bahrain verliebt.“

„Das Alte ist vergangen. Das Neue hat angefangen und jetzt ist es so, wie es ist. Und das ist gut so.“

„Die Besuche der Souks waren auch interessant. Unwissende Europäerinnen im arabischen Souk. Das war wie frisch gemahlener Pfeffer auf Rindfleisch, würzig und geschmackvoll", schwärmte Brigid.

Jeder versank mit seinem Lachen und seinen Gedanken in den Souks, den damaligen arabischen Malls. In den schmalen Gässchen, die einen ungemütlichen Geruchsmix aus Schweiß, exotischen Düften der Gewürze wie Zimt, Koriander, Curry und des aromatisierten Tabaks der Wasserpfeife bargen, vorbei an den Ballen der Seide. Oft genug verweilten wir vor diesen Auslagen. Wir, Oiva und ich, wählten die Stoffe für die neuesten Modelle aus den französischen Modemagazinen. In der neu angefertigten Haute Couture erschienen wir auf Partys und fühlten uns wie Models. Die Geschäfte mit ihrem rotgoldenen Schmuck am Eingang des Souks zeigten Reichtum der besonderen Art. Alles, was im Schaufenster auslag, glitzerte und blinkte und hatte zum Kauf animiert. Wir wollten dazugehören.

„Und am besten warst du, Oiva, während unserer gemeinsamen Stewardessen-Zeit. Du hattest immer das coolste Outfit mit den Farben der stärksten Leuchtkraft und den höchsten High Heels."

„Am Dritten des Monats warst du ausgebrannt und hast für den Rest des Monats Reis gegessen oder dich von irgendeinem Typen einladen lassen."

„Imke, gewusst wie! Spaß im Leben! Das war immer meine Devise! Mit jedem Typen nur Spaß, solange er mir nicht an die Wäsche wollte. Schließlich war ich kein One-Night-Stand-Girl."

„Aber es war auch nicht schwer, dort aufzufallen. Die Einheimischen und der größte Teil der Herumlaufenden trugen Schwarz. In der Abaya verhüllt. Das schwarze, lange, sackartige Gewand, das den Boden putzte. Die Gesichter, die teilweise bis auf kleine, schmale Schlitze für die Augen verdeckt waren. Und kennt ihr den Gag der Sache?", stellte ich in den Raum. Alle schüttelten den Kopf. „Ein paar Mal war ich auf Frauentreffen der Familie. Dort waren auch Frauen in der Abaya erschienen, die sie dann auszogen. Und was war drunter? Designerklamotten vom Feinsten. Wenn jemand an der Tür geklopft hatte, zogen sie es schnell wieder über. Es hätte ja ein männliches Wesen sein können. Und geschminkt waren sie, da sehen wir blass aus. Eine Schminke erster Sahne. Und wie oft haben wir", ich schaute zu Imke, „in den Malls junge Araberinnen in seidenen, durchsichtigen Abayas flanieren gesehen, die so eng anlagen, dass du alles erkennen konntest. Die Konturen waren fein durchgesickert. Übrigens auch die Form des Dessous."

„Vielleicht haben sie auch Dessous-Partys veranstaltet", witzelte Brigid.

Ich erzählte von meinen Erfahrungen im Ritz. Das Ritz war das Hotel am Strand mit der tollen exotischen Bar, in dem die Thaimädels im hochgeschlitzten Kleid serviert haben. Als ich beim letzten Mal mit Latif dort war, es war Jahre bevor wir weggingen, hatten wir uns den vollen Frust geholt. Früher war auch die Crew öfter dort oder wir trafen uns mit Freunden. Eine schöne Bar mit Livemusik und angrenzendem Restaurant. Die Einrichtung war in afrikanischem Stil gehalten. Bambusmöbel, Masken waren an der Wand befestigt. Körbe und Hängematten, die an Holzmasten herunterhingen, gaben dem Raum mit dem düsteren Licht einen besonderen Flair von Abenteuer und Exotik. Vielleicht auch aus diesem Grund kamen immer öfter und immer mehr Saudis über das Wochenende. Sie holten all das nach, was sie in ihrem Land nicht haben konnten. Alkohol im Überfluss, Frauen, von denen sie glaubten, sie seien ihr Eigen und ausschließlich ihretwegen gekommen. Sehr eingenommen und arrogant verhielten sie sich, vielleicht von der Macht des Geldes geführt.

Angewidert war ich von einem Typen in der Bar, der die blanke Dreistigkeit besaß, mich zum Tanz aufzufordern, obwohl wir in einer Gruppe zusammen waren und Latif neben mir saß. Der hatte sich so dicht über mich gebeugt, dass ich sein viel zu intensiv aufgetragenes Parfüm roch, total aufdringlich. Ich musste unbedingt an die Luft. Latif, der sich mit strengem Blick an ihm vorbeischob, begleitete mich. Er legte sich nicht mit ihm an, denn er wusste: Geld ist Macht!

Es war eine Pseudo-Gesellschaft, die ihren Glauben an den Glauben vorschob. So tun, als ob die Abaya ein Schutz für die Frauen sei.

War es nicht vielmehr ein Schutz für sie, die Männer, selbst? Um im Extremfall mehrmals am Tag den vermeintlich begehrtesten Saft der Welt loszuwerden?

Layla hörte interessiert der energisch dargestellten Erfahrung aus meinem Leben im arabischen Land zu. Sie nickte und schüttelte zugleich mit ihrem Kopf. „Die Lage hat überhandgenommen. Abdallah kommt manchmal nachhause und berichtet von wilden Alkoholexzessen mit asiatischen Frauen unter Saudis Hand. Die neue Bar im Osten der Stadt sei oftmals eine Lagerstätte. Da passen die Abayas überhaupt nicht mehr zu deren Verhalten."

Die sonst ruhige Layla geriet in einen Redeschwall. „Die schwarzen, übergroßen Abayas sind unförmig. Nichts ist erkennbar. Nachts sowieso nicht. Um den Kopf tragen die Frauen ein Kopftuch geschlungen, genauso wie die Frauen in Ägypten oder der Türkei. Es darf bloß kein Härchen zu sehen sein. Die Abaya, ein Kleidungsstück, das noch aus der Beduinenzeit stammt. Der Sand peitschte mit Hilfe des Windes in das Gesicht und die Sonne konnte die Haut verbrennen. Und die schwarze Pracht, die Farbe der Nacht, sollte vor männlichen Übergriffen schützen. Da machte dieses Kleidungsstück noch Sinn. Ein anerzogenes Schamgefühl verbot, weibliche Reize sichtbar zu zeigen. Daher die Vermummung, von der sie bis heute nicht lassen." Layla wirkte nachdenklich. Sie schob ihr Glas vor sich auf dem Tisch hin und her. „Ja, und heute? Heute lebt keiner mehr in der Wüste, wo die Sandkörner aufwirbeln. Wenn, dann sind es ganz wenige. In der seidenen Abaya ist das Schamgefühl verflogen. Und nachts sind alle Katzen grau."

Irritiert fragte Oiva: „Warum ziehen sie sie freiwillig an? Bei dieser Hitze im schwarzen, langen Gewand rumzulaufen - das ist doch unerträglich. Ich mag schon keine Jeans bei fünfunddreißig Grad im Schatten."

„Zum einen fehlt der Mut gegenüber der Familie, das Neue einzugestehen, zum anderen reizt der Reiz. Die Exotik. Das Besondere. Es wirkt geheimnisvoll. Eine Entdeckungsreise zu dem, was sich darunter verbirgt. Das, was nicht sofort sichtbar ist, sondern nur für die bestimmte eine Person gedacht ist. Die Schönheit. Die Schminke. Die Dessous. Markenkleider aus Paris unter der Abaya. Du kannst auch bestickte Abayas kaufen oder farbige.“

„Die dann durchsichtig sind und sexistisch wirken.“

„Apropos sexistisch. Du sagtest: Die Frau dürfe keine Reize zeigen. Das hieße, in der westlichen und restlichen nicht arabischen Welt sähen alle Männer oder männlich wirkende Wesen den Frauen nur auf die erotischen Körperstellen.“ Brigid blickte mit hochgezogenen Augenbrauen in die Runde.

„Hm, ich denke, es gibt Gaffer, die dir nachschauen. Aber im Zuge der Emanzipation hat sich das in vielen Ländern zum Positiven für uns Frauen entwickelt.“

„Am Strand in Dubai war mir der Zwiespalt aufgefallen. Die Frauen der arabischen Männer saßen in der Nachmittagshitze in ihrem schwarzen Abaya am Strand und die Männer gafften den Touristinnen nach. Auch auf ‚The Walk‘, der Flaniermeile, oder in Bars, wenn sie alleine unterwegs waren, konnten sie ihre Blicke nicht lassen.“

„Und wie fühlen sich deren Frauen?“

„Das wissen die Götter“, sagte Imke.

„Ja, oder sie versuchten bewusst, ihre minderjährigen Söhne vom Blick abzulenken. Was natürlich noch neugieriger macht. Oder die Saudis, die Fahrverbot für Frauen haben, weil Auto und Sex zu nahe beieinander lägen. Dabei fällt mir auf, dass sie ein super krampfhaftes Verhalten zu dieser Thematik einnehmen.“ Brigid brauchte einen kühlen Schluck.

„Irgendwie ist es ein verkorkstes Thema, das nicht unbedingt landesspezifisch ist. Aber die Verschleierung hat eben einen besonderen Kick.“

„Eros, Erotik entsteht eben doch im Gehirn. Das ist ja wohl hiermit belegt. Oder hat jemand Zweifel? Sexappeal kann durch keine Tracht unterdrückt werden.“

Ich hielt mich zurück. Innere Unruhe breitete sich aus. Oft dachte ich früher daran, wie es wohl sein würde, wenn meine Töchter ins Teenageralter kämen. Der Verzicht auf das freie Leben mit den schönen Seiten schien mir für sie unvorstellbar. Sie verschleiert zu sehen und so leben zu müssen, war ein Gedanke, den ich nie ernsthaft zu Ende denken wollte. Ein solches Diktat aufgesetzt zu bekommen, war für mich menschenunwürdig. Es war eine Form der Freiheitsberaubung.

„Ich würde sagen, sie schützen sich vor der Geilheit des Mannes auf der Straße", antwortete Brigid mit leiser Stimme. Sie stellte sich wieder aufrecht, als wolle sie ihren Körper bewusster wahrnehmen. Immer noch redeten alle durcheinander. Dieser Gesprächsstoff beschäftigte uns schon lange.

„Übrigens, noch kurz zur Ergänzung: Die Männer tragen ihr weißes Gewand, die Dishdasha, nicht bis zum Boden. Zwecks der Zirkulation. Und genau aus diesem Grund ist auch die Kopfbedeckung offen und nur mit einem schwarzen Ring am Oberkopf befestigt." Layla führte mit einer Handbewegung vor, wie sie sich eine imaginäre Kopfbedeckung à la Yassir Arafat auf den Kopf setzte.

„Da haben wir es wieder. Der Mann darf den Wind durch sein Gewand fließen lassen und die Frau muss den Kopf fest eingebunden haben."

Die Männer in lässigen Jeans. Die Frauen versteckten sich unter der Abaya. Verschleierung. Entsagung. Entbehrung. Die Frau, deren Gesicht bedeckt war, die im Café am Nebentisch saß und zum Essen mit der einen Hand die Gesichtsverdeckung anheben musste, um sich mit der anderen Hand den Muffin in den Mund zu schieben. Selbst dann konnte sie das Tuch nicht über den Kopf zurückschlagen. Beim Schwimmen, was heißt Schwimmen? Beim Besuch des Meeres trugen oft Frauen die Abaya und Männer nur Badehosen. Die modernen Frauen, die wenigen, trugen schon mal einen Ganzkörperanzug, einen Burkini, in dem sie auch schwimmen durften. Eine Männerwelt im einundzwanzigsten Jahrhundert oder doch im fünfzehnten?

Mein Körper reagierte auf das Gesprächsthema dieser immensen

Ungerechtigkeit. Ich spürte die roten, warmen Flecken am Hals. Nun war es wieder so weit. Meine ungelebte Energie, die früher viel häufiger auf diese Weise zum Vorschein kam, zeigte sich. Es waren die Flecken, die kamen, wenn ich mich über Gegebenheiten aufregte, die ich nicht ändern konnte. Als Folge hatte ich mich innerlich zurückgezogen. Es waren die Momente, die mich in meiner Freiheit einengten und die ich niemals wieder fühlen wollte. „Was soll das? Wo ist das Leben? Welche Moral steckt dahinter? Auch bei ihnen sind Gedanken geistige Wirklichkeiten."

Layla griff meine Worte sogleich auf. „Das sind viele Fragen, die ich auch nicht beantworten kann. Ihr oder wir fragen uns, warum sie nicht baden gehen? Vielleicht ist es für sie genauso fraglich, wie ihr Westler baden geht? Halbnackt, ist das schön? Der Schwabbelbauch wird zur Schau gestellt. Ist das ästhetisch, appetitlich? Es sind zwei Kulturen, die sehr gegensätzlich sind. Ich kann nicht sagen, die eine ist die Bessere. Ich kann nicht schwimmen. Mir wurde es nie beigebracht. Und heute habe ich keine Zeit, vielleicht auch keine Lust. Und da ich keine Tochter habe, brauche ich mir nie Gedanken darüber zu machen. Wir tragen auch keine Abaya und keine Dishdasha. Auf Dauer, im Wandel der Zeit, denke ich, dass die junge Generation einen neuen Weg gehen wird. Immer mehr haben eine bessere Bildung und fragen nach. Sie denken selbständiger. Nicht zu unterschätzen ist die zunehmende Zahl der westlichen Touristen, die sich im neuen Beach-Outfit am Strand bewegt. Man wird es nun mal nicht verhindern können, dass die beiden Kulturen immer häufiger aufeinandertreffen. Was daraus wird, werden wir sehen."

„Inshallah!" Ich stimmte Layla zu.

Unüberhörbar hatten Brigid und Oiva einen leeren Magen. Oiva ging zum Büffet holte einen großen Mixteller mit italienischen Vorspeisen. Brigid besorgte Getränke. Die anderen nutzten die Zeit für eine kurze Erfrischung auf der Toilette.

Ohne lautes Gelächter konnte ich die Lounge-Musik im Hintergrund hören. Mein Puls, der zwischenzeitlich hoch und runter geschnellt war, kam auf einen gesunden Mittelwert. Ich sah mich im Raum um. Immer noch waren viele Menschen anwesend. Vielleicht sogar mehr als zur Eröffnung. Interessiert standen sie vor den Fotografien. Die schöne Stimmung durchflutete die Vernissage. Im Raum herrschte trotz der vielen Menschen eine angenehm kühle Temperatur. Meine Gefühlsachterbahn hatte sich auf einen ausgeglichenen Level eingefahren. Ich war stolz. Ahmet, Bashar, Alia und Chayma sah ich fröhlich vor den Bildern ihrer Kindheit stehen, Angel im Schlepptau. Die Fotos zeigten sie in Monaco. In jenem Urlaub fuhren wir zum ersten Mal mit unserem Segelboot hinaus auf das Mittelmeer. Wir genossen den roten Untergang der Abendsonne und das glitzernde Meer.

Diese Vernissage war mein Werk mit den Bildern meiner Lebensgeschichte. Ich platzte vor Stolz. An diesem Abend zeigte meine Maske nicht ein krampfhaftes Lächeln, sondern ein herzliches, warmes Lachen glitt über mein Gesicht.

Die Gäste kamen, um meine Bilderstory zu sehen. Interessiert diskutierten sie über ein Leben, das mir zeitweise eintönig und ermüdend erschien, auch banal und anstrengend und dennoch von Luxus umgeben. Es war mein Leben, von dem ich mir manchmal gewünscht hatte, wie ein Passagier während des Fluges einen Film mit Richard Gere und Julia Roberts gesehen zu haben, der mir ein Leben in solch unterschiedlichen Kulturen vor Augen führte, und doch konnte eine Brücke zwischen diesen unterschiedlichen Welten geschlagen werden.

V. Kapitel

Allein am Bistrotisch zog ich den Lippenstift und den kleinen Handspiegel von Gucci aus meiner Tasche, in dem ich entweder nur die Augenpartie oder den Mund mit seinen Konturen sehen konnte. Er war an der äußeren Oberseite mit sieben Diamanten in Herzform versehen. Das war mir damals wichtig. Die Lippen frischte ich mit neuer Farbe auf, schaute in meine Augen und begutachtete die Augenbrauen. Alles korrekt. Zufrieden schloss ich den Handspiegel.

Versonnen strich ich sanft mit den rechten Fingern über das Diamantenherz. Das Auf und Ab dieser Form der eingesetzten Diamanten berührte mich mehrfach. Ich spürte, wie diese Bewegung nicht nur in meinen Fingerspitzen blieb. Die Energie der feingeschliffenen Glitzer- und Glamoursteine, der Traum aller Frauen, zog über die Hand und den Arm ins Innere. Mein Herz war berührt. Es pochte und klopfte. Die Diamanten glichen vielen Situationen in meinem Leben in Bahrain. Keine Gleichheit. Viele Facetten und Unebenheiten. Mit meinen Gedanken war ich weit weg.

Fragen kamen auf. „War es Zufall, dass ich diese Stelle bei der arabischen Fluggesellschaft bekommen hatte? War es Zufall, als ich Latif auf einem Flug kennengelernt hatte? War es Zufall, als wir uns in der Bar an einem Donnerstagabend, der in arabischen Ländern dem Samstag gleicht, getroffen haben? Gab es den Zufall? Oder war es doch Schicksal? Hätte ich Latif nicht getroffen, wäre ich in London geblieben?“

Von Wehmut erfüllt sinnierte ich über meine kurze, aber intensive Zeit in England nach ...

... Mehr als ein halbes Jahr war vergangen. Der weite Weg zurück hatte sich zu meiner Zufriedenheit entwickelt. Ich hatte in London bei meiner Mutter in ihrem schnuckeligen Reihenhaus gelebt. Das war gerade groß genug für zwei Menschen und zwei Katzen. An dem wunderschönen Holzkamin hatte ich mich heimisch gefühlt. Täglich saß ich dort Stunden und schaute in das goldgelbe Feuer. Das knisternde Holz gab seine Wärme und seinen Duft ab. Der alte, grüne, hohe Ohrensessel davor wurde zu meinem Lieblingsort. Meine Beobachtung galt der Flamme, wie sie mit der Luft spielte. Ich schlief ein oder versank in einen Roman nach dem anderen, der von Liebe, Gemeinsamkeit, Wohlbefinden und Sesshaftigkeit nur so triefte. All das, wovon ich träumte. Ich war fort von Bahrain. Ich hatte mich für die Freiheit entschieden. Nachdem ich mich der Herausforderung gestellt hatte, habe ich mein neues Leben genossen. Gedanken an Latif kamen und gingen. Zufrieden saß ich vor dem Kamin. Meine neuen Freundinnen und die grüne Natur ließen keinen Raum für Wehmut zu. Ich vermisste nichts und niemanden.

Nach den Wochen des Herumsitzens, Nichtstuns, Lesens, Schlafens und Träumens meldete ich mich zu einem Fortbildungskurs für Computerfachfrauen an. An der Rezeption in einem Hotel wollte ich arbeiten. Das Leben in England machte mir Spaß, wie schon lange nicht mehr. Ich genoss die ans Fenster platschenden Regentropfen, während ich in eine Wolldecke eingekuschelt auf das Feuer im Kamin starrte. Ich gewann neue Freunde, ging abends mit ihnen ins Pub und wir konnten uns an die Theke setzen, ohne permanent angestiert zu werden.

In meinem neuen Lebensabschnitt war ich glücklich und genoss die Freiheiten, die mir im arabischen, exotischen Land verboten waren. Meine Bewerbung mit dem abgeschlossenen PC-Diplom als Computerfachfrau für Bürotätigkeiten in einem großen, modernen Hotel in London war erfolgreich verlaufen. In drei Monaten sollte ich als Rezeptionistin anfangen.

Doch dann kam alles anders. Mein Leben veränderte sich von

Grund auf. An diesem sonnigen Nachmittag im späten Winter saß ich in meinem Sessel vor dem wärmenden Kamin. Ich erinnerte mich an die Bar ‚DREAMER', in die mich Latif eingeladen hatte. Schon damals hatte ich nicht gewusst: „Ist es ein Traum? Oder treffe ich im ‚DREAMER' wirklich meinen Traummann?"

Mit den Jahren entwickelte sich alles. Die einzelnen Tage zwischen den Flügen verbrachten wir gemeinsam, soweit es auch Latifs Arbeitszeitplan zugelassen hatte. Je länger wir zusammen waren, desto mehr bekam ich das Gefühl, wir seien nur gute Freunde. Auf der einen Seite war mein Beruf, durch den ich selten zuhause und oft mehrere Tage hintereinander im Ausland war, auf der anderen Seite stand seine Arbeit, die ihn sehr einspannte, denn er wollte seinen Job perfekt erledigen und das Geld anderer nicht verschleudern. Die getrennte Wohnung. Alles sprach gegen eine feste innigliche Bindung.

Plötzlich klingelte mein Handy. „Hello!"

"Hello, my dear Sophie. Wie geht es dir? Was macht dein Leben?"

Und wieder war es Latif. Er ließ nicht locker. Bei dieser Stimme im Ohr zog ich meine Augenbraue hoch und runzelte die Stirn. Und diese Begrüßung! Er kann nicht loslassen, dachte ich. Meine Gefühle wussten nicht, welchen Weg sie einschlagen sollten. Einerseits war ich wieder froh, seine Stimme zu hören, andererseits hatte ich es mir in London heimisch gemacht. Allerdings erwachten meine Schmetterlinge im Bauch ganz langsam aus ihrem Winterschlaf. Ich versuchte, sie nicht bis zu den Stimmbändern emporkommen zu lassen, so dass Latif keine Chance hatte, meine zittrige Stimme wahrzunehmen. „Hallo Latif, mir geht es blendend. Ich sitze vor meinem Kamin, der mir seine wohlige Wärme schenkt. Das Holz knistert und verteilt einen schönen Geruch nach warmem Harz im Raum."

„Habe ich dich aus dem Schlaf geweckt?"

„Nein, ich lese einen Roman."

„Aha, einen Liebesroman, wie ich dich kenne."

„Stimmt."

„Den kannst du leben. Den musst du nicht lesen."

„Aber nicht alles im Roman ist immer schön. Dann mache ich das Buch zu und gut ist es. Im Leben ist das schwieriger.“

„Wir können es versuchen. Du weißt, wie schön es hier ist. Du wirst in einer großen, weißen Villa mit Pool leben und zwei Maids und einen Gärtner haben. Du bist dann die entspannte Madame im Haus.“

„Ach, Latif, schon so oft hast du versucht, mich zur Hochzeit zu bewegen. Und zum Schluss hat es mir nicht mehr gefallen. Du weißt, die Hitze ...“

Latif unterbrach: „Aber da wohntest du in einer kleinen, stickigen Wohnung ohne Air Condition und teiltest einen klapprigen Wagen mit deiner Freundin. Nach der Hochzeit ist alles anders. Besser. Glaube mir. Ich verdiene sehr gutes Geld. Du wirst in einem goldenen Land leben.“

„Hoffentlich nicht im goldenen Käfig“, witzelte ich.

Latif ging darauf nicht ein. „Ich komme nächsten Dienstag zu dir und dann besprechen wir alles.“

Ich verdrehte die Augen. Mir platzte fast der Kragen. Voller Wut riss ich die Decke von mir und setzte mich gerade auf. Am liebsten hätte ich das Buch in das Feuer geworfen. Doch es war mir zu schade. Ich stand auf und lief unruhig umher. In meiner Stimme lag Unbehagen. Ich fühlte mich übergangen. Ich wurde laut. „Wie? Du hast schon gebucht? Ohne es mit mir zu besprechen? Ich könnte nicht damit einverstanden sein oder mit meinen Freundinnen unterwegs sein.“

„Nein, Sophie. Ich weiß, du wirst dich nicht verleugnen. Außerdem sollte es eine Überraschung sein.“

Nun hatte er mich wieder so weit. Mit seiner warmen Stimme, die leise in den Hörer hauchte, hatte er mich umgarnt. Ein Bild von ihm erschien in meinem Kopf. Mit seinem athletischen Körperbau stand er vor mir und bannte mich mit seinen dunkelbraunen, verliebten Augen. Ich spürte seine Anwesenheit im Raum. Dabei lag der Duft seines Aftershaves nach Tabak und Zedernholz in der Luft. Ich kuschelte mich wieder in meine weiche Decke, lauschte seinen Worten und ließ mich verzaubern.

Gleichwohl ich mich zunächst ärgerte und mich überrumpeln ließ, wurde ich neugierig. Welches Ass würde er aus seinem Ärmel ziehen? Sollte es ein Machtspiel sein, in dem er mich durch seinen Charme und seine Versprechen einfangen wollte? Oder war es wahre Liebe? Würde er meinen Traum erfüllen? Ein Leben in Glanz und Gloria mit dem Mann an meiner Seite, der mich lieben und ehren würde? Im Gegenzug schenkte ich ihm meine leidenschaftlichen Liebesbande? Aber wie sollte ich das herausfinden? Vielleicht würde er mir etwas vorspielen, überlegte ich. Doch das glaubte ich wiederum nicht, so sicher war ich mir bei Latif. Warum sollte er einer europäischen Frau ein Spiel vormachen, wenn er einfacher zehn arabische haben könnte? Dieser Gedanke erschien mir unsinnig. Trotz allen Überlegungen traten wieder die altbekannten Glücksgefühle aus der Bar „DREAMER" auf und ließen mich fasziniert nach vorne schauen, auf den Tag seiner Ankunft.

Die Zeit verging im Flug. Ich holte ihn am Flughafen ab. Pünktlich war er eingeflogen. In der Ankunftshalle wartete ich auf ihn. Die ankommenden Gäste aus den arabischen Ländern schoben ihre Schrankkoffer. Wollten sie umziehen?, fragte ich mich.

Dann erschien Latif. Glück lag auf seinem Gesicht. In der Hand hielt er einen kleinen Koffer, der schon tausendfach abgenutzt war. Auf diese Weise zeigte er mir, dass er sein Geld nicht für *unnütze* Äußerlichkeiten ausgab. Je tiefer er in meinen Privatbereich eindrang, desto mehr Schmetterlinge tanzten in meinem Bauch. Und wieder spürte ich die großen Liebesgefühle von Bahrain in mir. Vom ersten Wiedersehensblick an war ich mir bewusst, mich nicht mehr dagegen wehren zu können. Neben so vielen Glücksgefühlen war es unmöglich, dass Zweifel aufkommen würden. Ich konnte nicht danebenliegen. Ich fühlte, was ich in den vergangenen Monaten im Unterbewusstsein vermisst hatte.

Latif stand mir gegenüber. Der Blick seiner dunkelbraunen Augen traf tief in mein Herz, das mir bis zum Hals pochte.

Im Roman ist es die Stelle, an der sie sich küssen. Aber in der Realität war das jetzt nicht möglich. Ein Moslem küsst nicht in der Öffentlichkeit, auch wenn das Bedürfnis dazu umwerfend groß ist, ging es mir spontan durch den Kopf.

„Hi, Sophie. Es ist sehr schön, dich endlich wieder zu sehen", flüsterte Latif.

„Ich freue mich auch."

Wir umarmten uns herzlich. Bestimmt, aber distanziert. Ich spürte seinen gut geformten Oberkörper an meiner Brust, in dem Moment, als wir uns zur Begrüßung auf die Wange küssten. Sein Blick fesselte mich. All das, was ich mir vor wenigen Tagen ausgemalt hatte, lag nun in der Luft. Der Geruch nach Zedernholz umgarnte mich.

„Ich bin mit dem Wagen da. Fahren wir zu mir."

„Nein! Lass ihn stehen. Ich zahle die Garage. Ich habe einen Wagen und ein Zimmer im ‚Palace-Hotel' gebucht." Latif wusste, was er wollte. Er würde alle Register ziehen, die er zur Verfügung hatte. Und das waren nicht wenige. Er hatte alle Joker in der Hand.

In einem historischen Mietwagen, einem Mercedes-Cabrio, fuhren wir durch die Stadt. Latif liebte Oldtimer. Der Wind wirbelte meine Haare durcheinander. Die Luft, die nach Freiheit roch, konnte ich bei dem aufkommenden Gegenwind nicht tief genug einatmen. Latif fuhr vor dem Palace vor und der Portier übernahm den Wagen.

Latif öffnete die Tür zu unseren Räumlichkeiten. Blüten roter Rosen zeigten mir den Weg in die neue Welt. Er hatte alles vorbestellt – eine Suite. Im Eingangsbereich befand sich ausgiebig Platz, um Garderobe abzulegen. Auf dem Sideboard aus Kirschbaumholz standen in einer weißen, chinesischen Vase mit blauen Ornamenten weiße, langstielige Rosen. Ihr Name, „Ocean Drive", machte ihnen alle Ehre. Ein frischer Hauch nach Meeresluft, Ozeanwasser und Salz hatte sich in der schönen Suite verteilt. Nach etwa zwei Metern öffnete sich der Raum zu einer großen Fläche mit gemütlicher Wohnsphäre. Eine breite, cremefarbene Couch mit Magnolienblüten in Rosa und zwei dazugehörigen Sesseln umgaben einen Couchtisch, der aus dem gleichen Holz wie die Sideboards an der Eingangstür gefertigt war. Darauf wartete in einem Kühler eine Flasche Champagner. Zwei Gläser standen davor. Latif zog wirklich alle Register. Und er wollte als Moslem Champagner trinken. Wenn das nicht ein Zeichen war.

Der Ausblick durch das Panoramafenster aus dem zwölften Stock zeigte ganz London, das jedoch im typischen Nebelschleier verborgen lag. Nur vereinzelt konnte ich Dachspitzen oder Kirchtürme entdecken. Im rechten Teil der Suite befand sich das Badezimmer mit Whirlpool und -dusche. Die Wasserhähne glänzten in hellem Gold. Im linken Teil war das, wonach wir uns mehr gesehnt hatten, als wir beide zugaben. Ich konnte fühlen, dass gerade Latif daran Gefallen fand – das Kingsize-Bett. Zweimeterfünfzig auf zweimeterzwanzig. Die perfekte Größe. Ich fühlte, wie eine Flamme ein loderndes Feuer entfachte. Ungezügelt gaben wir uns unserer Liebe hin.

Am Abend gingen wir zum Dinner ins Restaurant. Die Gourmetküche leistete beste Arbeit. Das Lamm in Curry mit Himalaya-Reis auf grünen Bohnen, dazu einen Saint Emillion, bezirzten den Gaumen und die Geschmacksnerven. Nach reichlich geflossenem Wein und den großen Gefühlen schlichen wir mit kleinen, schweren Schritten um Mitternacht in unser Liebesnest.

Für den nächsten Tag hatte Latif ein Picknick am Meer geplant. Das englische Wetter spielte mit. Leichter Wind wehte um unsere Köpfe und entzog aufkommende Schmerzen vom Morgen danach. Durch den grauen Himmel mogelten sich intensive Sonnenstrahlen, die so stark blendeten, dass meine schwarze Sonnenbrille den grellen Schein kaum abdeckte. Keine Menschenseele war zu sehen. Frisches Obst und Säfte, auch Tee und Toastbrot ungetoastet, Lachs, Eier und andere Gaumenfreuden zauberte Latif aus seinem Korb. Es war ein wunderschöner, englischer Tag. Wir saßen auf einer Decke. Windlichter brannten. Wir speisten fürstlich und hatten viel Freude und Spaß. Ich ruhte in mir selbst. Meine Gefühle schwebten auf Wolke Sieben.

Und so hörte ich auf weichem Untergrund aus der Ferne die Worte, wie aus einem Roman: „Weißt du noch, wie wir uns kennengelernt haben? Von dem ersten Moment an habe ich dich geliebt. Damals in der Bar ‚DREAMER' wusste ich: Die Braunhaarige mit ihren glänzend roten Lippen lasse ich nicht mehr los. Du warst die Frau, die mir das Andere in der Weiblichkeit zeigte. Deine europäische Exotik mit den helleren Haaren und der weißen Haut gaben mir den besonderen Reiz. Ich konnte dich mit meinem ganzen Körper wahrnehmen. Die verschleierte Frau meiner Welt war mir schon immer zu fern. In meinen Augen gab es keine Kleiderfrage. Die persönliche Freiheit und Gleichberechtigung lag mir stets am Herzen." Latif machte eine Pause. Mit einem tiefen Blick in meine Augen griff er nach meiner Seele. „Sophie, du kennst mich. Ich bin ein Mann weniger Worte. Ich bin hier, um nicht nur mit dir zu speisen." Latif schaute in das romantisch schimmernde Kerzenlicht, das im sanften Wind fackelte. Die Kerzen waren ein Zeichen an mich, denn sein Rationalismus würde seinen Händen niemals den Auftrag geben, Kerzen einzupacken. Aber ich liebte sie immer und überall. Und das wusste er. Latif zog aus seiner Jackettasche eine kleine Schachtel, die er mir entgegenstreckte. Das Leuchten seiner glanzvollen Augen verriet große Verliebtheit. Latif nahm meine Hand und sagte mit leiser Stimme: „Mein Liebling, ich möchte, dass du meine Frau wirst."

Ich war überwältigt. Meine Schmetterlinge tanzten Samba in meinem Bauch. Meine zittrigen Hände zogen an dem rot-glitzernden Band der Schlaufe. Aufgeregt öffnete ich die kleine Schachtel mit goldener Aufschrift des weltberühmtesten Juweliers. Der blaue Saphir, umgeben von Brillanten, blinkte und glitzerte mich an. Das Licht wurde gebrochen, so dass die Intensität der Steine an Kraft zunahm. Kein Wort brachte ich heraus. Stattdessen malte mein rechter Zeigefinger ein Herz mit einem Liebespfeil durchzogen in den feinkörnigen Sand. Ich schob meine Sonnenbrille auf die Haare. Mit leicht gebeugtem Kopf lächelte ich ihn an. Latif schien Zustimmung zu erkennen. Seine Augen glänzten und leuchteten.

Ich konnte nicht anders. Ich entschied mich für ihn. Für ein Leben in der trockenen und auch feuchten Hitze an meinem geliebten blauen

Meer, für ein Leben in Bahrain.

Um keine Zeit zu verlieren, einigten wir uns auf den fünfzehnten Mai. Es waren nur noch wenige Wochen bis zur standesamtlichen Trauung. Alles musste schnell gehen. Auf meinen Vorschlag, in London oder Umgebung nach englischem Stil zu heiraten, ließ Latif sich ein, denn er wollte mich, seine Sophie, und wusste, wie wichtig es für mich war, dort die Hochzeit zu vollziehen.

Dennoch musste später in Bahrain eine arabische Eheschließung vor einem Imam vorgenommen werden. Das sollte eine kleine Zeremonie in arabischer Sprache mit zwei Zeugen in unserem Haus sein. Diese Prozedur mussten wir durchführen, damit unsere Ehe im arabischen Land gültig war. Doch in diesen Tagen wollte ich nur an meine Hochzeit in London denken.

Meine Mutter war von meinem plötzlichen Entschluss sehr überrascht, fast erbost. Aber als sie ihn, meinen arabischen Traummann namens Latif, sah, konnte sie meine Entscheidung nachvollziehen und freute sich schließlich mit mir auf die Hochzeit.

Ich liebte Golf, die Plätze mit ihrem Grün und dem rauen Wind. Und so fiel unsere Wahl auf ein First-Class-Hotel mit Nobelgolfplatz am Atlantischen Ozean, vor dessen Einfahrt das Schild mit der Aufschrift „Women and dogs are not allowed“ stand. Ein Schild aus längst vergangenen Tagen, an denen nur Männer in langen Hosen Zutritt zu einem Golfplatz hatten. Das Schild, das viele nicht sahen, mochte eine indirekte Mitteilung für meine Zukunft im arabischen Land sein. Aber damals war mir dieser Slogan in dieser Bedeutung noch nicht bewusst.

Die großen Kronleuchter spendeten schönes, warmes Licht in dem festlich weiß dekorierten Saal. Weiße Rosen, weiße Bestuhlung, weiße Tischdecken. Unser Festraum in dem alten, jedoch neu renovierten Hotel erstrahlte abends im Schein der Kerzen wie auf einem Gemälde von Tausendundeiner Nacht. Der Duft nach frischem Regen hing in der Luft. Der Himmel zeigte sich wolkenbehangen mit kleinen

Schlupflöchern für einzelne kräftige Sonnenstrahlen. Die Zeremonie fand direkt vor dem achtzehnten Loch statt, das sich an die Terrasse anschloss. Weiße Holzstühle standen für die Gäste und uns auf dem grünen Rasen bereit. Zwischen zwei großen weißen Blumenbuketts nahm der Standesbeamte seinen Platz ein. Er stand mit dem Rücken zu der schönen Aussicht, die wir, Latif und ich, sowie die Gäste, genießen konnten. Der Blick ging auf den kurzgeschnittenen Rasen und einen Sandbunker im Osten. Dahinter, im Norden, bildeten Sanddünen den Abschluss zum Atlantik. Eine frische Meeresbrise zog von da zu uns herüber.

Wir warteten, dass der Standesbeamte begann. Plötzlich strich eine intensive Windbö durch das Gras und wirbelte den Sand der Dünen auf. Mein Kopfschmuck war mit Klammern so fest in die Haare gesteckt, dass ein Entkommen unmöglich war. Einige der weiblichen Gäste hielten verzweifelt ihre Hüte fest. Oiva nahm beide Hände, um ihren Federn nicht nachlaufen zu müssen. Der Standesbeamte jedoch rannte seinen schriftlichen Ausführungen hinterher. Vom Winde verweht zogen Blüten der Rosen an uns vorbei. Die Gäste wurden unruhig. Sie schauten sich um und witzelten miteinander. Schließlich kam der Beamte zurück. Ohne Unterlagen. Diese hatten das Weite unter dem Himmelszelt hinaus auf den Ozean gesucht. Der Beamte hatte einen hochroten Kopf. Kurzer Atem hielt seinen Oberkörper in Bewegung. Trotzdem zauberte er ein Lächeln auf sein Gesicht. Er begann die Zeremonie mit den Worten: „Eine große Liebe wird den noch so stürmischsten Tag überstehen.“

Latif schaute mich an und nahm zärtlich meine Hand. Besondere Wärme entwickelte sich in mir. Ich hatte das Gefühl, nichts könnte mehr schiefgehen. Alles, was ab diesem Zeitpunkt geschah, würde uns gemeinsam im gegenseitigen Vertrauen gelingen.

Es war eine kleine, aber feine Party mit den wichtigsten Freunden. Natürlich war meine Schwester Frances mit ihrem Mann Oz und deren Sohn Jonah aus Ramallah in Israel dabei. Meine Schulfreundin Simone mit ihrem langjährigen Freund Peter aus Österreich sowie mein Vater, der eine eindrucksvolle Hochzeitsrede vor dem Dinner hielt, beglückten uns mit ihrer Anwesenheit. Der Champagner floss in Strömen und der französische Rotwein schmeckte vorzüglich zum Wild des Hauptganges.

Meine arabischen Schwiegereltern hatten den Weg nach England nicht gefunden. Mit ihrer Verweigerung setzten sie ein Zeichen, das ich in seinem Ausmaß nicht erkannte und mir in meinen schlechtesten Träumen nicht vorstellen konnte. Damals gab ich ihrer Entscheidung nicht allzu viel Gewicht. Ich wusste, mein Mann Latif würde mich lieben und für mich und die kommenden Kinder da sein. Ich gab mich dem Glauben hin, Liebe würde die ein oder andere, für mich doch ernstzunehmende, moslemische unliebsame Gegebenheit überdecken.

Die verschiedenen Nationalitäten hatten bei der Feier ihren Flair. Da war die witzige Oiva mit ihrem ausgeprägten Hang zur Selbstdarstellung, die ihre Gags locker auf der Zunge hatte, deren Humor allerdings nicht jeder verstand. Ja, und dann war da noch der unterschiedliche Glaube mit seinen verschiedenen Weltauffassungen. Was weltpolitisch ausgesprochen schwierig war, gelang uns zumindest an diesem einen Tag in der Familie. Das Beisammensein und Zusammenfeiern von Christen, Moslems und Juden war einzigartig. Nach außen hin hatten wir es geschafft, uns als Menschen einer Welt zu sehen. Unvoreingenommen verbrachten wir gemeinsam einen wunderschönen Tag, an dem uns jeder Glück wünschte und ein Leben voller Liebe. Am nächsten und übernächsten Tag löste sich die Hochzeitsgesellschaft wieder in alle Himmelsrichtungen auf.

Gemeinsam genossen Latif und ich noch einige Zeit in London. Die Shoppingtour wurde lang und länger. Englische Möbel mussten es für unsere Wohnung sein. Latif reiste ein paar Tage vor mir zurück, um das richtige Heim zur Erfüllung meiner Wünsche zu finden. Damals war ich noch davon überzeugt.

VI. Kapitel

Ziemlich schnell fand Latif ein einstöckiges, großes Haus mit Garten und Pool. Dennoch wartete ich. Ich wollte erst einziehen, wenn die Möbel eingetroffen waren, um endlich sesshaft zu werden. Dass die Wohnung dann noch nicht fertig eingerichtet war, störte Latif und mich weiter nicht. Jeder Tag war aufregend.

Die arabisch-moslemischen Gegebenheiten schlichen sich erst mit der Zeit ein. Alles dauerte immer länger. Latif ließ sich Zeit. Vieles der Wohnungseinrichtung entsprach nicht meinen Wünschen und seinen Versprechungen. Meist verwirklichte er seine Ideen, nicht meine.

Das allwöchentliche Lunch bei den Schwiegereltern, die mich ablehnten und meist nur Arabisch redeten, obwohl auch Englisch möglich gewesen wäre, hob meine Stimmung nicht gerade. Wieder war in mir das bekannte Gefühl aus Flügen aufgekommen, bei denen sich beide Parteien nicht verstanden. Situationen, in denen ich meinen Job verrichtet hatte, aber mit meinen Gedanken allein und einsam war.

Meine Arbeit bestand nun daraus, als Ehefrau in einem moslemischen Haus die Zeitspanne vor und nach dem Lunch mit einem Lächeln abzusitzen. Nicht einfach. Aber ich ließ es über mich ergehen und mit mir machen. Ich liebte meinen Mann. Ich war schwanger. Ich liebte dieses exotische Land mit seinem Meer, in dem ich leben durfte. Vieles der arabischen Kultur war mir zu jener Zeit, trotz meines sechsjährigen Aufenthaltes, nicht so tiefgründig bewusst. Das lag sicherlich auch daran, dass ich als Stewardess oft außer Landes war. Im Nachhinein hatte ich den Eindruck, als lebte ich, die damalige Stewardess, dort sechs Jahre mit großen Urlaubsunterbrechungen.

Meine anfänglich große Liebe war dreidimensional rosarot. Ein Job blieb mir erspart. Wir hatten ein geräumiges Haus und Geld. Aber so langsam wurden die Tage immer länger ...

... „Hey Sophie! Wie lange willst du noch über dein diamantenes Herz streichen? Glaubst du, deine Finger nehmen den Glitzer auf?“ Faruk stellte sich mit seinem Charme neben mich. Inzwischen stand nicht mehr nur ich am Tisch, auch die anderen waren zurückgekommen.

Latif nahm gleich den Platz auf der anderen Seite neben mir ein. „Diamonds are a girl´s best friend.“

„Sie bleiben. Unverändert. Brillieren am Körper und lenken die Aufmerksamkeit auf sich.“ Ich steckte meinen Lippenstift und den Handspiegel in meine Tasche.

„Wenn das so ist, dürften sie nur unschöne Menschen tragen.“

„Brigid, es gibt keine hässlichen Menschen.“ Die selbstbewusste Imke trug selten bis nie Schmuck, denn sie war der Meinung, natürliche Schönheit komme von innen.

„Wenn es keine unästhetischen Menschen gibt, warum gibt es dann immer mehr Botox-Klienten? Oder warum gehen immer mehr Frauen freiwillig zur Schönheitsoperation?“ Abdallah wollte es wissen. Er und seine Layla waren solchen Eingriffen gegenüber abgeneigt.

„In einer amerikanischen Studie wurde festgestellt, dass Frauen von Herren Professoren oder von Chirurgen und Frauen, die in der Öffentlichkeit stehen, sich ihre Schönheit für teures Geld bearbeiten lassen. Es hat sich herauskristallisiert, dass vorwiegend Menschen für teures Geld an ihrem Körper herumschneiden lassen, die, sagen wir, anders sind. Sie fühlen sich nicht anerkannt oder haben Verlustängste wegen ihres Mannes oder fürchten den Blick anderer. Sie versuchen, sich mit Hilfe diverser äußerlicher Veränderungen oder Behandlungen aufzuwerten. Sie verbringen viel Zeit vor dem Spiegel, in dem man bei immer häufigerem Hinsehen stets neue vermeintliche Mängel finden kann. Sie entdecken zwei Fältchen und sind erschüttert. Stars zum

Beispiel, die sich spritzen oder operieren lassen, um so mit der Konkurrenz mithalten zu können, haben immer noch nicht verstanden, um was es geht." Nun war es wieder an der Zeit, ihre Weisheit mitzuteilen. Imke lehnte vehement Äußerlichkeiten zur Unterstützung der eigenen Persönlichkeit ab. Sie setzte auf gesunde Ernährung ohne Alkohol, dafür Sport und viel Schlaf.

„Genau! Stellt euch vor, Madonna oder Lady Gaga hätten ein aalglattes Gesicht, in dem ein purpurroter Schmollmund wie eine Schwimmweste hervorstäche, aber ihre Stimme würde plötzlich versagen. Und George Clooney hat es möglicherweise auch begriffen."

„Ach, du meinst, weil er immer öfter Vaterrollen übernimmt", überlegte Oiva.

„Ich denke, es kommt darauf an, was ich sehen will und wie ich mich fühle."

„Somit sind wir wieder bei der Philosophie unserer lieben Alina: Ich denke, der Körper braucht Pflege beziehungsweise Feuchtigkeit. Mein Geist, der die Gewohnheit ausführt, sagt: Tu dir was Gutes. Meine Seele führt den Weg." Brigid nahm einen Schluck Gin. „Ich glaube, ich habe verstanden. Cheers!"

Imke war in dem schallenden Gelächter kaum zu verstehen. „Zu viel Alkohol entzieht dem Körper Flüssigkeit. Damit werden aus Lachfältchen Falten." Brigid schluckte, während sie mit der rechten Hand ihr Wasserglas freudig in die Runde hielt.

„Eins zu Null für Brigid." Faruk lachte und erhob aufs Neue das Glas ...

... Latif schaute mir inniglich in die Augen, nahm meine Hand und führte mich gezielt zu den Familienfotos. Gemütlich bewegten wir uns durch die Menschenmenge. Ein Lächeln nach links, eine Begrüßung nach rechts.

„Ali, Abdullah und Faruk sind von der Vernissage sehr beeindruckt", sagte Latif. Er hielt meine Hand, als wolle er sie nicht wieder loslassen. „Wenn ich dem roten Faden der Fotos folge, dann muss ich feststellen, wir haben gemeinsam viel erlebt."

„Vieles hätten wir uns auch sparen können."

Latif ignorierte die Kritik meiner Worte. Er deutete auf ein Bild, das mich mit einem Buch in meinem großen Lieblingssessel am Fenster zeigte. Ein Foto, das in London entstanden war. Wahre Zufriedenheit war in mein Gesicht geschrieben. Verträumt sah ich auf das Bild. Wie ein schnüffelnder Hase zog ich meine Nase hoch, als könne ich die Luft des Hyde-Parks einatmen, die nach grünem Gras der nächtlichen Frische roch. Ich sah den Morgentau über dem feuchten Rasen liegen. Ein Lächeln huschte über mein Gesicht.

„Auf dem Foto schaust du sehr glücklich aus. Wahrscheinlich hattest du gerade zuvor eine Nachricht von mir erhalten."

„Ich glaube viel mehr, es lag daran, dass ich in London glücklich und zufrieden war. Während meiner Ausbildung zur Computerfachfrau habe ich viele Frauen kennengelernt. Nach der Schulung sind wir gemeinsam in ein Pub gegangen und hatten mächtig Spaß. Ich genoss meine finanzielle Unabhängigkeit. Das ist ein sehr wichtiger Faktor in meinem Leben", erwiderte ich.

In Latifs Augen glaubte ich einen leichten Schimmer des Sonnenuntergangs zu erkennen. „Aber du hattest nicht viel Geld von deinem Stundenjob in der PC-Firma."

„Darum geht es auch nicht. Ich war meine eigene Herrin. Ich konnte mein Ding machen. Nie hat mich ein Arzt für unmündig erklärt. Doch im arabischen Land durfte ich die Erfahrung machen, keine oder nur wenige eigene Entscheidungen treffen zu dürfen. Und das nagte von Zeit zu Zeit sehr an meinem Selbstbewusstsein. Ich musste lernen, damit umzugehen, meine Gedanken zeitweise nur auf Nachfrage zu äußern beziehungsweise auf die Umsetzung meiner Wünsche zu verzichten, obwohl es machbar gewesen wäre."

Verblüfft schaute mich Latif an, als habe er erst jetzt begriffen, um was es mir in all den Jahren gegangen war.

„Immer wollte ich meine Selbständigkeit wieder haben. Eine Glitzer- und Glamourwelt hattest du mir dort drüben", ich zeigte zu den

Bildern der Geschäftsreise mit dem Event in Kanada, „mit Maids, Driver und Gärtner versprochen. Ok! Zum Teil bekam ich es auch. Aber der Preis war deine krankhafte Kontrollsucht. Da wusste ich manchmal nicht, lag es am Koran oder an deinem Charakter. Es gab Zeiten, in denen kam ich mir wie eine bessere Maid vor, die eben mal mit am Esstisch sitzen durfte." Ich atmete tief durch und fügte mit meinem österreichischen Wortschatz an: „Hod des domols noch seihn müssn?" Wärme kroch an meinem Hals hoch. Mit meinem Entspannungsritual, einer Bewegung, die einer sich windenden Schlange ähnelte, löste der Energiefluss meine Verstimmung. Geerdet stand ich neben ihm.

Mit gesenktem Kopf drückte Latif meine Hand. „Es tut mir leid, meine Liebe, wenn du dich stets eingeengt fühltest, aber ich wollte nur für deine Sicherheit sorgen. Euch, meine Familie, vor Gefahren beschützen. Ich wollte nicht versagen."

„Mein lieber Latif, das Leben bringt Herausforderungen mit sich. Man weiß nie, was kommen mag. Das hast du an der großen Finanzkrise gesehen, auf die du keinen Einfluss hattest. Aber sie kam und auch wir waren davon betroffen. Nie hast du mich in deine Geschäfte eingeweiht und mir wirklich gesagt, wie viel Geld du in diesen Aktienspielen verlorst." Plötzlich ließ Latif meine Hand los. Entsetzen stand in seinem Gesicht. „Ich will mich auch nicht wieder aufregen. Aber ich weiß bestimmt, das gehört zu meiner Vergangenheit. Und heute will ich mit meinen Freunden feiern."

Latif sah verlegen auf den Boden. In seiner Stimme schwang ein leises Klagelied. „Es tut mir leid. Ich habe stets mein Bestes gegeben. Viel gearbeitet und viel Geld verdient, um euch glücklich zu machen. Wichtig war mir, für die Ausbildung unserer Kinder vorzusorgen. Schließlich sind die Kosten für ein Studium im Ausland kein Leckerschlecken. Ich wollte ihnen die Möglichkeit bieten, die meine Eltern mir gaben. Alles wollte ich perfekt erledigen. Ja, und die Finanzkrise hat mich noch intensiver aus meiner Reserve geholt und nicht mehr losgelassen." Latif schaute nachdenklich auf das Bild und dann in meine Augen. „Meine Liebe, glaube mir, wenn es möglich wäre, würde ich einiges ungeschehen machen. Ich muss deine Worte der Liebe und Bedenken überhört haben. Vielleicht hatte ich Dollarzeichen in meinen Augen, die meine Sicht einengten oder sogar versperrten. Die wahren Gefühle für eine glückliche Familie nach deinen Vorstellungen als Mutter sind mir in all den Jahren abhanden gekommen. Ich kann nur nochmal betonen: Ich werde mich bessern. Es wird nichts mehr so sein, wie es war."

„Du meinst, alles wird gut?"

Latif nickte und griff wieder sanft meine Hand. „Ja."

„Zumindest bist du jetzt auf den Punkt gekommen und hast nicht, wie bisher, drum herum geredet. Das ist ein Anfang." Ich freute mich über seine Einsicht.

Ein sanftes Lächeln zog über sein Gesicht. Ich fühlte eine Veränderung in mir, als habe ein am Fenster vorbeifliegender Vogel die Last meiner Vergangenheit mitgenommen. Optimistisch erwiderte ich seinen Blick.

Latif zeigte auf eines der Bilder, die er wohl mit mir gemeinsam anschauen und dabei in Erinnerungen schwelgen wollte. Wir standen vor einem der ersten Bilder unseres gemeinsamen Lebens...

... Latif verkörperte mit seinem braunen Teint, den rehbraunen Augen und den schwarzen Haaren genau den Traummann, den ich mir immer gewünscht hatte. Liebevoll hatte er mich nach meiner Ankunft in Bahrain umsorgt. Sein warmes Lächeln gab mir die Geborgenheit, die ich damals suchte. Gleichgroß standen wir nebeneinander. Kein Aufblicken. Kein Herabschauen. Gleichberechtigung auf einer Ebene. Das vermittelten die Fotos, auf denen wir liebevoll und zärtlich in die Kamera blickten. Stets waren es Bilder mit glücklichem Ausdruck. Immer von Herzen. Die Zeit des Verliebt-Seins, in der ich an das Glück glaubte. Es prägte mein Denken und Handeln. Federleicht gingen mir alle Aufgaben von der Hand.

Mit der Geschäftsreise und der Weihnachtsfeier seiner amerikanischen Bank in Kanada kam ich zum ersten Mal in den Genuss des wirklich gewünschten Glitzers und Glamours, des Reichtums unter den Großen und den Haien.

Die Damen der Manager waren in langen Satinkleidern von Top-Designern festlich gekleidet. Brillanten schmückten das großzügige Dekolleté. Die Reise unter blauem Himmel und strahlendem Sonnenschein versprach eine prachtvolle Zukunft, unter dem Schein des Seins. Alles lief wunderbar. Der Rotwein und die Musik für Verliebte von Eros Ramazzotti verhalfen dem Abend zum vielversprechenden Ende zu kommen. Latifs Augen zeigten im Glanz der Sternennacht seine Liebe. Seine Körperhaltung war hingegen auf Distanz eingestellt. Schon damals hätte ich erahnen können, dass Latif ein Mann war, der seine Frau liebte und alles für sie tat, aber nur, wenn es unter seiner Regie lief. Immer den klaren Kopf behalten und alles bestimmen. Aber ich war verliebt bis in alle Haarspitzen. Mein Kindheitstraum schien in Erfüllung zu gehen.

Als wir uns kennengelernt hatten, bezauberte Latif mich mit der Kunst der Verführung. Ich liebte Bahrain mit seiner Fremdartigkeit. Mit den exotischen Düften des Souks und den mittelalterlich wirkenden Gassen. Gemeinsam mit seinen Freunden verbrachten wir Abende in Clubs, in denen das Bukett der Wasserpfeife, der Hubbly-Bubbly, in der Luft lag und die Vorführung der Bauchtänzerin mit ihrer Musik der andersartigen Harmonie meine Sinne betäubten. Die unbekannte Kultur im fremden Land machte mich neugierig auf mehr.

Mein Leben mit Latif spielte sich in der Welt der Neureichen ab. Sie finanzierten ihren Alltag durch den Erlös von Öl und Aluminium oder besaßen das Monopol eines importierten Produktes. Sie lebten im Reichtum, der in meinen schönsten Träumen nicht vorkam. Es war das Pendant zu meinem Leben als Stewardess.

VII. Kapitel

„Sophie! Sophie! Habibti, meine Liebe. Wo bist du mit deinen Gedanken? Merkst du gar nicht, dass ich dich liebevoll am Ohr gestreichelt habe? Ich habe die ganze Zeit mit dir geredet. Aber du antwortest nicht. Wo bist du?“

Mir war entgangen, dass sich Latif wieder gefangen haben musste. Ich hatte nur gesehen, wie er mit seinen Fingern auf die Bilder deutete. Voller Stolz zeigte er mit seinem rechten Zeigefinger auf eine Fotografie. „Zauberhaft. Gorgeous.“ Latif kam mit seinem Kopf so nah an mich, dass wir uns zärtlich berührten. Kopf an Kopf. Auf Augenhöhe. Wie auf dem Bild. Im cremefarbenen Hochzeitskleid mit einzelnen Blumen im glatten Haar und dem champagnerfarbenen Rosenstrauß stand ich neben Latif, der im schwarzen Anzug mit silberner Krawatte herausgeputzt war.

Ich wurde aus meinen Gedanken gerissen und bemerkte Latifs Pose, die vor Stolz strotzte. Sein Körper nahm langsam, aber bewusst eine gerade Haltung an und er sah verliebt, wie auf dem Hochzeitsfoto, in meine Augen. Wir schwiegen. Für Sekunden erwiderte ich lächelnd seinen Blick.

„Du bist für mich die schönste Frau der Welt. Noch schöner als je zuvor. Ich bin glücklich, Sophie. Ich liebe dich.“

Seine warme Stimme ließ Gefühle in mir aufkommen, die ich in diesem Moment nicht ausleben konnte. Ich nahm seine Hand und entzog mich seinen strahlenden Augen in Richtung Fotowand.

Latif nahm mich in den Arm, streichelte mit seiner Nasenspitze mein Ohr, so dass ich überrascht mein Gesicht zu ihm drehte. Er sah mir tief in die Augen und küsste mich zum ersten Mal in der Öffentlichkeit. Seine weichen, warmen Lippen versprühten Zärtlichkeit. Verzückt schaute ich ihn an. Latif zwinkerte mir zu und sah wieder auf die Fotos, als sei nichts gewesen.

„Ist das nicht ein wunderschönes Familienporträt? Glücklich hältst du Bashar und Ahmet, unsere süßen Babys, in den Armen. Schon damals, mit acht Monaten, waren sie so unterschiedlich. Bashar, der aufgeweckte Junge, sieht mit seinen großen Augen in die Kamera. Ahmet hat seine fast geschlossen. Ich stehe etwas höher hinter euch dreien. Liebevoll lehnen unsere beiden Köpfe aneinander. Mit meinen Händen zur Rechten auf deiner Schulter und zur Linken an Bashars Oberarm bin ich das Rückgrat der Familie. Nach dem Motto: Euch kann nichts geschehen. Ich habe alles fest im Griff."

Ich erschrak. Wo war die zärtliche Stimmung von eben? Das waren die Worte, die mich in eine sehr finstere Stimmung zurückstießen ...

... Meine Schwangerschaft verlief meist angenehm. Bis auf die Tage, an denen in mir gepoltert wurde. Das Wunder der Erde hatte mich erreicht. Drei Herzen schlugen in mir. Ich gebar Zwillinge. Zwei Söhne namens Bashar und Ahmet. Alles war perfekt. Gesund kamen sie mit dunkelbraunen Haaren und ebenso dunklen Augen zur Welt. Mein Leben sollte sich von Grund auf ändern. Nichts war so, wie es begann. Aber es war eine wunderschöne Zeit, die mich zur glücklichsten Mutter der Welt machte. Jeder wollte sie hätscheln und tätscheln. Sie kamen, beschenkten, schauten und gingen. Ihre Ratschläge von „nicht zu heiß baden" und „das Geschrei nicht beachten" kamen zuhauf und verstopften meine Ohren.

Bashar war ein kleiner Junge, der von Beginn an gedacht haben musste: „Ein Tag hat vierundzwanzig Stunden, die ich gut nutzen kann. Während des Tages wird es hell und dunkel. Quält ein Geräusch meinen Magen, dann stecken sie mir etwas in den Mund, das mir gut bekommt und die Geräusche verstummen lässt. Und meine Beine hängen genauso an meinem Körper wie meine Arme, aber auf denen soll ich auch nicht laufen, oder? Also, was soll das Theater? Alles ist bestens.“

Bashar liebte das Leben. Ohne Schlaf. Er war ein lustiges Kind. Und Ahmet war der liebe Kontrapunkt. Er aß, schlief und lachte mich an.

Doch das Leben wurde anstrengender. Ich war in der Fremde ohne Familie, ausschließlich auf mich gestellt. Nötige Unterstützung erfuhr ich von unserer damaligen Maid, die tagsüber den Haushalt versorgte und eine Hilfe war, wenn die Zwillinge dabei waren, die vierundzwanzig Stunden voll auszukosten.

Bashars, in meinen Augen, nächtliche Eskapaden, die er als solche nicht empfand, ließen mich tagsüber nur schlaftrunken durch die Wohnung wandeln und auch Ahmet versorgen. Trotzdem gab ich mein Allerbestes und verbrachte viel Zeit mit ihnen. Ich wusste, die Mutterliebe konnte von keiner anderen Person ersetzt werden.

Als Mutter war mir ausgesprochen wichtig, für Bashar und Ahmet da zu sein. Ich überschüttete sie mit Liebe und gab ihnen alles, was in mir steckte. Auch Latif unterstützte uns, wo er konnte. Wann immer es möglich war, kam er am Abend früher von der Arbeit oder auch zum Lunch nach Hause. Er wollte sehr viel Zeit mit seiner jungen Familie verbringen. Als Zeichen der Dankbarkeit schenkte er mir eine silberne Rolex, die um das Ziffernblatt mit Diamanten besetzt war.

Unser Glück schien vollkommen. Die Liebe zwischen uns war ein starkes Bündnis, das, so glaubte ich, niemals zerreißen könnte, sei auch die Herausforderung noch so gewaltig. Ich fotografierte, wann immer ich konnte.

An sechs Tagen lebte ich ein glückliches Leben in einer glücklichen Familie. Wir wohnten in einem großen, stufenfreien Haus mit Garten und Pool, gingen mit Freunden zum Dinner oder auf Partys. Dabei trug ich gerne ein Abendkleid in Schwarz, mit Swarovski-Steinen am Dekolleté bestückt. Anthrazit war die Farbe der Seidenstola, mit der ich die freien Schultern bedeckte. Passende Fingerhandschuhe kleideten meine Hände bis zu den Ellenbogen. Sie hatten das gleiche Design wie die italienischen Sandalen. An meinem linken Handgelenk tickte meine diamantene Rolex. An der rechten Hand blinkte mein mit Brillanten besetzter Hochzeitsring. Erlaubte es die Zeit, so besuchte ich zweimal pro Woche den Friseur und einmal Pedi- und Maniküre. Eleganz. Schick. Glamour. Perfektionismus.

Die Partys mit den Reichen und Schönen gaben mir das Gefühl, in meinem Traum angekommen zu sein. Doch der Eintrittspreis war von vornherein klar und meist unabdingbar: Verschiedene Säfte on the rocks und Wasser mit Minze statt Mojito.

Meist fanden die Partys bei Freunden von Latif statt. Die Gäste waren Einheimische. Sie lebten in „Mischehen" mit unterschiedlichen Nationalitäten. Der Großvater des Gastgebers war noch Beduine. Sie, im Hier und Jetzt, hatten das Verkaufsmonopol eines importierten Produktes, wie zum Beispiel Cola, Ferrari oder Rolex. In diesem Fall vertrieben sie Coca Cola.

Der indische Pförtner öffnete mit dem automatischen Toröffner das Tor. Latif und ich fuhren in eine großzügige Einfahrt. Der Weg führte durch eine exotische Parkanlage. Zusammengesetzt aus Bananenstauden, Kokospalmen, Blumen mit prächtigen orangenen Blüten und Jasmin. Das Grün der Pflanzen und Sträucher sah lebendig, wie nach einem ergiebigen Regenguss, aus, der aber nie auftrat. Diese Erfrischung stammte aus der Bewässerungsanlage. Der klare Duft des Jasmins überlagerte die Luft des trockenen Sandes.

Der indische Pförtner half mir beim Aussteigen. Latif übergab ihm die Schlüssel. Der Pförtner parkte das schwarze Mercedes-Cabrio auf einem dafür vorgesehenen Platz, der außer Sichtweite war. Ein anderer indischer Pförtner bat uns ins Haus, in dem sich schon viele Freunde eingefunden hatten.

Der italienische Marmorfußboden brachte die notwendige Kühle, die im Wüstenstaat Mangelware war. Der venezianische Kronleuchter über dem runden Tisch aus Teakholz erhöhte den Glanz im Foyer. Französische Möbel aus dem siebzehnten Jahrhundert auf handgeknüpften persischen Teppichen ließen den nachfolgenden, schon überdimensionalen Raum kleiner wirken.

Die asiatischen Maids bedienten die Gäste mit Getränken arabischer Art. Keiner genoss Alkohol. Keiner rauchte. Nur die Wasserpfeife benetzte manchen Gaumen mit dem ihr eigenen Duft nach Rose, der auch den Raum füllte. Ich liebte diese Partys. Ich lebte glücklich in meiner Welt mit unseren Freunden und unserer kleinen Familie. Und ich liebte von ganzem Herzen meinen Mann, der voller Eros glühte, der seiner Leidenschaft und Sinnlichkeit in unserer Beziehung Raum und Zeit schaffte.

Das Leben nahm seinen Lauf. Wolken zogen auf und überdeckten zunehmend den blauen Himmel meiner Idylle. Sogar das Meer entfernte sich peu à peu. Nichts sollte so bleiben, wie es begann. Der Stress mit den gleichzeitig zu stopfenden Mäulern und den verkackten Windeln versorgten den Alltag mit monotonen Abläufen, bei denen ich als Persönlichkeit in den Hintergrund geriet. Latifs Familie mit ihren Gewohnheiten und meine Familie im entfernten Ausland stellten mich vor immer neu aufkommende Herausforderungen. Gleichwohl viele Menschen um mich herum waren, fühlte ich mich entwurzelt und unverstanden.

Aber nichts sollte unser gemeinsames Band zerstören. Trotz aller Differenzen zwischen meiner westlichen Kindheit und Erziehung und Latifs gelebten arabischen Traditionen liebten wir uns.

Fast drei Jahre nach der Geburt von Bashar und Ahmet wurde ich wieder schwanger. Latif wurde häuslicher und einfühlsamer. Er streichelte meinen Bauch, tastete ihn vorsichtig ab und hörte hinein. Das Glück schien zurückgekommen zu sein. Die Ärgernisse mit ihren Nervenproben in der Familie und der andersartigen Kultur, in der ich mich zeitweise einsam fühlte, waren überdeckt. Voller Stolz zeigte ich bei den Kindertreffen mit der Crew meinen dicken, fetten Bauch.

Der Arzt überbrachte mir die freudige Nachricht: „Sie sind in der glücklichen Situation, Zwillinge zu bekommen."

Wow! Das Wunder der Erde hatte mich ein zweites Mal erfasst. Wieder schlugen zwei kleine Herzen in mir. Ich durfte mich zu den wenigen Erlesenen zählen, denen diese Freude beschert wurde.

Dennoch war ich zweigeteilt. Zum einen war es ein fantastisches Gefühl. Ein guter Stern zog über mich und schenkte mir nochmals zwei Kinder. Herzerfreut sah ich sie schon vor mir herumtollen. Gesund und munter quer durch die Wohnung springen und singen. Tausend Hummeln versammelten sich vor Freude und Aufgeregtheit in meinem Bauch. Es war das Gefühl des Frisch-verliebt-Seins. Doch zum anderen war ich leicht überspannt, wenn ich an die Arbeit und den kommenden Stress dachte. Trotz allem oder gerade deswegen genoss ich die Zeit voller Erwartung und Glück.

Ich besuchte die Schwangerschaftsgymnastik und wöchentlich den Arzt. Die Babys waren sehr lebhaft. Noch so klein, und doch liebten sie die Abwechslung. Mal ruhig und mal tänzelnd wild bewegten sie sich in mir. Latif kontrollierte liebevoll ihren Schwung. Er streichelte meinen Bauch, sang arabische Kinderlieder und erzählte ihnen Einschlafstorys. Die Zeit der Schwangerschaft war anstrengend, aber auch schön. Sie schenkte mir das besondere Gefühl des Lebens, als Frau neue Wesen in sich zu spüren.

Und dann kam der Tag, an dem mich meine instinktiven Muttergefühle überfielen. Ein schwülheißer Mittwoch, der mir jede Bewegung erschwerte. Kleine, dunkle Wolken waren am Himmel. Der Weltuntergang schien herbeizuschweben. Übelkeit übermannte mich. Ich telefonierte sofort mit Latif in seinem Büro und bat ihn, nachhause zu kommen. Kurze Zeit später stand er mir zur Seite. Obwohl Latifs Augen Angst ausstrahlten, blieb er ruhig. Sofort fuhren wir ins Krankenhaus zum Ultraschall. Der Arzt übermittelte uns die Nachricht, dass Komplikationen auftreten könnten, da die Babys ungewöhnlich groß seien. Auf sein Raten müssten die Babys sofort geholt werden.

Latifs liebevolle Gefühle benötigte ich verstärkt, denn ein bizarres Gefühl holte mich ein. Unwohlsein und Schmerzen durchkreuzten meinen Körper. Sein fürsorglicher Blick verabschiedete mich, während sie mich in den OP-Saal schoben.

Der Kaiserschnitt verlief jedoch ohne Probleme.

Ich öffnete die Augen. Latifs entspannte Gesichtszüge zeigten mir, welch großes Glück ich auf Erden hatte. Die Liebe, wofür es sich zu leben lohnte, schwebte wie ein Schutzengel über uns im Raum. Die Babys waren gesund und schliefen.

Nach ein paar Stunden erwachte ich immer noch todmüde und schlapp, aber glücklich und zufrieden. Ich blickte auf die Bettchen, in denen meine Mädchen lagen und dachte mir: Jetzt hast du dein Soll erfüllt. Vier Kinder, das ist genug.

Latif hielt meine Hand. Weiße Rosen schmückten den kleinen Tisch gegenüber meinem Bett. Unsere Liebe war vollkommen. Alia und Chayma waren eineiige Zwillinge. Sie glichen sich bis in die Haarspitzen.

Vier Wochen später musste ich mich wieder bei Oiva auslassen. Ich rief sie an und wusste, es könnte teuer werden, aber das interessierte mich jetzt in dieser Phase überhaupt nicht. Doch Latif würde es umso wichtiger finden. Nachdem ich ihr die ganze Story erzählte, legte sie mit ihrem mystischen Glauben los.

„Toll! Meine Liebe, das habt ihr super hinbekommen. Ich gratuliere. Sag, wie macht man das, gleich zwei Zwillingspärchen als Geschenk Gottes zu erhalten? Ihr steht wohl unter einem besonderen Stern." Oiva legte eine kurze Atempause ein. Es wurde still. Doch bevor ich die Stille auslöschen konnte, setzte Oiva mit einem fast komischen Gedanken wieder an: „Ist das nicht süß, dass du immer zwei Engel erhältst?"

Oiva hatte immer die Gabe, mich auf ihre Weise aufzubauen. Ich knipste viele Bilder unserer Söhne und Töchter, getrennt und gemischt, die ich ihr zusandte.

Bashar und Ahmet betrachteten die kleinen Babys mit großen Augen und glaubten, sie vor jeder Mücke behüten zu müssen. Der Alltag war heiter und laut. Latif war sehr einfühlsam und versuchte, das Leben so entspannt wie möglich zu gestalten. Wir bekamen eine zweite Maid, die den Haushalt versorgte. Die immer wiederkehrenden Schreiattacken nach Hunger und Durst zerrten an meinen Nerven. Es gab Momente, in denen Angst in mir wie der Frühnebel im November hochkroch. Ich glaubte, meine geliebten Kinder nicht sättigen zu können oder mein Mutterinstinkt sei überfordert. Doch ihr Lächeln verzückte mein Herz und ich ließ sie nur ungern los. Die Nebelschwaden verzogen sich.

Die gesunden Mädels Alia und Chayma zeigten von der ersten Sekunde, welche Fröhlichkeit in ihnen steckte.

Latif war stolzer Familienvater, der sein Pflichtbewusstsein jetzt noch stärker auslebte. Er wollte Kinder, benötigte aber auch mehr Geld, arbeitete mehr und wollte zugleich sparen. Seine Einstellung überforderte ihn. Stress! Furcht, nichts könnte reichen. Es war eine Spirale, in die ich nicht einhaken wollte. Mein Lebenssinn war definitiv ein anderer.

Ein Haus. Ein Pool. Ein Auto. Ein Gärtner. Zwei Maids. Kein Fahrer.

Die Beziehung zu den Schwiegereltern stand nach wie vor unter keinem guten Stern. Meine Mutter, die zwar immer wieder zu Besuch kam, lebte vorwiegend in London. Mein Vater in Österreich. Meine Schwester in Israel. Ich war allein zuhause. Es war zu viel oder auch zu wenig.

In einem Land, in dem weder Bus noch Bahn die Orte verknüpften, musste jede Entfernung mit dem Auto zurückgelegt werden. Zu Arztterminen konnte Latif mich nicht mehr ständig begleiten, obwohl ich ihn mehr als zuvor gebraucht hätte. Die Einkäufe der Babynahrung, Windeln und anderer wichtiger Produkte aus dem Carrefour beanspruchten mich so intensiv, dass ich für Besuche meiner Freundinnen keine Zeit und Muße hatte.

Latif musste sich bewegen und flexibel werden. Er sollte seine Richtung im Kopf ändern, lernen, Kontrolle abzugeben, statt aufzubauen. Platz für Vertrauen schaffen. Vertrauen zu mir. Jedoch war dies für ihn eine sehr große Aufgabe und für unsere Ehe eine noch größere Herausforderung, denn in seinen Augen forderte ich zu viel und in meinen wollte ich nur den Alltag einfacher bewältigen. Dazu wäre unbedingt ein zweiter Driver notwendig gewesen, ein drittes Hausmädchen oder noch ein Kindermädchen. Das mag viel klingen, aber es sollte die fehlende Unterstützung aus meiner oder Latifs Familie ausgleichen. Die Alltags-Shopping-Touren wären ohne Latif als Supervisor für mich angenehmer und erträglicher gewesen. Er kontrollierte akribisch meine Einkäufe und rechnete mir ständig alles vor. Zuversicht!

Ich brachte immer wieder meine Wünsche vor und verlangte Selbständigkeit. Das war natürlich kein Leckerschlecken für einen arabischen Ehemann und Vater, der aus Traditionsgründen das Sagen hatte. Die Schwierigkeiten nahmen zu und der Glanz wurde weniger.

Der Alltag schlich sich in unsere Liebe ein. Bashar und Ahmet gingen in die Vorschule, in die sie gefahren wurden und von der sie geholt werden mussten. Alia und Chayma machten mich mit ihren fröhlichen Augen und ihrem Dasein glücklich. Sie waren sehr aufgeweckte Mädchen, die einen leidenschaftlichen Drang zur Bewegung auf Musik jeglicher Art hatten. Sie tanzten und sangen durch das Spielzimmer und die anderen Räume. Ihre filigranen Stimmen hallten durch das Haus. Dazu sprangen sie barfüßig in rosafarbenen Tüllkleidchen wie Ballerinen um mich herum, so wie es mit zwei Jahren möglich war. Sie fielen hin und erhoben sich wieder. Ihnen stand die Leichtigkeit des Seins ins Gesicht geschrieben. Ihre Bewegungen glichen einander wie zwei Perlen. Auch wenn Chayma die ruhigere war, ließ sie sich immer wieder von Alia inspirieren.

Eine Maid kam und musste gehen, weil sie selbst schwanger wurde. Der Gärtner verrichtete seinen Job nicht korrekt. Latif war von seiner Arbeit wie besessen. Inzwischen hatte er sich als Finanzmakler selbständig gemacht, musste oft ins arabische Ausland, erweiterte sein Geschäft, das mal gut und mal besser ging und suchte festen Halt in

Immobilien. In der Bodenständigkeit. Das bedeutete aber auch Festsitzen, wie es das Wort „Immobilie" – Unbeweglichkeit – versprach. Kaufen. Einrichten. Mietersuche. Der Mieter zog aus. Die Reinigung stand bevor. Neue Mietersuche war an der Tagesordnung. Die nächste Spirale. Eine vorzügliche Tätigkeit für Menschen, die es liebten, für andere ihren Wunsch der Wohnungseinrichtung zu erfüllen und die Miete bei deren Bedarf zu senken. Bei Nicht-Gefallen der Einrichtung konnte der Mieter variabel die Einrichtung auf Kosten des Vermieters ändern oder die Miete reduzieren – eine wohl doch übliche Vorgehensweise in der Middle- und Upper-Class im Orient. Immobilien, die zunächst viel Geld verschlangen und wer weiß wann Gewinn bringen würden. Immobilien, die Verzicht auf andere schöne Dinge des Lebens bedeuteten. Ich wollte leben, Genuss und Spaß im Hier und Jetzt mit meiner großen Familie haben. Ein Konflikt, der sich zwischen mir und Latif zuspitzte.

Meine Unzufriedenheit nahm zu. Latif dachte, mein Umgang mit seinem Geld sei für die Grundbedürfnisse unserer Familie, die Lebensmittel, Hygieneartikel des täglichen Bedarfs sowie Kleidungsstücke für die Kinder umfassten, zu verschwenderisch. Dabei kaufte ich nur das und nichts anderes. Fortwährend kontrollierte er mich, die Kassenzettel, alles. Er weckte Selbstzweifel in mir. Ich fragte mich, ob es etwas gäbe, was ich für ihn richtig machen könnte.

So geschah es auch an jenem feuchtwarmen Mittwochnachmittag. Bashar und Ahmet kamen aus der Schule. Alia und Chayma besuchten vormittags die Vorschule. Das Leben wurde dadurch etwas einfacher. Alle Kinder hatten jetzt ihre schulischen Aufgaben zu erfüllen und waren bis mittags außer Haus. Zum Lunch am frühen Nachmittag saßen die Kinder und ich gemeinsam in der Küche.

Latif kam mit heruntergezogenen Mundwinkeln herein. Ein Gemisch aus Ärger und Verdruss stand in seinen Gesichtszügen. Nach einem flüchtigen „Hello!" kam er gleich zur Sache. „Auf dem Konto habe ich die Ausgaben vom Carrefour gesehen. Musst du immer so viel teure Lebensmittel kaufen? Ich kann nicht glauben, wie man so viel ausgeben kann."

„Entschuldige, aber ich habe nur den Notbedarf besorgt. Keinen Hummer und keinen Kaviar."

„Dann must du eben die Angebote aus den verschiedenen Supermärkten erhaschen. Das solltest du wohl machen können."

„Du verlangst von mir, bei der täglichen Hitze quer durch die Stadt zu fahren, um Schnäppchenjäger zu werden. Da bin ich den ganzen Tag unterwegs. Und außerdem verbraucht´s auch mehr Benzin."

„Bei den Dauerniedrig-Benzinpreisen fällt das nicht auf. Aber sag, was sind das noch für Ausgaben in der Mall? Hast du dir wieder einen unnötigen Fummel gekauft?"

Inzwischen stand ich an der Arbeitsfläche der Küche. Die Zitrone der Obstschale lachte mich geradezu an. Ich griff nach ihr und drückte sie. Am liebsten hätte ich sie gegen die Wand gedonnert.

„Was soll das? Das sind Pullover für die Schuluniform deiner Kinder." Der Appetit war mir vergangen und ich hätte es vorgezogen, mich in mein Bett zu verkriechen. Stattdessen ging ich hinaus und erfrischte mein Gesicht im Bad und kam mit meiner, mit einigen Falten durchzogenen Maske zurück. Ich wollte nicht, dass unser Konflikt auf die Kinder übertragen wurde. Sein Mangel an Vertrauen hatte den Gipfel erreicht. Der Drang nach Unabhängigkeit und Freiheit wuchs in mir. Meine Gefühlsschwankungen - ein Mix aus Zorn, Neid, Begeisterung und Liebe - äußerten sich auf unterschiedlichste Weise. Die Palette reichte von trauriger Leere über laute Worte, die unseren gewöhnlichen Pegel überschritten, bis zur Verwendung meiner Maske des Lächelns. Genervt und gestresst schickte ich die Maids mit den Kindern ins Spielzimmer. Diese Emotionen kamen immer dann verstärkt zum Ausdruck, wenn ich zuvor Freunde sah, die all das verkörperten, was ich entbehrte.

Imke war in der gleichen Situation wie ich. Auch sie wollte aus dem Trott ausscheiden. Wir trafen uns in der Mall auf einen Café Latte.

„Wie weit ist unser Projekt, ein Café oder eine Pizzeria zu eröffnen?“

„Ali sagt, er fände kein passendes Gebäude.“

„Latif gibt mir auch nicht die notwendige Unterstützung. Das Dumme an der Sache ist, dass wir als europäische Ehefrauen oder überhaupt als Frau kein Recht haben, Grund oder Gebäude zu kaufen.“

„Ja, wir brauchen die Zustimmung unserer Männer.“ Imke schaute mit gesenktem Kopf in ihren Café und verrührte den Zucker.

„Imke, wir suchen jetzt schon mehrere Jahre nach einem Job, der uns finanziell unabhängig macht. Aber es funktioniert nicht. Ich habe immer mehr das Gefühl, die Besorgnis unserer arabischen Ehemänner wächst.“

„Welche Besorgnis meinst du? Dass sie zuhause nichts mehr zu sagen haben?“

„So ähnlich. Ich glaube, sie meinen, die Familie könnte sich zu einem planlosen System entwickeln. Und auch ihr Bildnis vom Familienoberhaupt würde verrutschen.“

„Das wäre natürlich fatal. Für sie.“

Ich spürte einen Strudel in mir aufkommen. Etwas wollte aus mir heraus. Mein Café Latte erwärmte mich von innen.

„Wie auch immer, nicht an mein Ziel der finanziellen Unabhängigkeit zu kommen, entzieht Kraft und Energie aus meinem Körper. Lustlos und müde erledige ich pflichtbewusst meine Aufgaben im Haushalt und überhaupt. Meine Kinder überschütte ich mit Liebe. Trotzdem habe ich das Gefühl, neben mir zu stehen.“

Imke schaute mich eindringlich an, als könne sie in meinen Augen lesen. „Ja, du siehst abgespannt und müde aus. Das fiel mir schon vor Wochen auf. Sophie, das wird schon wieder.“ Nachdenklich schauten wir in unseren Café, als könnte daraus eine Eingebung hervorkommen.

„Ich hasse diese Abhängigkeit. Ich funktioniere. Dabei war ich es gewohnt, eigene Entscheidungen zu treffen. Und jetzt, wo die Kinder in der Schule und Vorschule sind, könnte ich locker halbtags arbeiten gehen." Unzufriedenheit lag in meiner Stimme. Meine innere Leere fühlte sich bitter an. War ich es nicht wert, so viel Vertrauen geschenkt zu bekommen, dass ich meine Selbständigkeit als mündige Frau leben durfte und Glückshormone in mir sprudelten? Warum durfte ich nicht, was andere machten? Warum wurde es mir untersagt, meine Ausgeglichenheit in einem Job zu finden?

„Meine liebe Sophie...", wenn sie schon so anfing, wusste ich, ein Vortrag würde folgen. Ich rührte noch immer in meinem Café. Ich wollte gar nicht meinen Kopf heben. „... wir brauchen Geduld und den Glauben an das Positive. Wir haben einen Araber geheiratet. Wir wussten, dass der moslemische Glaube intensiver ist als der christliche."

„Aber, Imke, als ich vor etwa fünfzehn Jahren als Stewardess blutjung in dieses Land kam, habe ich mir nicht ausgemalt, welche Folgen für mich die arabisch-religiöse Kultur als Ehefrau haben könnte. Ich glaubte, die große Liebe meines Lebens gefunden zu haben. Ich schenkte einem Mann meine Liebe, dessen Vaterland so exotisch auf mich wirkte."

„Sicherlich! Damals war der Konflikt der arabischen Welt nicht in dieser Form ausgebrochen. Die arabischen Länder hatten noch ihren Reiz aus Tausendundeiner Nacht. Wir waren von den Wüstenfilmen verzückt und hofften, einen Sheikh zu finden."

„So wie dich als Kind der Prinz wachküsst." Ich lächelte in mich hinein.

„Ja, genau so. Und jetzt leben wir in unserem Schloss."

„Ok! Ich bin die Prinzessin und warte auf die Dinge, die noch kommen werden."

„Inshallah!" Imke lächelte mich mit einem leicht gequälten Ausdruck in den Mundwinkeln an.

Immer häufiger war Latif der Meinung, seine Geschäftsbilanz sei unzureichend. Seine berufliche Unzufriedenheit wuchs. Krampfhaft, mit größerem Arbeitseinsatz und weiteren Jobs versuchte er, das Minus, das es nicht gab, auszugleichen. Das brachte ihn dazu, dass er zuhause seinem Unmut und seiner Überarbeitung freien Raum ließ. Frustriert und lustlos zog er durch die Tage und Stunden in seinem Heim. Dennoch hatte er die Energie in sich, alles müsse perfekt laufen. Nichts und keiner durfte in seinem Beisein unangenehm auffallen.

Ich dachte: „Die Armee hat mich eingeholt. Jeder muss auf seinem Posten stehen und seine Leistung erfolgreich bringen." Zwischen diesen beiden Stühlen mit der Aufschrift „Ansprüche meines Mannes" und „Die täglichen Gegebenheiten" befand ich mich, die ehemalige selbstsichere Stewardess und jetzige Ehefrau und Mutter, im arabischen Land.

Ein Land, das vor Luxus strotzte, wenn man sich auf der richtigen Straßenseite befand, auf der die wenigsten Platz hatten. Das Land konnte die weltbesten technischen Fortschritte ausschöpfen und bewegte sich dabei mit Ansichten aus der Welt Mohammeds, etwa sechshundert Jahre nach Christi, obwohl die Vorzüge des gelebten Luxus den Tag verfeinerten.

Latif schien durch seine Erziehung und Bildung ein, in gewisser Weise, freier Mensch zu sein. Er stellte den Koran nicht unbedingt als Dach über der Familie auf. Wir kleideten uns typgerecht. So wie die Saison einlud, ohne Bezug zur Kultur. Jedoch musste ich meine weiblichen Reize oder das, was man darin sehen konnte, bedecken. Die Vorstellungskraft der arabisch-männlichen Welt war sehr konkret.

Mit einem großen Seidentuch, das Schulter und Dekolleté bedeckte, konnte ich sehr gut leben. Ich trug es in meinem Sinne, als Schutz gegen die Kälte der Air Condition.

Drei weitere Jahre verstrichen. Wieder einmal kam der allwöchentliche siebte Tag. Eine Sechs-Tage-Woche hätte ich gewollt. Der siebte Tag gehörte zu meinem Preis, den ich zu zahlen hatte. Er war der Tag des traditionellen Familien-Treffens, bei dem alle zu erscheinen hatten. So dachte ich. In mir haftete noch immer der Konflikt aus früheren

Zeiten. Achtung und Ehre im Schwiegereltern-Haus war das oberste Gebot. Die Kinder durften ihrem Bewegungsdrang freien Lauf lassen. Sie rannten zwischen den Tischen hin und her, räumten alles um und warfen auch mal ein Bild herunter. Alles war nicht der Rede wert. Es waren die Enkel. Und wo war ich dabei!?

Mit großer Unlust hielt ich die wöchentliche Regel, zum arabischen Lunch im Haus der Schwiegereltern, ein. Ich mochte das arabische Essen. Eine Komposition von Reis, Fisch und Gemüse, verfeinert mit exotischer Gewürzmischung. Dazu wurde frisch gepresster Orangensaft und Wasser mit Limonen serviert. Für meine Gaumenfreuden waren es Erinnerungen an meine Stewardessen-Zeit.

Was ich jedoch zuvor nie kennengelernt und auch nicht geträumt hatte, je kennenzulernen, war das immer wiederkehrende Gefühl von Stress und Verpflichtung ohne Liebe. Meist vermisste ich positive Stimmung. Oft genug fühlte ich mich wie eine Maid, der die Ehre gewährt wurde, am Tisch des Masters sitzen zu dürfen und als besonderes Schmankerl einer Sprache zu lauschen, der sie nicht mächtig war.

Die mir entgegengebrachte Antipathie, ein Inbegriff der Kälte, veranlasste mich, mehrere Kleidungsstücke übereinander zu tragen. Demutshaltung übermannte mich. Ich fühlte mich klein und einsam. Mein nicht mehr ganz so frisches Hollywoodlächeln war mein Freund. Ich verschwand in meiner inneren Welt, die keiner kannte.

Nach diesem Lunch war vor dem nächsten Lunch. Kein Entrinnen. Und Latif!? War in einer Zwickmühle und schwieg. Zu Beginn. Für ihn wurde es zur Herausforderung.

Wieder bei einem dieser Sonntagslunches, bei dem in den Räumen eine angenehme Raumtemperatur fehlte. Graue Wolken waren über die Mauer hinweg zu sehen. Meine Migräne machte mich reizbar. So kam es, dass die Tischunterhaltung meine Nerven überstrapazierte. Das Gerede wurde lauter und schien unstimmig zu sein. Kein Wort verstand ich. Aber Gestik und Mimik verrieten die Lage. Verzogene Gesichtszüge und hochgezogene Augenbrauen, große Augen sagten mir deutlich, dass dicke Luft herrschte. Ich wagte es, den Raum zu verlassen. Schläfen und Nacken mit Wasser zu kühlen. In der Hoffnung, tausend Fragen auszuweichen, kam ich mit meiner aufgelegten Maske zurück. Alle Blicke waren auf mich gerichtet.

Vorwurfsvoll ertönte Latifs Stimme. Zorn lag in seinen Augen.

„Wo warst du solange? Du kannst doch nicht einfach vom Tisch aufstehen, wenn meine Eltern noch essen."

„Entschuldige, aber mein Kopf zerplatzt heute. Da kann ich mich ja wohl mit Wasser erfrischen. Was soll das?"

Das Gespräch war nicht beendet. Urplötzlich musste er angeblich zur Arbeit. Wir packten unsere sieben Sachen und zogen davon. Im Auto ging die Tortur weiter.

„Was hat dir jetzt nicht gepasst? Ihr habt euch in eurer Muttersprache laut und aufgeregt unterhalten. Die Luft war zum Schneiden. Unsere Kinder wurden immer unruhiger. Und ihr wurdet lauter. Keine frische Luft. Das halte ich nicht aus. Meine Atemnot war wieder im Anmarsch. Du kümmerst dich nicht um mich. Du merkst nicht, was mit mir los ist."

„Ach, du hast immer nur beim Sonntagslunch Migräne. Ist dir noch nicht aufgefallen, dass wir uns in Englisch unterhalten?"

„Doch! Immer wieder. Zwischen den arabischen Sätzen." Meine Ungeduld war unüberhörbar.

„Du vergisst wohl, dass wir unsere Besuchszeit verkürzt haben. Ich habe mich dafür eingesetzt, dass wir den Sonntag zu unserem eigenen Familientag gemacht haben." Latif schaute mich vorwurfsvoll an, fuhr aber dann mit ruhiger Stimme fort: „Meine Liebe, es ist schwer für mich. Ich will es dir und meinen Eltern recht machen."

„Das geht aber nicht. Dein Cousin sieht das anders. Und wenn er zum traditionellen Familienlunch kommt, geht er, wie er will. Da sagst du nichts."

„Er ist auch nicht der Sohn."

„Nein! Aber mir erzählst du immer etwas von Ehre und Ehrerbietung. Wie ist das bei ihm? Gilt das nur für bestimmte Personen?

Bin ich es nicht wert, genauso behandelt zu werden?" In der Hoffnung, durch Gegendruck die Schmerzen zu lindern, fasste ich mit meinen Händen an die Schläfen.

„Das sind einmal zwei Stunden pro Woche. Da gibt es nichts zu beschweren." Seine Ungeduld hing wieder in der Luft. Ich spürte, ihm könnte etwas entgleiten.

„Liegt es daran, dass ich Christin bin? Reicht es nicht schon, dass deine elfjährigen Söhne in der Schule gemobbt werden, weil sie in den Augen der Moslems keine reine Mutter haben?"

„Was hat das eine mit dem anderen zu tun?"

Unverstanden fühlte ich mich in die Ecke gedrängt. Mit zusammengekniffenen Augen schaute ich hinaus, wo das moslemische Leben an mir vorbeizog. Zu meiner Migräne spürte ich jetzt die Wärme der roten Flecken am Hals. Ich sagte nichts mehr. Ich wollte nur noch aus dem Wagen, allein sein und meine Ruhe haben. War es das wert?

Latifs arabische Gene kamen zum Vorschein. Sie traten immer öfter in Erscheinung. Er steigerte sich in eine Sache, über die er nicht nachdachte. Latif brachte alles an den Tag, was er über den Koran gelernt hatte: Ehre! Ehre über alles! Dem der rein und moslemisch war. Schließlich forderte er unterschwellig unbedingten Gehorsam. Wo war sein Eros? Seine Liebe, sein Sexappeal und seine Weisheit?

Ich betrachtete die Angelegenheit aus westlicher Perspektive und stellte mir die Frage: Fordert Akzeptanz in der eingeheirateten Familie Unterwerfung und Demut? Oder muss sich der Ehemann bewusst werden, wen er geheiratet hat? Seine Freundin oder seine Mutter?

Sein Cousin Fared war das Gegenteil von Latif. Meinen Neid auf ihn und seine geschäftstüchtige Frau Lesha konnte ich manchmal nicht unterdrücken. Sie hatten all das, was ich an Latif vermisste und so sehr am Leben liebte. Fared war relaxt, lebte sein Leben, war verschwenderisch. Vielleicht auch ein wenig zu viel. Ok! Möglich! Aber er machte seinen Job und holte sich seine Vorzüge aus dem voller Genüsse steckenden Leben. Nicht nur er war das Gegenteil zu Latif, sondern auch Lesha in großem Maße zu mir. Ihr erfolgreicher Auslandsjob. Die finanzielle Unabhängigkeit. Ihre selbstbewussten Einkäufe von Gucci-Taschen und Versace-Kleidern.

Dieses Paar, welches im arabischen Land ein intensiveres Leben nach westlichem Muster lebte, kratzte in mir die tiefsitzende Sehnsucht nach Unabhängigkeit und Selbständigkeit auf. Meine Augen wurden geöffnet, als sei ich halbblind durch die Tage und Jahre gelaufen. Dabei dachte ich, als Ehefrau eines arabischen Mannes müsste ich mich gewissen Traditionen und der Kultur unterordnen. Jedoch Lesha, die geschiedene Schiitin und Halbeuropäerin, nahm sich, was sie wollte und bekam es. Und ich, die ehemals freie Europäerin, sah zu und musste für jeden noch so kleinen Wandel kämpfen. Es waren zwei Cousins, die ihr Leben so unterschiedlich gestalteten, als residierten sie in zwei verschiedenen Jahrhunderten.

Hinzu kam, dass Latif den Zwang in sich hatte, im Übermaß den Morgen danach zu sichern. Er arbeitete und arbeitete, sparte und hortete in Form von Immobilien und sonstigen Investitionen, die der Börsenmarkt anbot. Er wollte nie abhängig werden. Und das lebte er aus. Immer häufiger stellte ich mir die gleiche Frage: Wie wird sich mein Leben weiterentwickeln?

VIII. Kapitel

Das Leben brachte Tage mit sich, an denen es galt, ihre Erschwernisse zu leben. Wieder hatte ich mich mit Imke im Coffee-Shop in der Mall verabredet. Wir mussten Besorgungen erledigen und nutzten die Zeit zu einem Plausch.

Ein zu heißer Tag, an dem die Feuchtigkeit triefend am Körper hing. Ich wusste, ich musste trotz des Wetters hinaus, auf die andere Seite der Mauer. Die Air Condition im Haus, im Auto und in der Mall unterstützten den komfortablen Lebensstil. Dennoch war bei vierzig Grad im Schatten der Weg vom Haus ins Auto ein schwerer Gang. Die Dusche vor einer Viertelstunde war, wie so oft, überflüssig und das Makeup hätte ich mir sparen können, dachte ich mir.

An diesem Morgen hatte mir das Wetter einen Strich durch meine ausgeglichene Laune gemacht. Mit meinem Mercedes-Jeep und seiner ausgetüftelten Air Condition fuhr ich über den ausgetrockneten und steinigen Stoppel-Hoppel-Acker, der zwischen unserer Villa und der Straße lag. Staub wirbelte auf. Die Luft war stickig. Der Himmel war grau. Immer wieder wunderte ich mich, wie die Sonne die Kraft aufbringen konnte, um durch die grau-gelbrote Zone am Horizont diese überdimensionale Wärme zu spenden. Wo war der blaue Himmel, der meiner Vorstellung nach dazugehörte? Ein knackig blauer Himmel, der Lebensfreude wecken könnte. Stets sah ich den Farbenmix aus Grautönen. Je nachdem, aus welcher Richtung die Winde wehten, war das Grau mal rötlich von den Saudis und mal gelb aus der Sahara. Gemischt wurden sie mit dem landeseigenen Sand, der aus verdrecktem Staub mit den hochdosierten Anteilen an Dieselabgasen der überfüllten Straßen bestand. An manchen Tagen war eine bizarre Farbenpracht am Himmel zu sehen, die ich dann mit meiner kleinen Kamera, die ich stets in meiner großen Tasche mit mir trug, fotografierte. Das waren die Momente, unter anderem an roten Ampeln, in denen ich mich wieder fand. Ich knipste und probierte aus. Die Bilder wurden besser und besaßen mehr Aussagekraft.

Auch an diesem Donnerstagvormittag waren wieder die Straßen überfüllt. Die Wochenendgäste, die über die Verbindungsbrücke zwischen Bahrain und dem Heiligen Land der Moslems, Saudi Arabien, kamen, fuhren wie die Henker. In ihren Ferraris, Maseratis und Audi-Sondermodellen überholten sie von rechts nach links und von links nach rechts, ohne den Blinker zu setzen. Sie brausten und sausten durch jede noch so kleine Lücke.

In ihrem weißen Dishdasha-Gewand mit rot-weiß-karierter Kopfbedeckung saßen die arabischen Männer in ihrem Wagen mit verdunkelter Scheibe. Ich konnte mir genau vorstellen, wie sie hinter schwarzen Nappaleder-Lenkrädern saßen. Schwarzer Oberlippenbart und dunkle Sonnenbrille bedeckten das Gesicht. Ihr halbseitiges Grinsen wirkte arrogant, weckte jedoch bei Unbedarften das gewisse Etwas der Sinneslust.

Auch an diesem Wochenende strömten sie wieder in Massen. Was wollten sie wohl bei uns? Ich wusste es! Schließlich gab es in Bahrain Dinge zu kaufen und zu sehen, die drüben verpönt waren und als unreligiös deklariert wurden. Dort war das strengste Verbot ausgesprochen und wurde gelebt. Während der Woche führten die Männer ein streng gläubiges Leben nach dem Koran und am Wochenende nach den freien Lebensvorstellungen des Westens.

Immerhin war es bei uns erlaubt, als nicht-moslemische Frau ohne Schleier herumzulaufen oder eigenständig Auto zu fahren. Auch gab es Restaurants, in denen Alkohol ausgeschenkt wurde. Nicht selten waren sie, die Herrschaften, in Schwärmen dort vertreten.

Gedanklich versuchte ich dem Geschehen auf der Straße, der Überdosis PS, zu entkommen. Ich wollte auf keinen Fall mit einem fleckigen Hals neben der perfekten, stabilen Imke auftreten. Aus dem CD-Player dröhnte von ACDC „Highway to hell". Für solche Momente war es immer noch meine Lieblings-CD. Mein Parfüm an der rechten Pulsschlagader roch nach arabischem Frühling. Es war eine Mixtur aus Amber und Maiglöckchen. Die Kombination, ACDC und der Duft, stärkte mich für den Tag. Ich setzte meine Sonnenbrille auf den richtigen Punkt und ließ die Welt da draußen auf der Straße. Die Sonnenbrille wurde immer mehr ein wichtiger Bestandteil meiner Maske.

Ein Teil des Weges war mein altbekannter Arbeitsweg. Der Blick nach links und rechts aus dem Wagen gewährte mir unterschiedliche Sphären. Links grenzten Leitplanken die Autos des Gegenverkehrs ab. Dahinter befand sich graues Wüstengebiet, das mit neueren Wohnblocks bebaut worden war. In diesem Gebiet des aufgeschütteten Landes wohnte in Villen die sunnitische Oberschicht. Mit großer Fantasie konnte man nach ihrem Revier das Meer erahnen.

Hingegen erweckte die rechte Seite einen anderen Eindruck. Es war die Abgrenzung zur Wüste mit vertrockneten Bäumen, deren Blätter von Staub und Sand eine graue Erscheinung darboten. Hausähnliche Gebäude mit Wellblechdächern waren der Unterschlupf für die Mehrzahl der Bevölkerung, die Schiiten. Die Armut stach heraus. Die Gegensätze waren krass.

Auf der einen Seite die, die sich die Rechte nahmen und ein Leben im Überfluss genossen, der jeden Hollywood-Glamourfilm in den Schatten stellte. Auf der anderen Seite lebte die Mehrheit der Gesellschaft, die ums Überleben und ein menschenwürdigeres Leben kämpfte.

Doch wo war das Meer, das sicherlich nicht nur mir abhanden gekommen war? Der Blick hinaus in die Weite. Das Meer, das nach Freiheit und Urlaub roch. Wie sehr ich diesen Blick auf dem Fahrweg zur Arbeit geliebt hatte. Er vermittelte die Großzügigkeit, die ich in meinem engen Heimatland schon als Kind vermisst hatte. Genauso wie ich sie im Hier und Jetzt auf diesem überfüllten Highway vermisste.

Das Hupen der wilden Fahrer riss mich aus meinem Tagtraum. Das Unterbewusstsein leistete große Arbeit. Oft war ich von mir überrascht, wie ich, trotz meiner geistigen Abwesenheit, den Weg zu meinem Ziel fand. Einen Parkplatz ergatterte ich in der „Himmelsgarage" unweit vom Eingang. Ich nannte sie „Himmelsgarage", weil die Parkhäuser alle nach oben, breit und hoch, gebaut wurden. Tiefgaragen gab es bis dato noch nicht. Vielleicht war es nur eine Frage der Zeit, wann ihnen einfallen würde, eine Tiefgarage ins Meer zu bauen. Das wäre nach ihrem Geschmack: Das Meer ständig mit Sand aufschütten und bebauen. Möglicherweise war es ihre Form der unbewussten Ablehnung des Meeres und des Sandes. Ihre Art des Loslassens von der Vergangenheit, der Beduinenzeit, oder war es eine Form der Verdrängung?

Überhitzt und verspätet kam ich im Coffee-Shop an. Ich hatte für den Wochenendverkehr zu wenig Zeit eingeplant. Imke saß schon am Tisch im braunen Sessel. Vor ihr ein Café. Vermutlich, wie gehabt, ein Café Latte mit Amarena-Geschmack. Wir umarmten und begrüßten uns. Ich besorgte mir auch einen Café Latte, aber ohne Zusatzgeschmack. Ich war der Meinung, er verfälsche den wahren Cafégenuss. Während ich an der Theke stand und auf ihn wartete, schaute ich um mich. Gut, dass Imke die Pünktliche von uns beiden war. Alle Tische waren besetzt. Der Coffee-Shop war genauso voll wie der Highway. Ich hatte den Eindruck, sie seien alle hierhergekommen. In ihrem weißen Gewand und der rot-weiß-karierten Kopfbedeckung, so wie ich sie mir vorgestellt hatte. Sie saßen bei ihrem Café, unterhielten sich und drehten in der linken Hand ihren braunen Rosenkranz, den Musbah.

Ich setzte mich an den Tisch zu Imke und schaute nochmals durch den Raum. Ungewöhnlich ungehalten schoss ich gleich drauf los. „Ich komme mir heute vor, als würde ich auf einem Präsentierteller sitzen. Außer uns beiden Frauen ohne Abaya und Kopftuch sitzen hier ausschließlich arabische Männer." Ich wärmte meine von der Air

Condition gekühlten Finger am heißen Café. „Heute ist wieder so ein Tag, an dem mir alles zu viel ist. Die Straßen waren anormal überfüllt. Die Arbeiter, die keine Ahnung vom Fahren haben, und die, die meinen, ihnen gehört die Straße und wir sollten uns am besten in Luft auflösen, wenn sie ankommen." Erschöpfung lag in meiner Stimme.

„Ja, bei mir ging auch nichts mehr. Vielleicht sollten wir uns mittwochs statt donnerstags treffen", stellte Imke fest, während sie ihren Zucker verrührte.

„Das wäre eine Option. Schau sie dir an. Breitbeinig sitzen sie selbstgefällig in Ledersesseln und verbergen ihre gaffenden Blicke hinter schwarzen Sonnenbrillen. Ich habe das Gefühl, der dort drüben ohne Brille zieht mich gleich aus. Es ist immer dasselbe. Sie kommen hierher, mischen alles auf. Da, die zwei Mädels mit ihren seidigen Abayas legen es drauf an. Die checken nichts und unterstützen deren Gehabe. Es widert mich an. Ich fühle mich nicht mehr als individueller Mensch, sondern als Objekt der Begierde. Braucht´s des?"

„Sophie! Was ist heute mit dir los? Das geht doch sonst an dir vorbei", fragte Imke überrascht.

„Aber heute nicht." Ich trank von meiner Latte und warf mit meinem Kopfkick die Haare über meine Schulter. „Diese feuchte Hitze. Da brauchst du nirgendwo hinzugehen. Jede Bewegung macht das Leben unerträglich. Und diese männliche Willkür. Sag mir, wozu dient die Verschleierung wirklich?" Ich quälte mein Gesicht zu einem Lächeln, das sich zu einem übermütigen Lachen ausdehnte und lauter wurde.

Imke, die sonst immer einen Kommentar auf der Zunge hatte, schien von meinem lauten Ausbruch überrascht zu sein.

Bevor sie etwas sagen konnte, hatte ich wieder losgelegt. „In ihrer großen Wüste sitzen ihre Frauen bis auf die Augen verschleiert. Von Kopf bis Fuß, alles zu. Und dann kommen sie natürlich ohne Weib jedes Wochenende hierher und gaffen. Schauen und nehmen sich mit ihrer schwarzen Kohle, was sie wollen. Solch eine unverschämte Überheblichkeit widert mich an." In dem letzten Satz lag eine Betonung des Ekels. Ich verzog meine Gesichtszüge, als würde ich eine Bestie vor mir sehen. Mein Ton wurde harscher und lauter.

Imke wollte mich beruhigen. Sie fasste mich am rechten Arm, schaute mir fest in die Augen und sagte mit eindringlicher Stimme: „Sophie, nicht so laut. Was ist heute bloß mit dir los?"

„Weißt du, die Hitze, der Verkehr, das ständige Autofahren", mit gedämpfter Stimme und leicht gesenktem Blick fuhr ich nach kurzer Pause fort. „Diese gaffenden Typen. Und dann fährt Latif wieder für ein paar Tage ins Saudiland zum Arbeiten. Eigentlich dürfte er dort gar nicht hin, so wie ich diese männlichen Wesen verabscheue. Da bleibt alles an mir hängen. Ich komme mir wie die fünfte Hausangestellte vor. Wo ist eigentlich mein Job? Ist er am Ende der des Drivers geworden, ohne dass ich es gemerkt habe? Wenn wir mal einen hatten, dann chauffierte er Latif durch die Stadt zu seinen Jobs." Ich sah Imke an und atmete tief durch. Mit ruhigerer Stimme ergänzte ich: „Aber, was klage ich. Du hast dasselbe Spiel jeden Tag."

„Schon, aber zu meinen Gunsten steht, dass ich mehr Maids habe als du." Zufrieden lehnte Imke sich in ihren Stuhl zurück.

„Ja, du schaffst es, das zu bekommen, was du brauchst. Dein Ali hat eben das Geld lockerer sitzen."

Imke legte ihre Ellenbogen auf den Tisch, zog ihren Kopf vor und sagte mit leiser Stimme, als wolle sie ein Geständnis ablegen: „Aber glaube nicht, dass es mir zufliegt. Mein Einsatz wird auch gefordert."

„Imke, es ist deine Stärke, die mir fehlt. Es gibt Tage, an denen ist mir alles zu viel. Da kann ich mich selbst nicht leiden. Besonders, meine Zeit zuhause ohne Job. Immer öfter ist Latif so sehr in sein Geschäft eingebunden, dann sehen wir uns selten und wenn er dann da ist, lässt er seinen Stress zuhause ab. Da bin ich das Auffangbecken. Wo bleibe ich in diesem Spiel? Immer mache und funktioniere ich. Ich mag nicht mehr."

Ich hatte mich ausgelassen, wie schon lange nicht. Die Zeit verging und Imke musste weiter. Keine Zeit. Jeder war mit sich beschäftigt.

IX. Kapitel

Das Leben wurde zunehmend anstrengender. Die Kinder. Die Maids. Latifs Willen. Und mein Wille. Die Hitze blieb unverändert unerträglich bei gleichbleibender Farblosigkeit. Schon zweimal war ich an diesem Tag unter die Dusche gesprungen, um die Körperzellen mit ihrem überhöhten Arbeitseinsatz zu beruhigen. Nach dem dritten Mal wollte ich bei einem frischen Pfefferminztee relaxen, als gerade das Telefon klingelte.

Es war Mutter aus England. Ich solle meine Schwester Frances in Israel anrufen. Das lief immer so ab, wenn Frances mir wichtige Neuigkeiten zu sagen hatte. Denn jeglichen Kontakt zwischen ihr in Israel und mir in Bahrain musste stets über ein Drittland, kein moslemisches oder jüdisches Land, getätigt werden. Es bestand keine direkte Verbindung zwischen diesen beiden politischen Regierungen und Kulturen. So musste ich über eine Agentur im Ausland anrufen, die mich mit Frances in Israel verband.

Ich saß auf meinem Lieblingsplatz, der französischen Couch mit ihren hohen Seitenohren, so dass ich den linken Arm auflegen konnte. Ich zog die Stirn in Falten, formte die Lippen zu einem „Oh“ und einem „Ah“ und fuhr nervös mit der rechten Hand durch meine noch feuchten Haare. Die Neuigkeiten, die Frances mir mitteilte, beeindruckten mich stark. Leicht unruhig, wie mit Hummeln im Po, bewegte ich mich auf der Couch. Zum Aufstehen war ich zu angespannt.

Der wahrscheinlich einzige Moskito im ganzen Haus flog mir ständig um die Nase. Mit der rechten Hand schlug ich mehrfach vor meinem Gesicht nach ihm. Doch es ging ins Leere. Er war der Fixere von uns beiden und summte fröhlich weiter.

Noch vom Inhalt verwirrt, drückte ich am Ende des Gesprächs die Verbindung weg. Aufgewühlt und überwältigt löste ich meine inzwischen verkrampfte Sitzstellung, streckte und dehnte mich und legte mich auf die Couch.

Frances hatte mir von ihrem neuen Plan erzählt. Sie wollte Oz verlassen. Inzwischen arbeitete er beim Mossad, dem israelischen Geheimdienst. Das war ihr nicht Einerlei. Ich telefonierte mit ihr gerne und lange. Doch an diesem Tag war es kein Smalltalk. Es war eine Bitte, zu deren Umsetzung unbedingt Latifs Unterstützung notwendig war. Das war das Problem. Ich wusste nicht, ob er bei seinem derzeitigen Stress und unserer Unstimmigkeit wegen Nichts und Allem bereit war, mir zu helfen.

Schon damals im „DREAMER“, als ich noch Stewardess war, lange vor unserer Hochzeit, hatte Latif Bedenken über meine Schwester und ihre Ehe mit einem Israeli geäußert. Es war das spezielle Gespräch nach dem großen Dilemma an der jordanischen Grenze, als ich den Flieger verpasst hatte und dann einen zusätzlichen Arbeitsflug nach Indien machen musste. Seine Vorwürfe mir gegenüber, warum meine Schwester überhaupt einen Juden geheiratet hatte, waren bodenlos gewesen. Die Intoleranz, Menschen nach ihrem Glauben zu urteilen, bevor man sie sah, geschweige denn kennengelernt hatte, war für mich ein unerhörtes Maß der Selbstgefälligkeit. Ich erinnerte mich an diesen intensiven Streit über seine Ablehnung, die mich letztendlich auch dazu gebracht hatte, ihn und Bahrain zu verlassen. Denn nicht nur wegen meiner Freiheit ließ ich das Morgenland, das ich so liebte, hinter mir, dieser Streit war ebenso ein Auslöser dafür gewesen. Seitdem sprach Latif das Thema mit Frances nicht mehr an, obwohl sie und ihre Kinder jedes Jahr einige Wochen Ferien bei uns machten. Doch vielleicht war hier die Chance gekommen, diesen Punkt ein für allemal zu klären, um wieder ein Stück zu uns und zusammen zu finden.

Der sanfte Wind aus der Air Condition brachte leichte Kühle. Latif kam früher als gewöhnlich nachhause. Er trat ein und sah mich auf der Couch im Fernsehzimmer liegen. Er kam und begrüßte mich liebevoll. „Hi Sophie, warum liegst du hier?"

„Ich bin etwas schlapp", antwortete ich träge in der Hoffnung, nicht weiter reden zu müssen.

„Du siehst blass aus und dein Gesichtsausdruck wirkt nachdenklich", bohrte Latif nach. „Du wirkst anders als sonst, wenn die Hitze dich erschlägt."

Mit geschlossenen Augen lag ich da und wollte nur meine Ruhe haben. Ich verstellte mich. Ich tat so, als schliefe ich. Latif saß noch eine Weile an meiner Seite und streichelte mein Gesicht. Mit meinem Feinsinn spürte ich seine Augen an mir hängen. Hoffentlich würde er gehen, also verzog ich keine Miene. Er sollte mich allein lassen, damit ich das Telefongespräch verarbeiten konnte, das ich ihm irgendwann erklären musste. Die ganze Wahrheit durfte ich nicht sofort herauslassen, denn dann würde er sicherlich nicht zustimmen. Mir war auch klar, dass ich seine volle Unterstützung benötigte. Also brauchte ich Zeit, die ich jetzt nicht hatte. Ich musste intensiv darüber grübeln, wie ich es Latif beichten würde, ohne dass es negative Folgen für alle Beteiligte hatte.

Die Tage und Wochen bis zur Ankunft im Sommer vergingen. Vieles sollte wie immer sein, aber nicht alles. Mutter sollte, wie schon des Öfteren, nach Israel zu Frances zu Besuch kommen und dann aber mit den Kindern im Bus nach Amman in Jordanien fahren. Von dort flogen sie nach Bahrain. Diese, mir sehr vertraute, Route musste gewählt werden, da der Weg aus dem jüdischen Land nach Bahrain und zurück nur über ein Drittland, in dem Fall Jordanien, möglich war. Obwohl Jordanien ein arabisches Land ist, konnte dieser Weg gewählt werden, da Israel mit Jordanien ein Abkommen hat. Doch es sollte diesmal ein One-Way-Ticket oder eine Einbahnstraße sein. Die Kinder, Jonah und Lilie, mit Oma würden für einige Wochen bei uns wohnen.

Ich konnte nur hoffen, dass die Wirkung dieser Reise durch die pralle Hitze in der trockenen Wüste im überfüllten Bus ohne Air Condition auf die Kinder unter den finsteren Blicken aus dunklen Gesichtern nicht besonders groß sein würde. Frances flog mit dem großen Restgepäck nach Österreich zu Vater. Für ein paar Wochen wollte sie sich dort einnisten, erholen und bekochen lassen. Sie beabsichtigte eine Veränderung in ihrem privaten Leben. Ein Leben in Israel, in einem Land, in dem viel zu oft politische Kämpfe brutal ausgetragen wurden, wollte sie ihren Kindern auf Dauer nicht zumuten. Sie kehrte dem öffentlich gelebten Terror zwischen Palästinensern und Juden den Rücken. Sie wollte in ihrem Mutterland, England, mit ihren Kindern ein neues Leben beginnen. Dieser Plan klang unkompliziert, war aber nicht unbedingt einfach.

Ich wollte Frances unterstützen. Ich war der Meinung, auf meine Weise den Weg gehen zu müssen und Latif zunächst nicht die komplette Geschichte zu erzählen. Deshalb berichtete ich ihm die Version, die stimmig war: Meine Mutter würde mit ihren halbjüdischen Enkeln Urlaub bei uns machen.

Latif hatte Bedenken. Er wusste, es ging um die Familie seiner Frau, die er so liebte, aber halbjüdische Kinder in seinem moslemischen Haus aufnehmen, das war ihm nicht ganz koscher. So wie jedes Jahr. Da dachte ich an Helena Blavatsky. Sie vertrat die Lehre der Theosophie, welche die Toleranz für das Zusammenleben aller als Basis beinhaltete. Nach einer der zwanzig Diskussionen mit Latif erwiderte ich: „Helena Blavatsky hatte schon im zwanzigsten Jahrhundert dafür plädiert, dass im Leben mehr Mitmenschlichkeit, tiefere Einsicht und verantwortungsbewussteres Handeln der Flashpoint bei der Gleichstellung von Nationalität, Geschlecht und Religion sein sollte. Also, lieber Latif, wo ist dein Problem, wenn es hierbei um Nationalität und Religion geht? Das mit dem Geschlecht ist sowieso ein anderes Thema." Dabei spürte ich, wie mein Hals errötete. Mit meinem Lächeln und einem festen Blick in Latifs Augen führte ich eine Haarsträhne aus meinem Gesicht. Ich wollte standfest sein und bleiben. Einmal, in diesem wichtigen Moment, wollte ich, dass wir das machen, was ich für richtig hielt.

Schließlich willigte Latif zu diesem längeren Besuch ein. Da ich ihm die wichtigsten Bestandteile des Vorhabens noch nicht berichtet hatte, musste ich das Kribbeln im Bauch mit mir selbst ausmachen.

Bis zu dem Tag der Ankunft nahm ich mir viel Zeit für Besuche im Fitness-Center. Dort ließ ich meiner inneren Unausgeglichenheit, die aus Freude, Angst und Aufgeregtheit bestand, freien Lauf. Meine russische Personaltrainerin staunte nicht schlecht, wie kraftvoll ich plötzlich mit meiner zarten Frauenfaust auf den Sandsack einschlug und danach noch Ausdauer hatte, um fünfundvierzig Minuten auf dem Stepper zu schwitzen. Ich ließ meinen Unmut heraus und schöpfte neue Energie und Kraft.

Latif und ich holten die Familie vom Flughafen ab. Von Beginn an knipste ich tausendundein Bild, denn wer wusste schon, wann wir uns wieder sähen.

Mutter, die nichts sagen durfte, spielte das Spiel mit. Sie umarmte mich und flüsterte mir ins Ohr: „Kind, du weißt gar nicht, wie glücklich ich bin, hier sein zu dürfen. Der tägliche Streit zwischen Oz und Frances sowie das Versteckspiel kosteten mich viele Nerven." Sie löste sich wieder von mir und sagte lauter: „Die Kinder waren sehr brav und ruhig während der Busreise. Wir hatten aber auch Glück, denn der Bus war nicht so voll." Wir standen uns gegenüber und lächelten. Ich zwinkerte ihr mit meinem rechten Auge zu. Jonah und Lilie, inzwischen vierzehn und zwölf Jahre alt, waren von der ewig langen Reise übermüdet.

Die Sommersonnentage am Pool mit sechs Kindern und meiner Mutter waren für mich eine ungewohnte Strapaze. Latif hatte sich sehr gut im Griff. Keine Übersprunghandlungen. Der Stress der Arbeit blieb dort, wo er herkam und hingehörte. Oft kam Latif früher von der Arbeit, brachte Essen von der Pizzeria, vom Indonesier oder Libanesen mit. Er zeigte sich fürsorglich. Ausnahmesituationen traten nur dann auf, wenn der Geräuschpegel der spielenden Kinder die

Grenze überschritt. Dann ergriff er das Wort. Alles lief super. Latif sah mich mit seinen dunklen Augen öfter verliebt an. Ein zartes Lächeln, das nicht so häufig bei ihm auftauchte, schenkte er mir.

Weiterhin lag das Gespräch wie ein Kloß in meinem Magen. Doch als ich in mein Umfeld, auf die fröhlichen Gesichter der Kinder schaute, entspannten sich langsam meine Muskeln. Meine Mutter erholte sich von ihrem Reisestress und der damit verbundenen Verantwortung. Einen Sommer lang genoss sie das Nichtstun. Die französische Couch mit den hohen Seitenohren im wohlbekömmlichen Schatten des Fernsehzimmers war ihr bester Freund.

Die Zeit raste in den Herbst und damit dem Ende der Sommersaison entgegen. Jonah und Lilie mussten in die Schule nach England. Die große Abschiedsszene rückte näher. Die Kinder waren traurig und wollten voneinander nicht lassen. Da die Altersspanne von acht bis vierzehn Jahren lag, waren die Freizeitinteressen noch annähernd ähnlich. Sie hatten viel Spaß am Pool und mit Tischtennis spielen gehabt. Trotz der unterschiedlichen Kulturen und Glaubensrichtungen verband sie die einheitliche Weltsprache Englisch.

Für meine Mutter setzte sich die Reise ins Ungewisse fort. Sie wusste noch nicht, wie sich das Leben in England zu viert, ohne Job für Frances und mit Schulantritt der Kinder, gestalten sollte. Sie sah uns an und sagte, bevor sie eincheckte: „Ich danke euch für die große Unterstützung. Oh Jesus! Ich weiß nicht, was jetzt kommt. Das Leben ist eine Herausforderung." Sie lächelte und ging. Latif sah ihr befremdet hinterher.

Es brauchte einige Tage der Einspielung auf eine Zeit ohne Oma, Jonah, Lilie und den großartigen täglichen Fun, um wieder in den Alltag zu kommen.

An einem Donnerstagabend führte mich Latif zum Dinner. Er gab keinen Grund an. Doch ich glaubte, ihn zu erahnen und legte das volle Verwöhnprogramm ein. Vom Alltagsstress hielt ich mich weitgehend frei, um mir am Nachmittag ein kleines Nickerchen zu erlauben. Innere Ausgeglichenheit füllte meine Seele. Der Sommer mit den vielen tollenden Kindern und der damit verbundenen Arbeit sowie meine Verschwiegenheit gegenüber Latif hatte an mir gesaugt. Dennoch war es eine großartige Zeit. Die Kinder hatten eine Mords Gaudi und Mutter war auch wieder einmal bei uns gewesen. Es war einer dieser Momente in meinem Leben, in denen ich feststellte, wie sehr mir immer noch meine Familie fehlte. Ich konnte nun mal nicht kurz um die Ecke fahren und dann wäre ich bei meinem Vater oder meiner Mutter.

Am Abend zog ich meine neue, weiße Seidenbluse zu der schwarzen Stoffhose an. Latif kam pünktlich von der Arbeit nach Hause, erfrischte sich und hielt einen kurzen Plausch mit den Kindern, bevor wir davonzogen. Eine ruhige Abendstimmung lag in der Luft. Ein sonst sehr unüblicher klarer Blick zu den Sternen begleitete unsere Fahrt. Ich sah sogar eine Sternschnuppe. Mit geschlossenen Augen dachte ich abermals an meinen Wunsch, der Veränderung meines Lebens, in der Hoffnung, er möge alsbald in Erfüllung gehen.

Latif hatte einen Tisch bei dem neuen Italiener bestellt, der laut Homepage meine französische Rotweinsorte anbot. Die Tische waren mit weißer Tischwäsche bestückt, auf denen frische, weiße Rosen standen, die ihren Duft nach Sanftmut verbreiteten.

Nachdem das Tiramisu das Dinner abgerundet hatte, kam Latif zum Thema. Begeistert erzählte er von den vergangenen Wochen mit der großen Familie. Er habe bemerkt, wie glücklich alle waren und dass auch in mein Gesicht ein Strahlen der Freude und Harmonie zurückgekehrt sei. Zu meiner Überraschung schlug er vor, die Session in den nächsten Osterferien zu wiederholen, denn dann sei es nicht so unerträglich warm wie im Sommer.

So wie ich mich fühlte, mussten meine Augen funkeln und einen Glanz der ganz persönlichen Stimmung versprühen. Auch ich hatte trotz vermehrter Arbeit, Hektik und der ungewöhnlichen Lautstärke die vergangenen Wochen als eine wunderbare Zeit empfunden, schon allein der Kinder wegen.

Latif erwiderte meine warmherzige Ausstrahlung. Er griff nach meiner Hand. „Erkläre mir jetzt bitte, warum du mir immer ins Wort gefallen bist, wenn ich nach dem Grund der Reise gefragt habe? Warum sind sie jetzt nach England geflogen? Ja, und warum war Frances nicht da? Was musste sie so Wichtiges arbeiten, dass sie innerhalb von neun Wochen keine Zeit hatte zu kommen?“

In diesem Moment, den ich vermeiden wollte, musste ich ihm alles sagen. Nun war ich gefordert. Doch bevor ich begann, gönnte ich mir noch einen Genuss. Sanft entzog ich Latif meine Hand. Ich nippte an meinem Rotwein und räusperte meine Stimme, als müsse ich den Weg frei machen. „Einmal hatte ich versucht, es dir zu erklären. Aber dann läutete dein Handy, das wieder wichtiger war.“ Ich warf meine Haare nach hinten und starrte ihn an. „Latif, es ging um meine Schwester. Sie hat sich von Oz getrennt und wollte natürlich die Kinder mitnehmen, die zwischenzeitlich bei uns Urlaub machten. Sie wollte raus aus dem Land, in dem viel zu oft brutale Gewalt auf der Tagesordnung steht. Frances nahm das Gepäck sowie Hund und Katze auf einen Direktflug nach Österreich zu Papa mit. Und nächste Woche fliegt sie nach London. Sie sucht sich dort einen Job und meldet die Kinder zur Schule an. Ich traute mich nicht, dir die korrekte Version gleich zu Beginn zu sagen. Ich dachte, für deine Familie gibst du alles, so sei es jetzt an der Zeit, meiner etwas zu geben.“ Nachdenklich drehte ich an meinem Rotweinglas. Ich hob den Kopf und fuhr fort. „Schau, Latif, Frances ist doch meine Schwester. Sie brauchte Zeit für sich.“

Latif folgte interessiert meiner Ausführung. Seine Gesichtszüge wechselten von Ausgeglichenheit über dunkle Finsternis mit zusammengekniffenen Augen bis zu Entsetzen, bei dem er mit dem Mund nach Luft schnappte, als sei er ein Fisch, der an Land geschwemmt worden war. Mit friedvoller Stimme fing er an. „Du glaubst, ich sei so engstirnig und würde deine Nichte und deinen Neffen nicht zu uns kommen lassen. Warum?“

„Nun ja, zum einen sollte es für längere Zeit sein und zum anderen hatte mir deine Reaktion, als ich vom Anruf berichtete und du ein Problem damit hattest, halbjüdische Kinder in einem Moslemhaus aufzunehmen, gereicht. Außerdem spukte noch immer in meinem Hinterkopf deine Erwiderung von damals, als ich den Flieger in Jordanien verpasst hatte, nachdem ich bei meiner Schwester in Israel zu Besuch war."

„Da hast du recht. Das war sehr wenig familiär. Aber nachdem du die Weisheit von Helena Blavatsky auf den Plan gebracht hattest, habe ich mir Gedanken über meine Einstellung zu dieser Thematik gemacht."

„Das erstaunt mich. Finde ich aber hervorragend. Gratuliere. Aber über deine Einstellung zum Thema Geschlecht musst du nochmal tiefgründig nachdenken."

„Geschlecht? Wie Geschlecht! Der Koran sagt ..."

Ich unterbrach ihn, bevor er wieder in seine Rolle als Prediger fallen würde. „Lass uns das Thema beschließen. Ich danke dir für deine große Unterstützung."

„Klar, meine Liebe. Deine Familie ist auch meine Familie. Ich tue, was ich kann."

Mein Glas wollte ich zum Anstoßen erheben. Ich dachte, Latif sei mit seinen Ausführungen fertig. Doch sein schlagartig gewandelter Blick hielt mich davon ab. Stille trat ein. Dann legte er los. „Dir ist wohl entgangen, dass das Verrat war, was du gemacht hast."

„Wie Verrat? Was habe ich getan?"

Latif schüttelte den Kopf. „Was du getan hast?" Verzweiflung lag in seiner Stimme. „Du hast mir halbjüdische Kinder zum Asyl untergejubelt. Wie stehe ich jetzt da? Wenn das rauskommt? Was sollen meine Familie und Freunde denken? Du hast mich belogen!"

Ich schaltete ab. „War es eine Lüge? Lüge ich? Nein!" Ich fror. Gänsehaut kroch mir über die Arme. Doch war mir gleichzeitig warm. Ich sah in mein Glas, während er weiterredete.

„Du hast mir kein Vertrauen geschenkt. Moslems und Juden in einem Haus, wo kommen wir da hin? Du willst, dass ich dir mehr Selbständigkeit und Verantwortung übertrage, wie soll das gehen, wenn du mich auf diese Weise ausnutzt und die Geschichte nicht verstehst?"

Schweigen. Doch er legte noch nach. „Du stellst mich bloß.“

Die Blicke der anderen Gäste richteten sich auf uns. Sie unterbrachen ihre Konversation. Unsere inzwischen schlechte Stimmung breitete sich auf den Raum aus.

Mit gedämpftem Ton fuhr ich fort. „Genau aus diesem Grund habe ich es vorgezogen, dir zu Beginn nichts zu sagen. Du redest nur und lebst nicht dein Worte. Warum zitierst du Helena Blavatsky? Redest von Mitmenschlichkeit, Gleichstellung der Geschlechter, verantwortungsbewusstem Handeln zwischen Nationalität und Religion und fühlst dich jetzt als Opfer? Das genau ist es, um was es geht. Lebe deine Worte, die du sagst. Und schwalle mir nicht immer die Ohren voll, wenn du dich dann doch anders entscheidest. Außerdem war es eine Notlüge und das ist definitiv keine Lüge.“

Der Abend ging schrecklicher zu Ende, als ich dachte. Diese Vorwürfe und Unterstellungen zeigten mir, wie weit entfernt wir von einander waren. Seinen treuherzigen Blick, den er zu Beginn des Abends eingesetzt hatte, hatte er gegen eine kalte Ausstrahlung getauscht. Mit einem mulmigen Bauchgefühl und großer Neugierde auf das, was kommen sollte, schaute ich nach vorn.

Frances fand einen Job als Sekretärin bei einer englischen Fluggesellschaft. Jonah und Lilie beendeten ihre Schulbildung, bevor sich die Weichen für ihre Zukunft stellten. Wohin auch immer ihr Weg hingehen sollte, er war bestimmt voller Überraschungen.

X. Kapitel

Unser gemeinsames Leben schritt in vielen Wellenbewegungen auf und ab. Nach diesem Sturm kam hinter den dunklen Wolken wieder die Sonne mit ihren wärmenden Strahlen hervor. Der Glanz des Lichtes überdeckte den Schatten.

Bashar und Ahmet kamen in die Pubertät. Ihre Interessen lagen sehr kontrovers. Bashar war in der Schule mittelprächtig, dafür wusste er über Fußball alles. Ahmet verbrachte seine Freizeit hinter Büchern im klimatisierten Raum. Er las gerne die Financial Times und verbrachte viel Zeit in Gesprächen mit seinem Vater über den Koran und die Welt.

Alia und Chayma durchlebten die Vorpubertät, was die Sache nicht leichter machte. Diskussionen wurden in unserem Haus mit jedem und über alles geführt. Sie raubten meine Energie. Ich fühlte mich unendlich kraftlos. Im Umkleidezimmer stand ich vor dem großen Spiegel, dem gegenüber halbdiagonal ein zweiter stand, so dass ich mich von vorn und hinten sehr genau begutachten konnte. Orangenhaut, Cellulitis an Oberschenkel und Po. Schwabbelbauch, wenn ich zu meinen Füßen sah. Dicke Augenränder, Tränensäcke, als seien die Augen für den Lymphhaushalt verantwortlich. Kleine übermüdete Augen. Mein Körper kam in die Jahre. Erschrocken vom eigenen Anblick fuhr ich zart und feinfühlig mit meinen Fingern über die markanten Stellen. Ob es nicht doch am Spiegel lag? Was war mit mir geschehen? Wo war das glückliche Lächeln, das meine perlweißen Zähne in einem strahlenden Gesicht zeigte, das ich aus meiner Stewardessen-Zeit in den letzten Wochen immer öfter vor meinem inneren Auge sah? Gedanken über Gedanken.

Das Leben mit all seinen Gepflogenheiten und Darbietungen hatte mich ausgelaugt. Immer wieder ertappte ich mich, wie ich mutlos Latif gegenüberstand und ausschließlich meine Ruhe haben wollte.

Zwei Schwangerschaften mit Zwillingen, der Umzug in unser neues riesiges Haus mit fünfzehn Zimmern, Pool und Garten. Der ständige Wechsel der Maids, weil ihr Visum abgelaufen war, sie schwanger wurden oder Sehnsucht nach ihrer Heimat hatten.

Ich hatte kein Bedürfnis nach einem neuen Diamantring oder dem modernsten Design einer Rolex. Um meiner Arbeit als vierfache Mutter und Hausfrau einer riesigen Villa nachzukommen, hatte ich lediglich den großen Wunsch, zwei Maids und einen Driver zu bekommen, der die Kinder in die Schule fuhr, die in einem weiter entfernten Viertel der Stadt lag. Emsig drehte ich mich im Hamsterrad, ohne vorwärts zu kommen.

Eines Dienstagmittags, als ich die breite Treppe zur Küche herunterkam, sah ich Angel, unsere Maid, bei den Vorbereitungen für den Lunch. Sie schnippelte Gemüse und benutzte diverse Elektrogeräte, als sei sie mit ihnen aufgewachsen. Eine ganze Weile stand ich dort und beobachtete sie mit ihren flinken Bewegungen. Ihr magerer, zerbrechlich wirkender Körper verrichtete jede aufgetragene Arbeit. Dieser Moment brachte mich dazu, über die Situation der Maids nachzudenken. Was für unsere Familie gewöhnlich war, war für sie der private Ausnahmezustand. Die Maids sahen ihre Familie, ihre Kinder nur ein paar wenige Wochen im Jahr. Oft wollten sie wieder zurück in ihr Heimatland, meist die Philippinen. Im ständigen Zwiespalt zwischen ihrer Arbeit im Ausland und ihrem Dasein als Mutter mussten sie gutes Geld erarbeiten, um es ihren drei oder mehr Kindern zu senden. Viel zu häufig stammten die Kinder von verschiedenen Vätern, die nach der Erzeugung nicht mehr auffindbar waren. Die Frauen ließen sich tausende Kilometer von Zuhause entfernt vermarkten, um ihren Kindern das Bestmögliche zu bieten. Sie sahen sie einmal im Jahr und waren nie bei ihnen, wenn sie erkrankten. Ab und zu konnten sie mit ihnen telefonieren. Zusätzlich hatten sie bei ihrem ersten Arbeitsaufenthalt im Ausland schlechte Sprachkenntnisse.

In einem fremden Haushalt mit vier Kindern, wie bei uns, oder mehr, verbunden mit, in ihren Augen, ungeheuerlicher Reinheit, modernen Elektrogeräten und gefordertem Fleiß mussten sie stets greifbar sein. Sahen sie sich überfordert, gingen sie.

Das war unter anderem meine Herausforderung. Ich versuchte, immer wieder Verständnis zu haben, erklärte ihnen alles geduldig fünfmal und trotzdem hatten sie es wieder vergessen. Menschen der Dritten Welt sollten sich in der Ersten Welt mit Effizienz und Engagement zurecht finden. Das war eine große Aufgabe für beide Seiten, die meist nicht zugunsten der Maid gelöst wurde.

Angel sah mich auf der Treppe. Sie lächelte mir warmherzig entgegen. Ich empfing es als eine positive Antwort auf meine Gedanken.

Endlos viele und immer wiederkehrende Gespräche mit Latif und den Kindern sowie die Missachtung meiner Wünsche gaben mir den Rest. Psychisch und physisch war ich am Ende. Mein Rücken schmerzte. Es gab Tage, an denen ich dachte, ich befände mich im Körper einer achtzigjährigen Frau. Abgeschlafft und ausgelaugt. Unverstanden, als würde ich eine andere Sprache sprechen.

Die Auseinandersetzung über ein Haus in England oder in der Schweiz, über die Sinnfrage: Was will ich und was bekomme ich?, zermürbten mich. Ebenso kam die Frage in mir auf: Warum diskutieren wir, wenn doch dein Wille geschehe? Eine große Leere im schwarzen Loch entstand. Ich spürte, dass ich von meinem Weg abgekommen war. Erschöpft zog ich mich zurück.

Ich erfüllte meine Pflichten und Aufgaben, schenkte meinen Kindern meine Liebe und freute mich auf die Sommerzeit in Europa. Mit diesem Urlaub entkamen wir der immer wieder aufflammenden politischen Bewegung der Schiiten, die mit brennenden Autoreifen die Highways blockierten. Diesen Sommer sollten wir zwar nicht in meinem geliebten grünen England verbringen, aber eine Zeit ohne weiße

Mauern stand bevor. Und das machte mich zunächst glücklich. Latif kaufte ein Chalet in der Schweiz. Er entschied sich für das Festland. Die warmen, oft heißen Länder Europas wurden bei der Auswahl nicht beachtet, da dort das Wetter ähnlich wie in Bahrain war. Einfach zu heiß!

Bis wir unser Ferienhaus in der Schweiz gekauft und eingerichtet hatten, lebten wir mit sieben Personen sechs Wochen in einem Hotel, in dem Rituale wie Frühstückszeit und Ruhe einzuhalten waren. Mit vier Kindern war es nicht wirklich einfach. Das Wetter, ein Mix aus Regen, Kälte, grauem Himmel und schwüler Hitze in den Bergen, brachte jeden an seine Grenzen. Die neuen Erfahrungen schweißten uns zusammen. Die fünf Sterne des Hotels machten die Sache angenehmer, aber der Regen peitschte gegen die Fenster. Besuche diverser Möbelgeschäfte und Baumärkte definierten den Begriff „Urlaub“ neu. Zum ersten Mal sehnte ich mich nach dem Ende. Nie zuvor war ich so erfreut, wieder in die feuchte Hitze zu kommen. Jeder hatte wieder seine Aufgabe und ich konnte Zeit für mich nehmen. Entkräfteter als vor den Urlaubswochen war ich zurück in unserer Riesenvilla. Tage vergingen, an denen ich nur das Notwendigste erledigte. Ruhe! Ruhe! Ruhe! Ich zog mich zurück. Meine Nachmittagsauszeit wurde länger.

Wieder einmal hatten wir keinen Driver. Automatisch fiel mir diese neue Aufgabe zu. Dieser Part kam bestimmt in keinem meiner Träume vor. Aber mir blieb keine Wahl. Zu viele Familien wollten Driver und zu wenig gut ausgebildete kamen von den Philippinen nach Bahrain. Mein Tag war voll. Je nach Unterrichtsende der Kinder fuhr ich zwei-, dreimal quer durch die mit Autos jeglicher Oberklasse gefüllten Straßen der Stadt, um an verschiedenen Orten die Kinder zur Schule zu bringen und sie wieder abzuholen. Mit dem Bus fuhr nur die ausländische Arbeiterklasse und sonstige Arbeiter.

An diesem Dienstagnachmittag musste ich meine fast elfjährigen Mädchen, Alia und Chayma, aus der Schule holen. Die Wege wurden beschwerlicher. Bedingt durch die Revolution nahmen die Kontrollpunkte in der Stadt zu. Die schiitische Mehrheit hatte minimalistische Mittel, wie brennende Autoreifen, für ihren Kampf um Gleichstellung und Bildung zur Verfügung. Sie waren auf sich selbst gestellt, ohne Unterstützung arabischer Länder wie den Iran, der von Schiiten in einem diktatorischen System geführt wurde. Dennoch versuchte die bahrainisch-sunnitische Regierung den Kampf im Kern mit Gewalt zu ersticken.

Auf dem Highway zu sein, war ein hitziges Unterfangen. Ich versuchte mit den Stunden des Tages hauszuhalten und verknüpfte den Schulweg mit einem Besuch des Supermarktes. Während Alia ihre Freundin Fatma entdeckt hatte und mit ihr freudig davon gelaufen war, lag mein Augenmerk auf der großen Auswahl der Fischtheke. Chayma stand neben mir und half mir bei der richtigen Entscheidung für unser Lunch.

Plötzliche Unruhe ließ mich nach Alia umschauen. Ich erblickte sie schließlich rechts, Richtung Gemüse. Erschrocken trafen ihre kleinen, dunklen Mandelaugen mein Gesicht. Schnellen Fußes kam Alia zurück zu Chayma und mir. Ihre Freundin Fatma verschwand indes hinter dem nächsten Regal.

Und ich sah die graumelierten Haare eines Kopfes, der sich nach vorne beugte, um den zum Teil noch verpackten Fisch in seiner freien Vielfalt vom Boden aufzunehmen. Ich erahnte die Umstände. Der Fremde richtete seinen Körper auf und nahm meine Entschuldigung an.

„Oh, Madame", mit angehobenen Schultern stand er vor der Bescherung, „ihre Tochter hat sich nach ihrer Freundin umgesehen. Ich sah, wie sie rannte und habe ihren Schwung nicht bedacht, sonst hätte ich meinen Fisch fester gepackt. Sie sehen", sagte er und lächelte, „es war also eine fahrlässige Handlung meinerseits. Im Notfall wäre der Angestellte hinter der Theke schuld, der den Fisch nicht richtig verpackt hat." Der Fremde beschwichtigte mich mit einem Schmunzeln im gutaussehenden Gesicht. Seine warme Stimme ließ mich ruhiger werden.

„Immer in Eile vergesse ich manchmal nach meiner wilden Alia Ausschau zu halten. Entschuldigen Sie bitte nochmals."

„Wie gesagt, es ist nichts passiert." Der Fremde sah auf seinen Fisch und fuhr mit einem Lächeln in seinen Augen fort: „Sie sehen, er ist nicht davon geschwommen. Er ist bei mir geblieben."

Erleichterung zog durch meinen Körper. Mit einem Schmunzeln ging ich mit Chayma und Alia, die sich so unbekannt schüchtern verhielt, zurück zum Einkaufswagen.

Tage und Wochen vergingen. Der Vorfall im Supermarkt hatte trotz des netten Wortwechsels bis dahin keinen Nachklang.

XI. Kapitel

Eines Abends kam Latif spät von der Arbeit. Das war das bekannte Zeichen dafür, dass er einen harten Tag hinter sich hatte, an dem sein Adrenalinspiegel sehr hoch war. An diesen Tagen konnte bei ihm ein falscher Luftzug für eine Überreaktion ausreichen. Es war ganz gleich, ob Ahmet den Koran verlegte, Chayma ihre Bücher herumliegen ließ, Alia die Schulaufgaben nicht erledigt hatte oder, wie an diesem Tag, Bashars Fußball an seiner Vergangenheit kratzte. In späteren Momenten versuchte er wieder alles wettzumachen und beschenkte sie mit den neuesten I-Techniken.

Vom Balkon unseres Schlafzimmers hörte ich seine Ankunft, die er durch verschärftes Hupen verdeutlichte. Während ich schaute, aber nichts sehen konnte und lauschte, aber nichts verstand, überlegte ich, was ihn wohl zur Weißglut gebracht haben könnte. Ich stellte mir das Debakel so vor: In der Garageneinfahrt lag Bashars alter Fußball, mit dem Woulfy, die Dogge, gerne spielte und in den sie fröhlich hineinbiss, an dem sie gerne leckte und schleckte. Woulfy war unser großer und träger Hund, dem die Hitze auch in den Abendstunden noch unbequem auf dem Fell lag. Er blieb dann gerne dort liegen, wo er sich gerade befand. Es kümmerte ihn wenig, was irgendjemand, und sei es auch der Master, von ihm wollte. Dieser drückte nämlich kräftig und heftig auf die Hupe, als hoffe er, Woulfy würde sich endlich bewegen. Doch der ließ sich nicht einschüchtern.

Angel musste dazu geeilt sein, denn ich hörte ihre zaghafte Stimme und stellte mir ihre mühsame Arbeit mit der Dogge vor, wie sie mit eingeschüchtertem Blick kurz zur Begrüßung in den Wagen schaute und schnellen Schrittes zu Woulfy ging. Sie würde ihn an seinem Halsband packen, um ihn zur Seite zu ziehen. Woulfy unterstütze geringfügig ihre Handhabe, was der Anlass für das fortlaufende ungehaltene Geschimpfe des Masters in seinem Wagen bei offener Scheibe erklärte. Vor meinem inneren Auge sah ich, wie Angel mit viel Geduld in ihrer philippinischen Muttersprache auf Woulfy einredete. Woulfy kannte sein Frauchen. Er würde sie vertrauensvoll anschauen, seine Hinterbeine erheben und angeschmiegt mit ihr zu seinem Platz im hinteren Teil der Garage gehen.

Das Knallen der Haustür und die festen Schritte zeigten, dass Latif seine ungehaltene und aggressive Energie mit ins Haus brachte. Jeder war auf seine Weise beschäftigt. Keiner nahm Latif, das Familienoberhaupt, wahr. Latif wurde lauter. Niemand schien da zu sein. Angel musste wieder herbeigeeilt sein.

„Wo ist meine Familie? Warum hört mich keiner, wenn ich nach ihnen rufe?“

„Sorry, Sir. Madame nimmt ein Bad und dabei hat sie meistens ihre Musik an. Sie wissen, es ist ihre Relaxzeit. Die Kinder sind in ihren Zimmern. Ahmet liest in dem Buch ‚Die Weltgeschichte‘, das Sie ihm geschenkt haben. Alia und Chayma malen oder spielen. Bashar schaut ein Spiel der Champions League. Dann ist er sowieso abwesend und hört nichts.“

„Wie immer. Jeder ist mit sich selbst beschäftigt. Keiner ist da, wenn ich komme.“ Latif brüllte nach oben, wo Bashar vor dem Fernseher saß. „Bashar, komm sofort nach unten. Sofort! Hörst du! Bashar!“

Ich stellte mir vor, wie Bashar, der leidenschaftliche Fußballfan, die Treppe hinunterblickte. „Was ist los? Ist etwas passiert? Hattest du einen Unfall?“

„Das würde dir so passen, dann könntest du hier machen, was du wolltest. Der blöde Hund lag unbeweglich mit deinem alten Ball in der Garage. Hätte ich dir nicht erlaubt, Fußball zu spielen, würde er dort nicht immer liegen, wenn ich hineinfahren will.“ Latifs Schritte hallten im Treppenhaus. „Immer mit deinem Fußball. Hast du deine Mathe-Hausaufgaben gemacht? Zeig sie mir. Jetzt! Hörst du? Jetzt!!!"

Innerlich konnte ich mir die Situation genau vorstellen: Bashar ahnte, was kam. Er versuchte, so locker wie möglich zu sein. Aus seinem Zimmer holte er die Aufgaben und ging hinunter.

Mit strengem Blick zog Latif ihm das Heft aus der Hand. „Bei Ahmet muss ich nie die Aufgaben kontrollieren. Er sitzt sogar in seiner Freizeit in seinem Zimmer und lernt." Immer noch ungehalten blätterte Latif in dem Heft, um Aufgaben und Ergebnisse zu überblicken. Es musste alles korrekt sein. Nichts war zu bemängeln. Außer dieser minimalistisch-umgeknickten Seite. Latif schrie Bashar auf Arabisch an. Ein Zeichen, dass es ernst war.

Ich wurde von der immer lauter werdenden Stimme aus meiner Ruhe gerissen. Band mir ein Handtuch über die Haare und hüllte meinen in Öl balsamierten Körper in meinen Morgenmantel. Ich eilte die Treppen hinunter. „Was machst du hier? Alles war so friedlich! Bashar hat heute Nachmittag seine Aufgaben gemacht. Ich habe sie kontrolliert. Sie sind alle richtig. Worüber regst du dich bloß wieder auf?" Laut mischte ich mich in das Vater-Sohn-Spiel ein.

„Worüber ich mich aufrege? Klar, dass *du* das nicht siehst. Aufgaben gehören in ein fleckenfreies Heft ohne Knitterfalten." Latif zeigte auf die kleine Falte am rechten oberen Seitenrand.

„Das ist kaum zu sehen. Das Blatt ist sauber. Weißt du, man kann auch übertreiben."

„In der Finanzwelt gibt es keine Schmierhefte. Warum kannst du nicht deine Aufgaben so erledigen wie dein Bruder Ahmet? Da gibt es keine Flecken, keine Knicke. Die Ergebnisse sind korrekt. Er macht mir Spaß." Latif wendete sich mit erregter Stimme an seinen Sohn Bashar.

Ich erkannte den Konflikt, der eigentlich keiner war. Einer musste ruhig bleiben, bevor die Situation eskalierte. Mit Engelszungen versuchte ich, Latif zu beruhigen. Es misslang.

„Sei still. Ihr lebt in meiner Welt und Sicht und da muss er *mir* gehorchen. Und wenn *ich* sage, das ist unsauber und verknittert, dann ist das so. Und dann schreibt er das solange ab, bis er es kapiert. Verstanden?“ Latifs Stimme wurde höher. Seine Augen größer. Mit den Händen fuchtelte er dabei in der Luft herum. „Du setzt dich in dein Zimmer und schreibst das Ganze nochmal sauber ab. In zehn Minuten zeigst du es mir“, schrie er Bashar an.

„Aber...“

„Nichts aber. Zehn Minuten. Yalla!“

Bashar schlurfte mit hängenden Schultern die Treppe hinauf.

„Was sollte das? Warum musst du beide Söhne auf diese Weise miteinander vergleichen? Jeder ist in seinem Wesen hervorragend. Am Ende des Tages bist du doch nur sauer, weil Bashar schon seine Arbeit gemacht hat und seinen geliebten Fußball schaut, von dem du nichts verstehst. Und du es nicht zugeben willst, dass dein Sohn in einer Sache sehr gut ist, von der du überhaupt keine Ahnung hast. Lass ihn in Ruhe. Der kleine umgebogene Zipfel im Heft regt die Welt nicht auf. Bashar wird es schon noch lernen. Er ist in der Pubertät. Braucht´s des?“ Mein Blick erfasste streng sein Gesicht. Ich fühlte eine Zornesfalte auf meiner Stirn.

„Man kann nicht früh genug mit Ordnung und Disziplin anfangen. Das Leben schenkt ihm nichts.“

„Er lernt es schon noch. Würdest du auf seine guten Seiten sehen, so wüsstest du, welch ein lieber Prachtjunge er ist. Schau nicht immer auf die Kleinigkeiten, nur damit du recht hast. Gesteh dir deine Fehler ein, um lockerer zu werden. Du bist nicht Gott. Komm runter aus deinem Himmel, dann wirst du menschlicher und siehst nicht alles so verbissen.“

„Was willst du mir sagen? Von wegen Fehler, so viele Fehler kann ich nicht machen, wenn wir eine Villa haben, vier Appartements vermieten, ein Wochenendhaus am Meer und das Chalet in der Schweiz nicht zu vergessen. Ich schufte Tag ein Tag aus und *du* willst mir erzählen, was ich falsch mache. Ausgerechnet eine Frau, die nur zuhause sitzt.“

Jetzt war mir der Kragen geplatzt. Das war zu viel. Ich zischte ihn an. „Du denkst nur an das Materialistische. Kindererziehung, Hausaufgaben betreuen und Haushalt, das sind Worte aus einer anderen Sprache, die kennst du nicht. Latif, um was geht es bei dir im Leben? Was ist ein Mensch, der umgeben von Geld und Immobilien ist, aber ohne Familie und Liebe lebt? Hm? Was ist das, Latif? Außerdem wollte ich schon oft genug arbeiten gehen, was aber aus irgendwelchen Gründen von dir unterbunden wurde."

„Was willst du, Sophie? Ich habe eine Familie. Allerdings gehorcht sie mir nicht so, wie ich es will. Und überhaupt kannst du dir doch einen Internetjob suchen, den du von zuhause aus erledigst. Aber dann funktioniert hier noch weniger."

„Gehorchen! Glaube mir, Gehorsam und Unterwerfung verlangen nur Menschen, die im Machtkoma liegen. So wie du!"

Latif schaute mich überrascht an. Das hatte er nicht von mir erwartet. Aber ich wusste, wovon ich redete. Ich ließ ihn in der Küche stehen.

So wie ich es seit einigen Jahren kannte, hatte sich die Zone meines Magen- und Darmbereiches wieder verkrampft. Mit meinem magenfreundlichen Rooibusch-Tee ging ich hinauf ins Bad, um meine zu Anfang positiv verlaufende Entspannung fortzusetzen. Auf dem Weg schaute ich noch einmal zurück und rief ihm zu: „Nur weil du deinen geliebten Baseball aus der Studentenzeit hier nicht spielen kannst, weil es für arabische Männer unschick ist, einen amerikanischen Sport zu treiben, musst du deinen inneren Kampf nicht an Bashar auslassen."

Latifs Augen sahen mich verständnislos an. Seine Stirn war in Falten gezogen. Er blieb stumm in der Tür stehen und schüttelte ungläubig den Kopf. Diese Reaktion zeigte mir, wie groß sein Wunsch war, Baseball zu spielen. Das war es, was ihn dazu gebracht hatte, sein Ventil an anderer Stelle zu öffnen. Ein Ventil, das Arbeit und Familie hieß, an dem er all seinem Unmut freien Lauf ließ. Nie zuvor war mir so bewusst wie in diesem Moment, dass Latif einen unerfüllten Lebenstraum in sich trug. Anstatt daran zu arbeiten, um ihn sich zu erfüllen, lebte er all seine Energie als Workaholic und Perfektionist aus.

Jedoch schlug diese Seite um. Sie drückte sich in Form von Stress, Kontrolle und Wut aus. Gleichzeitig übertünchte die Aktivität Ausgeglichenheit und die Kraft, den Mut aufzubringen, seinen Alltag in westlichem Lebensstil zu genießen. Das Ergebnis zeigte sich in den neuen Eckdaten seines Cholesterinspiegels sowie seiner zunehmenden Trägheit.

Als ich die Treppe hinauf eilte, ging mir durch den Kopf, dass ich mich endlich durchgerungen hatte, ihm meine langjährig zurückgehaltene Meinung zu sagen. Ich spürte den zentnerschweren Klotz aus meinem Herzen fallen. Ausgelaugte Gefühle zogen davon, ohne mich mitzunehmen. Mit Verwunderung stellte ich fest, dass meine Schritte langsamer wurden. Jetzt zitterten mir die Knie. Am Geländer musste ich mich festhalten. Aber das sah keiner.

Latifs Reaktionen deuteten immer stärker auf Überarbeitung, dass alles zu viel war. Das Geschäft, die Familie, die Perfektionierung, die Kontrolle, schließlich die Angst vor Verlust und auch seine Gewissenhaftigkeit, die er um jeden Preis einhalten wollte. Hartnäckig verfolgte er seine selbstgesteckten Ziele. Das zeichnete ihn als erfolgreichen Geschäftsmann aus.

Das eine brachte das andere mit sich. Er verlor seine Lockerheit, die Leichtigkeit, die das Leben ausmachte.

Latifs überzogene Sorgen überdeckten sein Verständnis und seine Liebe. Ein Lächeln von Herzen war selten. Latif suchte seinen Ausgleich in ungesundem Essen am späten Abend. Doch sein Körper wies ihm den Weg. Zu viel Arbeit, zu wenig Schlaf, ungesunde Nahrung und zu wenig Sport laugten ihn aus. Die unglückliche Seele in ihm brachte sein Herz unbequem ins Spiel. Die Herzschmerzen nahmen zu und seine Bewegungen tagsüber nahmen ab. Er trieb keinen Sport. Dennoch erreichten all meine Worte nur die Mauer in ihm.

Wir lebten uns auseinander. Der Alltag veränderte unsere Emotionen. Als Ehefrau eines arabischen Mannes hatte ich nicht viele Möglichkeiten, mein Leben zu verändern. Als Christin war mein Marktwert sehr niedrig. Als Frau lag er unter dem Kurs des ersten Sohnes. Zunächst dachte ich, mit den Jahren wird sich das Leben festigen, ich würde mich daran gewöhnen. Aber es wurde schwieriger. Das Zusammenspiel von Unterordnung, ständiger Kontrolle, die die Freiheit der Selbstentscheidung einengte, und fehlender Wertschätzung versteinerten mich über die Jahre. Hinzu kam die große Hitze der vielen Monate im Jahr.

Nicht zu vergessen, die saudischen Männer, welche scharenweise übers Wochenende einfuhren, die Bars und Restaurants belagerten und dachten, jedes weibliche Wesen sei Freiwild. Von diesem Zeitpunkt an erwägte ich, über Dinge nicht mehr nachzudenken, sie einfach geschehen zu lassen, auch wenn sie dem Sinn des Korans widersprachen. So war ein Punkt der Fünf Säulen des Islam, dass es nur einen Gott. Aber wenn es nur einen Gott gibt, warum die Missbilligung gegenüber Christen?

In meiner Verzweiflung und dem Gefühl der Ablehnung, dachte ich mir, dass dieses Christsein ein Grund dafür gewesen sein muss, weshalb meine Schwiegereltern zu unserer Hochzeit nicht erschienen waren. Das Verhältnis zwischen uns entwickelte sich besser, dennoch war es gespalten.

Die Macht des Geldes wurde immer und überall verkörpert. Die arabische Weise des Drum-herum-Redens war ein Verhaltensmuster, das mir meine Sicherheit nahm und meine Leichtigkeit dahinziehen ließ. Dieses Leben veränderte mich in dem Maße, dass mich mein Selbsterhaltungstrieb dazu brachte, Dinge schön zu reden und meine Erwartungen zu minimieren.

Immer häufiger verbrachten wir komplette Wochenenden in unserem Haus, das Latif am südlichen Meer gekauft hatte. Es war ein neues Resort für Wochenendhäuser. Das sollte nicht heißen, dass sie klein und fein waren. Einfamilienhäuser mit drei und mehr Schlafzimmern und mindestens zwei Bädern wurden unmittelbar ans Meer gebaut, jedoch ohne direkten Zugang zum Wasser, dafür mit Pool.

In Bahrain, der geographischen Halbinsel im Meer, hatte nur die Sheikh-Familie der konstitutionellen Monarchie mit demokratischen Reformen Zugang zum Meer.

Meine Vorstellungen bei der Inneneinrichtung unseres Wochenendhauses durfte ich einbringen: Den Bootssteg zum Meer, gedämpfte Außenbeleuchtung, die Wahl der Outside-Lounge. Doch die Realität verlief anders und der Wille des Masters geschah. Demzufolge hatte ich meinen Platz auf einem Stuhl des größten europäischen Möbelherstellers.

So war es auch an einem Donnerstagabend, der dem westlichen Samstagabend glich. Ein laues Lüftchen kam über das Meer in unseren Garten. Der Duft der Grillkohle wehte zu mir herüber. Latif grillte mit Ahmet Hähnchenbrustfilet, Auberginen, Paprika und Garnelen. Alia und Chayma deckten den Tisch. Ich blickte hinaus aufs Meer über die Wasserstraße zu den anderen Häusern auf der gegenüber liegenden Seite, alles neues, mit Sand aufgeschüttetes Land.

Bashar legte seinen iPad zur Seite und kam zu mir. „Warum hast du deine Sonnenbrille auf? Es ist doch schon dunkel."

„Das Licht an unserer Außenwand ist so grell. Ich müsste die Augen zukneifen und das will ich nicht, sonst bekomme ich hässliche Falten." Ich sagte es extrem laut in der Hoffnung, Latif würde es hören. Jedoch zeigte er keine Reaktion. Statt dessen musste es Alia vernommen haben. Springend kam sie auf mich zu.

Sie schaute in die Richtung, in die ich gesehen hatte und sagte: „Oh, ich glaube, ich hole auch meine Sonnenbrille."

Alia rannte ins Wohnzimmer, holte ihre Brille, setzte sie auf und kam zurück. Wiederholt nahm sie die Brille ab und setzte sie wieder auf. Schaute hinüber und in unseren Garten. „Mum, dort drüben haben die Leute bestimmt keine Sonnenbrille mehr auf. Dort ist das Licht so schön romantisch."

Ich streichelte ihre feinen Haare und küsste ihre Stirn. Bashar beobachtete uns. Er kam, sah und sagte: „Warum ist es bei anderen immer schöner?"

„Schau nicht, was andere machen. Sei froh, dass wir überhaupt etwas haben. Andere haben gar nichts."

„Ich denke, ich soll nicht nach anderen schauen."

„Ach, sei still."

„Ja, und warum schaust du dann so traurig?", sagte er auf Deutsch, drehte sich um und ging hinein, während Latif weiterhin grillte und so tat, als habe er das Gespräch nicht registriert. Ich war wohl doch keine gute Schauspielerin. Ich zeigte mein perlweißes Lächeln vor unseren Kindern, das nun öfters gequält zum Ausdruck kam. Ich begann, meinen Glauben, meine Überzeugung, alles sei gut, loszulassen.

Latifs Gesundheit spielte nicht mehr mit. Er wurde schließlich vom Büro ins Krankenhaus eingeliefert. Am Abend, als ich aus dem Hospital zurückkam, saßen die Kinder auffallend einträchtig im Fernsehzimmer. Sie hatten sich wohl darauf geeinigt, dass nur einer redete.

Ahmet, der eine Viertelstunde älter als Bashar war, erhob sich. Seine Stimme unterbrach nur leise die gedrückte Atmosphäre im Raum. „Mum, wie geht es Dad? Was ist mit ihm?"

Schulter an Schulter saßen sie nebeneinander auf der Lümmelcouch.

Ich setzte mich inmitten ihrer Viererkette. „Die Ärzte sagen, alles wäre gut. Er sei über den Berg."

„Warum liegt er dann dort?" Alia sah mich neugierig an.

„Euer Dad hat zu viel gearbeitet. Das ist ihm nicht gut bekommen."

„Er hat sich aber auch einen Bauch angefuttert." Bashar fühlte mit einer Hand über sein Sixpack.

„Vielleicht sollte er in die Gym gehen", meinte Chayma.

„Dad soll sich nicht immer über alles Gedanken machen. Wir sind doch schließlich keine kleinen Kinder mehr. Wir wissen schon, dass wir unsere Hausaufgaben zu machen haben. Er muss nicht immer alles nachschauen, wenn du es sowieso schon getan hast.“

Ich war von ihren Äußerungen und ihrer selten auftretenden Einstimmigkeit erstaunt. Täglich sah ich sie, doch wusste ich nie, was wirklich in ihnen vorging. Trotz der vielen Nervenproben in unserem Haus liebten sie ihren Dad und sorgten sich um ihn. Welche Liebe in ihnen steckte, die im täglichen Geschehen unterging, wurde mir jetzt sehr deutlich.

Schade, Schade, Schade! Wie schön das Leben sein könnte, dachte ich mir, wie ich sie so ansah. Laut sagte ich: „Ihr habt alle so recht. Er muss sich ändern. Und das wird er hoffentlich jetzt begreifen, wenn es ihm nochmal die Ärzte sagen.“ Ein hoffnungsvolles Lächeln zog über mein Gesicht.

Unrhythmische Herzschläge hatten Latif zum Stillstand gezwungen. Der Kardiologe verschrieb ihm Ruhe und zwei Schritte langsamer zu gehen. Doch das musste er lernen. Macht abgeben. Die Unterbrechung der gewohnten Lebensweise brachte ihn zum Nach- und Umdenken.

Da ich an unsere innige Liebe glaubte, konnte ich Latif von einer Paartherapie überzeugen. Gemeinsam suchten wir einen Therapeuten auf. Mit seinen fünfzehn Sitzungen half er uns über diese Krise, die aber nicht mehr komplett gekittet werden konnte. Latif war von dieser Art der Wiederherstellung nicht überzeugt. So brachen wir die Therapie vorzeitig ab, die in meinen Augen und in denen des Arztes gefruchtet hatte und ausbaufähig war. Dennoch war ich stets davon überzeugt, dass eine Krise stärke, wir bewusster durchs Leben gingen und die Chance zur Veränderung war.

Wir hätten eine Auszeit gebraucht, die es aber nicht gab. Auch die politische Entwicklung mit ihren Unruhen im Lande erschwerte das Leben. Ein neuer Lebensabschnitt in einem unabhängigen Land, einem Drittland, wäre meiner Meinung nach angebracht gewesen. Ein schönes Land der Erde, das nichts mit seinem Heimatland und auch nichts mit meinem verband. Ein Land, in dem wir ohne Vorbehalte neutral leben würden.

Ich wollte weg, aber Latif sah die Situation anders. Er glaubte an sein Vaterland und fand nicht den Mut zur Veränderung. Wir lebten zusammen und machten unseren Job. Jeder auf seine Weise.

XII. Kapitel

Dieser Tag des Spätsommers war für die Jahreszeit zu warm. Die Sonne hatte sich hinter dem grauen Himmel versteckt, ließ aber ihre Ausstrahlung spüren.

Ahmet stillte seine Wissbegierde, indem er geschichtliche oder wissenschaftliche Bücher las. Chayma nutzte ihre freie Zeit mit Angel im Garten. Mir schien, als zöge sie ihre Energie und Ruhe aus der kleinen, grünen Oase mit Blumen- und Gemüsebeet in unserem Hausgarten.

Bashar und Alia fuhr ich auf den Golfplatz zu ihrem Golfunterricht. Voller Begeisterung nahmen sie daran teil und wollten jedes Mal schon eine halbe Stunde vorher dort sein, um sich auf der Driving-Ranch warmzuspielen. Auf dem kurzgeschorenen, frisch gesprengten, grünen Rasen, der die Luft der englischen Frische versprühte, schlugen sie die Bälle hinaus ins Weite, einen nach dem anderen. Die Arme waren durchgestreckt, der Kopf blieb unten, der Oberkörper drehte sich. Fachmännisch spielten sie mit ganzem Körpereinsatz und voller Freude.

Die Spielzeit der Kinder hatte ich zu meiner freien Zeit auf dem Balkon des Clubhauses erkoren, von dem ich den Blick auf Bashar und Alia hatte. Bei einem Glas Merlot ließ ich die Gunst der Stunde auf mich wirken. Ich liebte diese Zeit, in der ich all meine Sorgen vergessen konnte. Mit der Freude, die in den Gesichtern meiner Kinder stand, entspannte ich. Auf einem Rattan-Sessel mit dem Rücken zu den anderen Gästen auf der Dachterrasse im ersten Stock des Golfhauses machte ich es mir bequem. Die große, schwarze Sonnenbrille verdeckte mein leicht geschminktes Gesicht. Die braunen, schulterlangen Haare, die ich offen trug, wehten im leichten Wind. Mein Wohlfühl-Gefühl verstärkte sich durch die erträglicher gewordene Hitze.

Bashar und Alia gingen stolz mit ihrem „Personaltrainer for Golf" auf den Neun-Loch-Golfplatz. Für die nächsten zwei Stunden waren sie in den besten Händen und ich konnte in meinem Liebesroman weiterlesen. Jedoch gab mir das Lesen nicht mehr das beseelte Gefühl des Abtauchens von früher. Ich schlug das Buch auf, las ein paar Zeilen, genoss einen Schluck meines Merlots und sah hinaus in die Ferne, wo meine Kinder nicht mehr zu sehen waren.

Die Gegenwart der Revolution im Lande brach in meine Ruhe ein. Vom Nachbartisch klangen leise Worte der Unsicherheit und Unterdrückung zu mir. Zwei Männer im Anzug unterhielten sich hinter vorgehaltener Hand in der Hoffnung, keiner würde sie verstehen.

Der Wind war heute intensiver als an anderen Tagen. Ich dachte: Heute werden sie mit ihren Schlägen nicht zufrieden sein. Der Wind wird die Bälle von der Schlagrichtung abbringen.

Ich spürte Sorglosigkeit, schaute, las und trank und merkte nicht, ob ich Gedanken hatte oder gedankenlos anwesend war. Die Minuten vergingen. Die Geräuschkulisse der kommenden und gehenden Gäste hatte einen gleichbleibenden Pegel, der mich in ein Nickerchen versinken ließ.

Eine Windbö brachte den Hauch von Minze und Rosmarin. Der ausgefallene Geruch benetzte meine Nasenschleimhaut. Ich erwachte, schnupperte und bewegte meine Nasenflügel wie ein Häschen, sanft und fein. Der Geruch näherte sich. Er holte mich aus meinem Tagtraum hinter der Sonnenbrille. Wieder mit gerader Körperhaltung rückte ich meine Brille zurecht und nahm einen Schluck Merlot. Ich streifte meine Haare aus dem Gesicht und schaute in die Richtung, aus der der exotische Duft zu mir floss. Bevor ich ihn sah, hörte ich seinen weichen, warmen Bariton.

„Sie wirken sehr zufrieden in Ihrem Sessel. Bewegungslos schauen Sie schon eine Weile hinaus über die Brüstung ins Flutlicht."

Meine Augen sahen einen durchtrainierten, attraktiven Bauch in Jeans und einfarbigem T-Shirt. Eine ausgestreckte Hand zur Begrüßung kam mir entgegen.

Ich hob meinen Kopf und blickte in das Gesicht, das von graumelierten Haaren umgeben war. Verdutzt räusperte ich mich, während ich den Sessel ein wenig zurückschob, damit ich mich aufrichten konnte, um seine Begrüßung zu erwidern. „Ich warte auf meine beiden Kinder, die noch Golfunterricht haben. Sie müssten jetzt fertig sein. Beobachten Sie mich schon lange?"

„Lange ist relativ. Lange genug, um zu sehen, dass Ihnen der Platz in dieser Oase gefällt."

Mit einem Lächeln nickte ich ihm zu. Langsam beruhigten sich meine Nerven, die von seiner plötzlichen Anwesenheit überrascht waren. „Wie haben Sie mich erkannt? Sind Sie um mich und den Tisch gelaufen und haben inspiziert, wer das wohl sein mag?"

Sein Lachen erfüllte den Raum zwischen ihm und mir. „Ihr glänzendes Haar, das wie ein leuchtender Stern im Abendlicht erscheint, gab mir ein Zeichen. Mein Name ist Jean."

Zum zweiten Mal gaben wir uns die Hand zur Begrüßung. Gleichgesinnte Harmonie brachten wir uns entgegen. Unser Händedruck war eine besondere Art der Berührung, die uns fühlbar zu dem anderen brachte. In die Nähe des anderen, in dessen Privatsphäre. Seine warme, weiche Hand übte einen zarten Druck aus. Ich bildete mir ein, ein Knistern in den Händen wahrzunehmen. Wie zwei geladene Batterien, bei denen Strom im gleichen Fluss verlief. Die feine Zärtlichkeit eines ganz gewöhnlichen Händedrucks brachte mich aus der Fassung. Nervös zuckten meine Augenlider hinter der Sonnenbrille. Meine Lippen verzogen sich zu einem für mich krampfhaften Lächeln. Zögernd brachte ich heraus: „Angenehm, Sophie."

„Ich sehe, Sie trinken Rotwein. Darf ich Ihnen Gesellschaft leisten und eine Bestellung aufgeben?"

Die Steigerung war da. Meine großflächige Sonnenbrille konnte sehr gut die Überraschung in meinem Gesicht verstecken. Das hatte in diesem Land noch kein Mann gemacht. Ein solches Verhalten kannte ich nur aus der Bar von den Saudis. Doch dieser Mann namens Jean hatte eine angenehme, unaufdringliche Art, über die ich nicht weiter nachdenken wollte.

„Vielleicht ein anderes Mal. Wie gesagt, meine Kinder müssen jeden Moment kommen und dann sollten wir nachhause fahren."

„Das bedaure ich sehr. Aber wenn Ihre Kinder Unterricht haben, so wird er immer zur gleichen Zeit stattfinden," vermutete Jean.

Sofort war mir klar, worauf er hinaus wollte.

Hinter mir hörte ich die frohen Stimmen von Bashar und Alia. „Da, schauen Sie, ich werde abgeholt. Auf Wiedersehen."

„Schade. Dann sehen wir uns demnächst. Einen schönen Abend wünsche ich Ihnen mit Ihren hübschen Kindern."

Ich konnte der Kraft seiner Augen nicht entkommen. Für Sekunden sah ich ihn an und stand wie angewurzelt. Bashars wiederholtes Rufen riss mich los. Ich nahm meine Tasche und ließ den letzten Schluck meines geliebten Merlots zurück.

Schwerelos mit einem fröhlichen Gemüt und einer seltenen Leichtigkeit ging ich mit den Kindern zum Wagen. Unbeschreiblich angenehme Gefühle der Wärme beflügelten mich. In gewisser Weise war ich befreit, mit den Kindern davonziehen zu können. Ich wunderte mich. Bashar und Alia sorgten mit ihren Erzählungen dafür, dass ich diesem Vorfall keine größere Bedeutung beimaß.

So vergingen Wochen, in denen ich Jean nicht wiedersah. Ich vergaß die Begegnung und dachte wieder daran. Jedoch spürte ich in mir eine minimale Veränderung. Es gab Momente des Relaxens, da schaute ich meine rechte Handinnenfläche an, streichelte sie und glaubte das Kribbeln eines Stromflusses zu empfinden.

Wie viele unbekannte Hände hatte ich schon berührt und zur Begrüßung gedrückt, aber nie war es wie an jenem Tag auf dem Golfplatz. Er hatte mich verändert. Ich wurde wieder sensibler.

Viele Ereignisse des Alltags sah ich mit anderen Augen. Ich witzelte mit meinen Kindern und verspürte wieder Lust am Leben. Sorglosigkeit und neue Leichtigkeit beflügelten mein Leben.

Doch die Revolution ließ nicht los. Immer häufiger erreichten die Schiiten mit ihren Aktionen, brennende Autoreifen von Autobahnbrücken zu werfen, große Aufmerksamkeit. Bisher lehnten sie noch immer Gewalt gegen Menschen ab, aber gaben ihren Widerstand gegen die Regierung nicht auf. Immer mehr Straßen wurden gesperrt oder vor dortigen Angriffen gewarnt. Die Wege in die Stadt, zu den Schulen und auch zum Golfplatz wurden schwieriger. Infolge dessen verbrachte ich noch mehr Zeit auf dem heißen Teer. Doch als Mutter wollte ich die Krisenthematik des Landes nicht aufputschen. Ich versuchte den alltäglichen Trott für die Kinder beizubehalten. Da Bashar und Alia weiterhin großen Spaß an ihrem Ballsport hatten, fuhr ich sie wie immer auch an diesem Mittwoch zum Golfunterricht. Während der Autofahrt dachte ich zurück ...

... Es war vor zwei Wochen in der Tiefgarage des Golfplatzes. Ich hatte die Golfbags eingepackt. Er parkte neben uns. Golfbälle waren herausgekullert und auch einige unter seinen Wagen gerollt. Bashar, Alia und ich hoben die Nächstliegenden auf. Dabei war mir entgangen, wer gerade aus dem Auto ausstieg.

Mit einem warmen Lachen sagte er: „Ich weiß. Immer in Eile, suchen Sie nach dem, was Sie brauchen.“

Ich nahm wieder eine gerade Körperhaltung ein, zupfte an meinem Shirt und warf überschwänglich das Seidentuch um den Hals und die Schultern. Ich versuchte meine Überraschung zu überdecken. Er hat wohl ein sehr gutes Gedächtnis, dachte ich. Ein unsicherer Hauch von Freude verteilte sich in meinem Gesicht. „Sie überraschen mich. Was für ein Zufall.“

„Ein Mann muss eine Frau immer positiv überraschen. Ich gehe von einem angenehmen Effekt aus“, antwortete er mit einem leichten Unterton, aus dem Stolz zu hören war.

Die Kinder saßen schon im Wagen. Die restlichen Golfbälle, die er mir reichte, legte ich zu den anderen und klappte den Kofferraum zu.

„Ich sehe, Sie fahren. Aber es ist doch unsere Zeit."

Ich sah auf die Uhr und dachte: Wie eingenommen ist der denn? Da sehen wir uns einmal an diesem Ort und schon soll es unsere Zeit sein. Diese Selbstsicherheit möchte ich auch wieder mal haben.

„Die Stunde wurde heute vorgezogen. Wir sind schon fertig", sagte ich laut.

„Der nächste Mittwoch kommt bestimmt." Mit gehobener Hand verabschiedete er sich.

Der sanfte Ausdruck in seinem Gesicht ließ mich davonschweben. „Bestimmt." Ich stieg in mein Auto und war froh, dass die Kinder ihre Ohrendröhner laut gestellt hatten.

An einem anderen Mittwoch saßen Bashar und Alia friedlich nebeneinander auf ihren Sitzen. Sie hörten auch heute wieder ihre Musik aus den Ohrstöpseln. Im Radio wurde „Woka-Woka" von Shakira gespielt. Einer meiner Lieblingssongs. Ich drehte die Musik lauter und öffnete das Fenster einen Spalt, so dass eine kleine Windbö um meinen Kopf wehte. Ich war mit mir zufrieden. Die Gedanken an Jean schienen meine Gefühle wiedererweckt zu haben. Fröhlich sang ich mit. Dennoch saß ich ein wenig unruhig hinter dem Lenkrad. Mein Unterbewusstsein lenkte uns durch die Stadt zum Ziel. Die Auswirkungen der Revolution auf den Straßen störte mich wenig. Ich verweilte mit meinen Gedanken in meiner Welt und bekam von draußen wenig mit: Warum bin ich so aufgeregt? Warum klopft mein Herz so heftig? Ich weiß doch gar nicht, ob wir uns heute überhaupt sehen. Außerdem sind es nur Minuten, vielleicht mehrere, in denen wir uns unterhalten. Was passiert hier mit mir?

Die leichte Windbö löste eine Haarsträhne, die mir ins Gesicht vor meine Sonnenbrille flatterte, so dass der Ausblick eingeschränkt war. Mit einer sanften Handbewegung führte ich die locker hängenden Haare hinter das Ohr. Der in der Luft wirbelnde rote Wüstensand kratzte mir ein wenig im Hals. Der Gefühlsmix ließ mein Herz flattern und stieg zum Hals empor. Ich fuhr in die Tiefgarage. Rechts neben meinem Parkplatz stand ein alter, grauer Cadillac. Er war schon da. Mein Herzflimmern ging in ein Herzrasen über. Meine Lippen presste ich zusammen. Unnötige Antworten auf mögliche Fragen von Bashar oder Alia wollte ich vermeiden. So antwortete ich nur mit Lauten, die aus der Kehle mit verschlossenem Mund möglich waren. Bashar und Alia zogen ihre Golfbags. Leichten Schrittes gingen sie zur Driving-Ranch. Wie jeden Mittwoch vor der Stunde schlugen sie die Bälle hinaus. Sie korrigierten sich gegenseitig und freuten sich, als endlich der Golflehrer erschien.

Wieder wollte ich den Rattan-Sessel mit Blick auf den Platz, wo ich Bashar und Alia sehen konnte, einnehmen. Ich sah hin und traute meinen Augen nicht. Ich schaute noch einmal hin. Zwei Gläser Rotwein standen auf dem Tisch. Eines vor *meinem* Rattan-Sessel und eines gegenüber.

Oh, mein Platz ist schon belegt. Schade, da muss ich Ausschau halten, wo noch einer mit Blick auf den Golfplatz frei ist, dachte ich. Ich drehte und wendete mich zur anderen Seite. Aus heiterem Himmel wurde meine rechte Schulter angetippt. Überrascht unterbrach ich meine Suche. Wer könnte das sein? Der Geruch, den mir der Wind zutrug, war mir nur zu bekannt. Das Gefühl wie nach einer Achterbahnfahrt breitete sich in meinem Magen aus. Ich drehte mich um.

Sein braungebranntes Gesicht, aus dessen Mund weiße Zähne blitzten, sah mich mit weichen Zügen an. „Schauen Sie, Sophie, dort stehen zwei Gläser. Eines davon wartet auf seine Abnehmerin. Darf ich Sie bitten, mich dorthin zu begleiten?“ sagte er und zeigte auf *meinen* Rattan-Sessel.

Dieses entspannte Lächeln und die warme Stimme ließen in mir sofort ein Wohlfühl-Gefühl aufkommen. Nervös warf ich mit einem Kopfkick meine Haare über die Schulter und legte das Seidentuch korrekter um den Hals. Obwohl ich mir eine solche Situation vorgestellt hatte, war ich nun in einem Zwiespalt gefangen, beruhigte mich aber mit dem Gedanken, es sei nur ein kurzweiliger Plausch unter Bekannten.

Während dieser Treffen, die irgendwann regelmäßig wurden, geschah nichts Überragendes. Nichts Verbotenes. Aber viel Heiteres. Mein Leben gewann wieder an Freude. Mit den Wochen wurde ich zunehmend glücklicher und fühlte meine Seele wie in vergangenen Tagen. Unsere Blicke hafteten aneinander, sie strahlten Wärme aus. Unsere Aura verschmolz. Obwohl wir uns nur beim Händedruck zur Begrüßung und Verabschiedung berührten, war es eine innigliche Verbindung, als hätten sich zwei alte Seelen wiedergefunden, wie Jean Wochen später, gleicher Ort und gleiche Zeit, zum Ausdruck brachte.

Sein liebevoller Blick in meine Augen fesselte mich. Doch seine unruhigen Hände verrieten mehr. „Meine liebe Sophie, mein Fernsehsender zieht mich aus diesem Krisengebiet ab. Die Ungewissheit der politischen Entwicklung hier im Lande hat unseren Chef dazu veranlasst. Da die Situation immer heikler wird und inzwischen das Militär aus Saudi Arabien die sunnitische Regierung unterstützt, wird der Sender nur noch mit wenigen Journalisten besetzt." Jeans Stimme wurde ruhiger. Er holte tief Luft. Mit einem Lächeln in den Mundwinkeln und Glanz in seinen Augen fuhr er fort. „Er hat mich zum Ende des Sommers nach New York versetzt. Ich habe für uns eine Wohnung mit vier Schlafzimmern und drei Bädern mit Meerblick gemietet. Ich fühle, wie viel Leben in dir steckt, das gelebt und geliebt werden möchte. Deinen amerikanischen Lebensstandard kann ich locker erfüllen. Deine Kinder können dort problemlos die Schule besuchen. Ich bitte dich, komm mit. Noch zwei Wochen bin ich hier und in der darauffolgenden Zeit habe ich Umzugsurlaub."

Wechselbäder der Gefühle übermannten mich. Ich zitterte am ganzen Körper. Mein Blick unter der großen, schwarzen Sonnenbrille ging ins Leere. Nur noch Dunkelheit war vor mir und um mich herum. Alle Umrisse waren verschwommen.

Meine Gedanken sprachen mit mir: Was ist das? Was soll das sein? Kann es nicht so weiter gehen? Keinen Sex. Einfach nur treffen, reden und verstanden werden. Mehr nicht. Jetzt muss dieser adrette Mittfünfziger zurück. Immer, wenn es am schönsten ist, kommt der Wechsel.

Eine Episode einen Sommer lang!

Aufkommende Wolken verdunkelten alles. Ich legte meine Sonnenbrille auf den Tisch. Jean rüttelte an meiner Hand. Seinen leichten Druck am Unterarm hatte ich nicht wahrgenommen.

„Sophie, wo bist du?“

In mich zusammengefallen beantwortete ich seine Frage. „Das ist das Schlimmste seit Jahren. Du bist so gut zu mir. Ein Mann, der sich um mich sorgt. Der weiß, was ich will und alles macht, damit es mir gut geht. Hab ich das verdient? Selbst wenn ja. Auch nach all der Zeit hier in diesem Land. Ich kann nicht mitkommen. Wie gerne würde ich sofort mit dir ziehen. Egal wohin.“ Angespannt hielt ich mir meine Hände vors Gesicht. „Hauptsache raus aus der Wüste mit diesen verschleierten Frauen und dieser anderen Lebensart, die anfangs auf mich exotisch wirkte. Ich fühle immer mehr, wie mich dieses Land krank macht. Aber ohne meine Kinder gehe ich nicht und Latif wird sie nie mit mir ziehen lassen. Zwar hätte ich dann den blauen Himmel mit der strahlenden Sonne. Keinen roten Wüstensand, der die Luft staubig und diesig macht. Aber der wichtigste Teil von mir würde fehlen.“ Ich nahm meine Hände wieder runter.

„Du hättest die schöne Natur von Long Island in der Nähe und viele Golfplätze mit großen Parks und Wasserfällen“, ergänzte Jean liebevoll.

„Du überraschst mich. Warum kann es nicht so weitergehen? Warum muss sich immer alles ändern? Du hast auch mit den Kindern recht. Alia und Chayma gehen nur noch ein paar Jahre zur Schule und dann werden sie sowieso im Ausland studieren. Und die Jungs sind im nächsten Jahr schon fertig. Aber so wie sich Latif gerade verhält, wie verbissen er die einfachsten Dinge sieht, würde er mir noch nicht mal erlauben, sie in den Ferien zu sehen. Das würde mich noch mehr kaputt machen als das Leben hier. Auch wenn es bei dir noch so schön wäre, aber das kann ich nicht.“ Traurig blickte ich auf den Boden. Ich konnte meinen Schmerz nicht mehr unterdrücken. Die Tränen strömten wie ein großer Fluss heraus.

Jean beugte seinen Kopf nach vorn, um in mein Gesicht zu sehen. Meinen Ausdruck gab er mit einem kreuzunglücklichen Blick wieder. Er hob die Hand, als wolle er die Tränen wegstreichen, und damit den Schmerz und die Hindernisse beiseite räumen. Doch ich konnte diese, für ein arabisches Land unsittliche Geste, rechtzeitig abfangen.

Immer noch fassungslos schüttelte ich mit dem Kopf. Mit leiser, krächzender Stimme ließ ich meinem Unmut freien Lauf. „Wie gerne würde ich mitkommen, den frischen Wind und die Feuchtigkeit des Regens spüren. Aber ohne meine Kinder gehe ich niemals." Mit gesenktem Blick schüttelte ich meinen Kopf. „Niemals. Auch wenn sie jetzt schon älter sind. Aber gerade die Pubertät ist nicht zu unterschätzen." Ich spürte, wie mein Herz pochte und die Energie in meinem Körper aufsog. Ein leichter Schub der Atemnot. Ich fühlte mich schwach. Mit einem großen Schluck leerte ich mein Glas geliebten Merlot und dachte: Vielleicht ist er der Einzige, der mich liebt.

Zu Hause angekommen, schmiss ich mich auf mein Bett und weinte den uralten Schmerz heraus. Ich biss in das Kopfkissen, zerknüllte und schmiss es durch das Zimmer. Der Wutausbruch und das Weinen ermüdeten mich. Ich sank in einen unruhigen Schlaf.

XIII. Kapitel

Glutrote Farbe. Die Sonne brannte mit all ihrer Kraft auf die Erde. Das innere Gelb, umrahmt von Orange und heißem Rot, verbreitete sich wie ein Lauffeuer. Es sah aus, als würden Millionen Ameisen brennen. Detonationen, deren Funken in die Höhe sprühten. Eine Explosion. Tausende Bomben explodierten. Es geschah auf einer Brücke, die über ein Meer ging. Schreie. Lärm.

Gleichzeitig teilte die monotone Stimme eines Nachrichtensprechers mit: „Der Iran hat schlimmeres Leid verhindert. Mit diesem Überraschungsangriff bombardierte er die einmarschierenden Truppen. Sie brachten Verstärkung in Form von Panzern mit. Ihre zerstörerische Feuerkraft war größer als im Sechstagekrieg. Es war ein gut durchdachter Angriff. Damit ist ein Landangriff, der viele Verluste gebracht hätte, verhindert worden. Der Grund für den Angriff ist die brüderliche Hilfe für die unterdrückten Schiiten in Bahrain und die bevorstehende Invasion durch Saudi Arabien."

„AAAHHHHHHHHHHHHHHH!!!" Mein lauter Schrei riss mich aus dem Schlaf. Panisch schrie ich um Hilfe. Warme Hände packten mich an meinen Oberarmen. Sie schüttelten mich. Schweißgebadet schaute ich in dunkle Augen und schloss meine wieder.

„Hey, Sophie! Was ist los?" Latif hielt mich solange fest, bis ich aufhörte, zu schreien. Meine Augen wollte ich nicht öffnen, denn ich hatte Angst, das glühende Feuer vor mir zu sehen. Ich wusste nicht, wo ich mich befand und brauchte eine Weile, um es festzustellen.

„Es ist alles gut. Ich bin bei dir."

Ich riss meine Augen auf und sah um mich. Gedämpftes Licht des Schlafzimmers war gegen Feuerglut eingetauscht.

„Was hast du geträumt? Du hast ein paar Mal um dich getreten und unverständlich geredet. Geschrien."

Ich überlegte. Sah ihn an und schluckte. Meine Kehle war ausgetrocknet. Meine Zunge befeuchtete mit dem verbliebenen Speichel meine Lippen, die sich wie der ausgetrocknete Boden um unsere Villa anfühlten. Rissig und aufgeplatzt. Latif beobachtete jeden Lidschlag meinerseits und reichte mir ein Glas Wasser. Ich trank einen großen Schluck, als wolle ich das Feuer löschen.

„Beruhige dich, Habibti. Willst du mir erzählen, was du geträumt hast?"

Ich wandte meinen Blick ab und schaute in ein dunkles Loch, dessen Farbe sich von Schwarz über Rot nach Gelb in Weiß änderte. Mit zaghafter Stimme begann ich: „Es geschah auf einer Verbindungsbrücke. So wie die zwischen Saudi Arabien und Bahrain. Eine Kolonne Panzer fuhr auf der Brücke zu uns. Sie war schon fast auf unserer Seite angekommen, als sie beschossen wurde. Zuerst fingen die Militär-Jeeps Feuer. Das Flammenmeer breitete sich ganz schnell aus und erreichte die Panzer. Die Brücke stand komplett unter Feuer. Keiner überlebte. Es brannte höllisch." Meine Stimme wurde heißer. Mein Körper bebte, als habe er auf der Brücke dabei gestanden.

„Aber jetzt beruhige dich doch. Das ist ja ein barbarischer Traum, den du hattest. Das klingt wie ein Inferno. Meine Liebe, du bist hier in Sicherheit."

„Wie kann ich mich beruhigen, wenn sie im Fernsehen sagten, der Iran wolle damit die Schiiten in unserem Land vor der saudi arabischen Herrschaft schützen. Und der Iran habe gedroht, wenn sie weiter einmarschieren, dann würden sie die Atombombe werfen."

„Habibti, mein Liebes, beruhige dich. Niemand wirft eine Atombombe und die Saudis werden auch nicht einmarschieren. Das wäre eine Katastrophe. Du brauchst keine Angst zu haben. Das werden sie nicht machen."

„Aber im Fernsehen haben sie es doch gesagt."

„Das hast du geträumt." Latif nahm meinen Kopf zwischen seine Hände und zog ihn auf die gleiche Höhe wie seinen. „Schau mich an und hör mir zu", sagte er mit fester Stimme.

Doch meine Gedanken waren abseits. Ich nahm kein Wort von ihm auf. Ich sah nur noch Feuer und hörte Schreie. „Latif, es ist so, glaube mir. Ich habe es doch gesehen und gehört. Die Schreie der vielen Soldaten betäuben noch jetzt meine Ohren."

Mit halbgesenkten Lidern sah mich Latif mitleidig an. Leicht sanken seine Schultern von der schweren Last zusammen, die ihn wohl durch meinen Traum erreicht hatte.

„Schau, Latif, so abwegig ist das bei der jetzigen Situation gar nicht. Bei der Vorstellung, die würden hier regieren, falle ich in Ohnmacht. Ich müsste verschleiert herumlaufen. Ich dürfte kein Auto mehr fahren. Dürfte nur noch in Begleitung eines Mannes auf die Straße. Was wäre das für ein Leben in unserem steuerfreien Land des Luxus?"

„Glaube mir, es wird nicht so kommen."

Meine Gedanken wurden zu Worte: „Fünfmal am Tag müssten wir in die Moschee zum Gebet. Für Männer wäre es Pflicht, nur noch in der Dishdasha auszugehen, die du sowieso nicht gerne trägst. Du müsstest Ramadan halten. Durch diese neuen Pflichten würde sich dein Geschäftsleben ändern. Am Ende müsstest du noch mehr arbeiten. Und was wäre dann mit deinem Herz? Bisher warst du immer davon überzeugt, dass du an den Koran glaubst, aber nicht in solch strenger vorgegebener Weise. Du hast ja auch eine Christin geheiratet." Ich wurde nachdenklich. Meine Stimme verlor an Kraft. „Mh, Latif! Wer weiß, was sie dann mit diesen Ehemännern machen. Foltern? Einsperren?"

Bedrohliche Stille lag im Raum. Nur der tropfende Wasserhahn aus dem Badezimmer unterbrach unrhythmisch die Ruhe. „Sophie, das ist Utopie. Bei Allah, das kann nicht sein. Das kann nicht passieren."

Ich hörte Latif nicht zu. Stattdessen ließ ich ihn an meinen Spekulationen teilhaben. „Du müsstest noch mindestens zwei Driver einstellen. Dazu die Autos. Welche Kosten auf uns zukämen. Unsere Freiheit, die wir bisher hatten, wäre noch mehr eingeschränkt. Ja, und du müsstest dich geschäftlich umorientieren. Denn das Geschäft mit den Saudis wird brisant."

„Aber Liebling, das ändert sich doch nicht."

„Natürlich wird das anders."

„Wieso?"

„Meinst du, ich will brennendes Geld und Gold von ihrem Öl? Meinst du, Allah hat gewollt, dass sie die Gewinne des natürlichen Bodenschatzes für ein Leben in Selbstherrlichkeit auf Kosten von Gewalt und Unterdrückung ausgeben? Und ich soll dafür in einem Land leben, in dem dann auch noch gefoltert wird?"

„Jetzt mach mal halblang. Keiner wird gefoltert."

„Wie auch immer du das siehst. Ich weiß, du liebst dein Vaterland. Aber mit deinem Tunnelblick lebst du nur für die Arbeit und dein Geschäft. Du übersiehst die Realität dort draußen auf den Straßen und im TV. Ich will, dass du hier keine Immobilien mehr kaufst und Jobs im nicht-arabischen Ausland annimmst. Die Welt ist groß genug."

„Habibti, du glaubst doch nicht wirklich ernsthaft, dass ich alles, was ich aufgebaut habe, einfach so aufgebe! Die vielen Immobilien den Schiiten überlassen, in denen sie sich breit machen."

„Latif, es ist aus und vorbei mit Habibti. Du siehst nur die Existenzbedrohung. Was ist mit unserer Menschenwürde? Ich sage doch nicht, du sollst den Glauben wechseln. Ich sage nur, ich will und kann hier mit meinen Kindern nicht mehr leben."

Latif wurde ungehalten. Er ließ mich los und stand auf. Nervös lief er im Schlafzimmer auf und ab. Es wirkte auf mich, als habe er sich über die Eskalation der politischen Situation noch keine Gedanken gemacht. Sein verstörter Anblick brachte mich fest zurück ins Hier und Jetzt.

„Wer wird uns denn im Notfall helfen? Was werden die Amerikaner machen? Sie brauchen das Öl der Saudis und haben gleichzeitig einen Marine-Stützpunkt bei uns." Ich setzte mich im Bett auf. Mit erhobener Hand fuhr ich mit meinem beunruhigten Vortrag fort: „Ich sage dir, was sie machen werden. Nichts! Einfach nichts, weil sie selbst in einer Zwickmühle sind. Sie werden den Teufel tun, um uns zu helfen. Und wer wird dann für uns da sein? Vielleicht Putin, weil er an unserem Aluminium interessiert ist?“ Meine Stimme wurde lauter und unkontrollierter. Meine innere Anspannung spürte ich bis zum Hals.

Latif wandte sich mir zu. „Jetzt holst du aber sehr weit aus. Du fantasierst.“

„Latif, ich habe Angst. Und das solltest du auch haben. Und dich mehr um deine Familie sorgen.“ Nervös spielte ich mit den Fingerkuppen auf meinen Oberschenkeln. Mit halbgesenktem Kopf schaute ich ihn von unten heraus an. Latif stand mit starrem Blick und geschlossenen Lippen vor mir.

Seine Körpersprache brachte etwas anderes zum Ausdruck als seine Worte: „Beruhige dich und schlafe wieder ein. Morgen früh wird die Welt anders aussehen.“

„Ja, genau. Nur wer weiß, wie?“ Ich legte mich zurück und dehnte meine Beine, die zwischenzeitlich eingeschlafen waren.

Latif hängte sich noch mehr in seinen Job, obwohl ich ihn immer warnte, auf seine Gesundheit zu achten. Er entwickelte sich immer mehr zum Workaholic. Seine Geschäftslage war nicht so erfolgreich, wie er sich das erhofft hatte. Und so war Latif überzeugt, die schlechte Bilanz in Sonderschichten auszugleichen zu müssen. Sein Arbeitseifer verschärfte sich in gleichem Maße wie die Revolution.

Latif war wieder einmal auf Geschäftsreise im arabischen Ausland. Immer häufiger verbrachte er mehrere Tage dort. Somit entging ihm der tägliche Stress mit der Revolution. Obgleich die Schiiten immer noch keine Gewalt gegen Personen anwendeten, nahmen die Straßenausschreitungen zu. Militär mit Panzern belagerte die Straßen und versetzte das Land in einen kriegsähnlichen Zustand.

War Latif wieder von der Geschäftsreise zurück und wurde von seinem Chauffeur in seinem Hightech-Wagen, der einem erstklassigen

Büro glich, zu seiner Arbeit gefahren, so war es mir ein Rätsel, ob er die Ausschreitungen, die auch auf dem Highway stattfanden, realisierte oder mir vorspielte, es sei nichts.

Der Stress der Arbeit verbreitete sich natürlich auch wieder zuhause. Ich konnte es leider nicht verhindern. Die bekannten Symptome kamen verstärkt zum Ausbruch. Die Wirkungen der Paartherapie waren schon lange nicht mehr spürbar. Er glaubte, die Familie wäre ein Teil seiner Angestellten und hätte Gehorsam zu leisten. Mir persönlich erschien es als Folge seiner zunehmenden Geschäftsaufenthalte in strenggläubigeren Ländern.

Ich wurde zur Marionette. Sorgte mich um die Kinder und wollte am liebsten über alle Berge. Jedoch hielten mich die Mauern davon ab. Das glitzernde Meer war weit weg. Das Leben war trist. Und schließlich eskalierte die Situation. Latif war diesmal wieder in Saudi Arabien.

XIV. Kapitel

In der dunklen Küche lag knisternde Stille. Die Kinder waren ruhig. Sie spielten mit ihren Fingern und saßen schweigend nebeneinander. In Gedanken versunken über die Situation in unserem Haus, in unserem Wüstenstaat hatte ich nicht das Klingeln meines Handys gehört.

„Madame, Ihr Handy klingelt“, im Kerzenschein sah ich, wie sich Angel umschaute.

„Hm, ich weiß gar nicht, wo es liegt.“

„Warten Sie, ich nehme eine Kerze und gehe dem Geräusch nach.“ Angel war schnell und gut. Im gelben Schein der Kerze leuchtete sie sich den Weg in das dunkle Fernsehzimmer. „Ich habe es. Sie telefonierten vorhin auf der Couch.“ Angel reichte mir das Handy.

„Danke Angel.“ Im Kerzenlicht konnte ich auch in ihren Augen Anspannung und Angst erkennen. Das Display zeigte mir Latifs Lächeln. Leise zu mir selbst sagte ich: „*Du* kommst mir gerade recht.“

Doch unter meiner Maske kam ein freundliches, aber gequältes „Hi!“ heraus. Nachdem er die Begrüßung erwidert und sich nach unserem Befinden erkundigt hatte, konnte ich mich nicht mehr halten, auch wenn die Kinder dabeisaßen. In ihren Augen stand Neugierde und große Angst. „Weißt du, wie beschissen es hier ist? Wir sitzen alle in der Küche bei Kerzenschein. Die Lichter sind aus, der Fernseher geht nicht. Das Telefon ist tot. Der Strom ist weg.“

Als ich Latif so hysterisch durchs Telefon anblaffte, wurden meine Kinder unruhig und begannen wild durcheinanderzureden. Angel hatte Probleme, sie zu beruhigen. „Moment, warte, Latif. Beruhigt euch,

Kinder. Ich rede jetzt mir eurem Dad“, versuchte ich sie zu beruhigen. „Ich bin gleich wieder da.“ Ich stand auf und verließ die Nähe der fordernden Zwillinge, die ihren Vater in diesem Moment zuhause sehen wollten.

Latif unterbrach mich. „Warum sind die Kinder so schrecklich laut? Was ist bei euch los? Hat Bashar am Sicherungskasten gespielt? Oft genug sage ich, er solle sich um seine Aufgaben kümmern.“

Ich verließ die Küche und schlich mit einer Taschenlampe die Treppen hinauf zu meinem Schlafzimmer. Auf der Hälfte der Treppe setzte ich mich auf eine Stufe. Mit aufgebrachter Stimme fiel ich ihm ins Wort. „Lass unseren Sohn in Ruhe. Er hat damit überhaupt nichts zu tun. Im Gegenteil, er kümmert sich liebevoll um seine Geschwister, die hier alle ängstlich zusammensitzen.“

„Aber was ist los?“

Mit wutentbrannter Stimme polterte ich los. „Draußen ballern sie wie wahnsinnig herum. Es hört sich an, als wären sie direkt vor unserem Haus. So, als seien wir umzingelt. Vor lauter Angst sind die Kinder total eingeschüchtert. Im Haus ist es gespenstig ruhig. Wir bewegen uns so wenig wie möglich. Die Hunde draußen bellen ohne Ende. Was ist das hier überhaupt? Was ist das für eine Regierung, die ihre Konflikte mit Gewalt löst? Sie nehmen sich das Recht und schießen auf Menschen, die anders denken und glauben als sie. Und du bist jetzt auch noch bei dem großen Bruder, den Saudis, die sie unterstützen. Ich will kein Geld von denen. Ich will, dass du da nicht mehr arbeitest! Lass sie ihr schwarzes Geld anlegen, wo sie wollen, aber nicht bei dir.“ Ich schnaubte nach Luft und setzte mich gerader auf. Von unten hörte ich die Kinder in der Küche laut reden.

„Latif, ich habe Angst. Ich halt das nicht mehr aus. Ich komme mir vor wie im Krieg! Latif, ich will hier raus! Ich meine es ernst. Such uns eine Wohnung in Dubai oder ich gehe mit den Kindern in die Schweiz. Aber in diesem Land will und kann ich nicht mehr bleiben. Du bekommst das hier nicht mit. Du bist ja ständig im Ausland. Und ich bin hier zwischen Schiiten und Sunniten mit meinen Kindern eingesperrt. Das ist kein Leben. Wir könnten sterben. Überleg dir das mal, aber ich mache nicht mehr mit. Leider kannst *du* das Geballer nicht hören. Es klingt, als ginge die Welt unter. Latif, mein Alptraum war doch nicht so falsch. Jetzt werden die Saudis einmarschieren. Und ich hatte recht."

„Du bist ja völlig außer dir. Beruhige dich. Solange ihr am Abend im Haus bleibt, kann euch nichts passieren. Ihr verschließt alle Türen. Und auf der Mauer haben wir einen Stacheldraht anbringen lassen, sodass keiner drüberklettert. Glaube mir, meine liebe Sophie, ihr seid in unserem Haus sicher. Und tagsüber, auf dem Highway und in der Schule, ist das Militär zur Sicherheit da." Obwohl die Situation sehr prekär war, lag in Latifs Stimme eine unglaubliche Ruhe.

Dennoch konnte ich mich von meinem Gefühl nicht lösen, dass er die Lage verharmlosen wollte, vielleicht auch nur, damit ich gegenüber den Kindern gelassen und ruhig auftrat. „Und was, wenn die Umzäunung um das Haus nicht hält?" Bei dem Gedanken wurde mir kalt. Erschöpfung überfiel mich wie ein plötzlicher Regenschauer im November.

„Sophie, sie werden nicht auf die Mauer kommen und dann noch über den Stacheldraht springen. Das geht nicht! Es ist zu hoch! Glaube mir, es wird nichts passieren. Alles wird gut. Aber damit du dich wieder beruhigst, werde ich versuchen, früher nachhause zu kommen."

„Das ist das Mindeste, das du jetzt machen kannst", erwiderte ich zornig. Mit einem unterkühlten „Inshallah" verabschiedete ich mich von Latif und drückte das Gespräch weg.

Die Stimmen der Mädels kamen näher. Ich legte das Telefon auf eine Stufe und fuhr mit beiden Händen über mein Gesicht, als könnte ich so meine Verwirrung, Unruhe und Sorgen abstreifen.

Alia stürzte als Erste die Treppe hoch. Aufgeregt fragte sie: „Wann kommt Dad nach Hause? Wir brauchen ihn!"

In meine Stimme legte ich meinen bestmöglich ruhigen Klang. „Meine Lieblinge, euer Vater kann nicht plötzlich seine Geschäfte unterbrechen oder sogar absagen. Er verdient das Geld, um unser Leben zu bezahlen. Damit ihr euren Hobbys nachgehen und bei euren Freunden mit den neuesten Modellen der iPods und iPads mitkonkurrieren könnt. Das Geld fällt schließlich nicht vom Himmel. Und euer Dad würde noch mehr arbeiten, wenn es sein müsste, damit ihr eine sehr gute Bildung bekommt." Erstaunt sahen mich Kinderaugen an.

„Muss er dazu so oft ins Ausland?", fragte Chayma.

Mit ruhiger Stimme ergänzte ich: „Euer Vater versucht, Termine zu verschieben und früher nachhause zu kommen." Ich nahm beide in die Arme und küsste ihre Stirn. „Es tut sich gerade viel in unserem Land. Wir müssen schauen, wie sich die Lage entwickelt."

Gemeinsam gingen wir wieder hinunter in die Küche zu den anderen, deren Augen mich mit Neugierde empfingen. Bevor mich tausend Fragen bombardierten, nahm ich ihnen den Wind aus den Segeln. „Euer Vater kann jetzt nicht sofort nachhause kommen. Er lässt euch ganz lieb grüßen. Wir sind hier sicher. Uns wird nichts passieren, wenn wir im Haus und hinter der Mauer bleiben."

„Er hat gut reden."

„Genau, er ist nicht hier."

„Und was ist morgen mit der Schule?", fragte Ahmet. In ihren Stimmen bebte die ungewisse Angst vor dem, was kommen könnte.

„Die Straßen sind vom Militär gesichert. Es kann also nichts geschehen." Ich setzte mich wieder zu ihnen an den Tisch und versuchte, sie mit all meiner Mutterliebe zu beruhigen. Meine eigene Angst zeigte ich nicht. Wie nie zuvor in meinem Leben fühlte ich mich allein.

XV. Kapitel

Spät in der Nacht kam Latif nachhause. Eingekuschelt in eine Decke fand er mich auf der Lümmelcouch. Eine Komödie im TV schaute ich zur Ablenkung der Situation.

Sofort nahm er mich in den Arm. „Habibti, du bist ja ganz kalt. Es tut mir wirklich leid, aber ich konnte nicht früher kommen."

Latifs Wärme umschloss meinen Körper wie ein Mantel. Auf Knopfdruck löste sich meine Anspannung in einem Tränenmeer auf.

Lächelnd überreichte er mir ein Geschenk. „Meine Liebe, das ist für deine Tapferkeit."

Während ich jeden Kommentar unterdrückte, zog ich an der roten Schlaufe. Das knisternde Papier löste wie in Kindheitstagen eine angenehme Spannung in mir aus. Meine Augen wurden groß und größer. Es war das, was ich mir schon seit langer Zeit gewünscht hatte. Es war das teuerste Modell auf dem Markt. Ich zupfte an meinem Ohr und blickte in Latifs strahlendes Gesicht.

„Ich weiß gar nicht, was ich sagen soll. Das ist das neueste Modell der japanischen Firma, die Marktführer ist. Damit kann ich jetzt die schönsten Fotos knipsen." Ich drehte und wendete sie und entdeckte, dass sie ein Vermögen gekostet hatte. Das Objektiv war mit Gold und Brillanten umrahmt. Das Licht schimmerte millionenfach darin. Ich genoss den Anblick und verschwieg meine Gedanken, ob er mir etwas Gutes tun wollte oder mich bei Laune halten, für das nun Folgende.

„Schau, wenn die Revolution erst mal vorüber ist und die Regierung wieder die Sache unter Kontrolle hat, dann wird alles gut und es wird keine Schüsse mehr geben. Ich sehe das Leben in Saudi Arabien.

Alles ist friedlich. Wir müssen in Bahrain dasselbe erreichen. Ich schlage vor, du kommst bei meinem nächsten Termin mit. Dann kannst du dir ein Bild vor Ort machen."

Es war unglaublich. Mein geliebter Latif wollte mir verkaufen, ein Leben unter Schleiern sei nicht tragisch, sondern gut. Ich ahnte Schlimmes auf mich zu kommen. Dennoch bedankte ich mich mit einem innigen Kuss.

Plötzlich erschrak ich. Ich hatte mich im Bett herumgedreht und sah nichts. Stockdunkle Nacht! Alles schwarz. Keinen Stern! Keine Sichel. Nichts zu sehen. Die Luft war stickig. Der Hals zugeschnürt. Es wurde eng. Zu eng. Gänsehaut auf meinen Armen, obwohl mir warm war.

Schüttelfrost!, ging mir durch den Kopf. Ich fühlte mich unwohl. Raus aus meinem Körper wollte ich. Ich sah und hörte nichts. Der Betonklotz, in dem wir wohnten, hielt, was er versprach. Ich wusste nicht, wo ich war und was wirklich war. Ich wusste nur, was ich spürte, Angstgefühle.

Es waren die gleichen intensiven Angstgefühle, die ich hatte, als vor Wochen dieser Alptraum Realität war. Als wir stromlos in unserer Villa hinter der Mauer saßen und die Schüsse hörten. Und am Tag auf dem Highway war mehr und mehr saudisches Militär mit ihren Panzern zu sehen.

Schnell richtete ich mich auf, schob die Bettdecke zur Seite, tastete mich in meine Hausschuhe und schlich aus dem gemeinsamen Schlafzimmer. Latif schnarchte weiter.

Schon auf dem Weg zum oberen Balkon konnte ich wieder besser atmen. Hastig öffnete ich die Tür und ging hinaus. Ich atmete tief durch. Meine Nerven konnten sich wieder entspannen. Der Herzschlag wurde langsamer. Die Atmung gleichmäßiger. Stille! Totenstille! Das Schwarze der dunklen, heute klaren Nacht mit dem kleinen Wagen und der Sichel am Himmel umgab mich.

Von der Brüstung aus sah ich im Himmelszelt den hellsten und klarsten Stern der Nacht. Sein Licht verband uns für Minuten zu zwei Freunden.

Erinnerungen wurden wach. Damals in der Schweiz war bei einem Nachtspaziergang durch den Wald die Luft frisch und klar. Das Grün der Pflanzen, Kiefern und Tannen verbreitete einen betörenden Duft. Ich sehnte mich zurück.

Hätte ich vielleicht damals mit den Kindern dort bleiben sollen? Dann wären wir frei von Ängsten dieser unkontrollierbaren Entwicklung im Land. Wir hätten zwar nicht so viel Luxus, aber ich müsste jetzt nicht hier stehen.

Meine Gedanken wurden von Geräuschen unterbrochen. Schüsse!

Oh, mein Gott, wird das nie aufhören? In der Nacht, wenn die Sunniten genau wissen, dass der Widerstand gering sein wird, gehen sie in die Häuser der Schiiten und schießen drauflos. Sie stellen sich mit dem König aus Saudi Arabien gut, bekommen dafür Waffen, um so gegen das eigene Volk vorzugehen. Zu feige, um Kompromisse zu schließen oder sich daran zu halten, verkaufen sie ihre Seele und wollen von ihrer Besessenheit nach Macht nicht lassen. Welch ein Komaverhalten. Sie fürchten, aus ihren goldbesetzten Bunkern hinter den Mauern herausgeholt zu werden. Ja, und Latif verwaltet ihr Geld gewinnbringend. Davon können sie dann noch mehr Panzer und Granaten aus Europa kaufen.

Und ich? Ich sitze dazwischen. Mit meinen Kindern. Kann nicht mehr zurück. In der nächsten Zeit muss ich die Augen zumachen und durchgehen und hoffen, dass das alles bald ein Ende hat. Denn ich habe keine Chance, das Land zu verlassen. Und ohne eigenes Geld sowieso nicht, dachte ich wütend und resigniert zugleich. Ich muss meine Kinder beschützen!

In diesem Moment war ich wie von einem Blitz getroffen, lief zurück und holte meine neueste Kamera mit dem brillierten Objektiv. Mit genau diesem Fotoapparat für stromlose Stunden schoss ich Bilder einer dunklen Nacht der Revolution.

„War das schon Krieg oder noch Revolution? Wo war mein exotisches Land mit dem Blick auf das Meer? Braucht´s des?“

Das Tränengas vernebelte die Sicht. Schwefel lag in der Luft. Ich schoss ein Bild von dem Grauen des Landes. Es war staubig und düster.

Mein Freund, der Stern, hatte sich verzogen. Der Tag hellte auf und die Schüsse erstarben. Die frische Morgenluft schenkte mir freie Atemzüge, die ich mit einem Bild des grünen Waldes im Morgentau vor meinem inneren Auge inhalierte. Mit geschlossenen Augen genoss ich die friedliche Ruhe, die nur vom fröhlichen Vogelgezwitscher unterbrochen war. Dieser seltene Moment der inneren Harmonie machte mich frei.

Abgestützt auf die Balkonbrüstung blickte ich hinunter zu der Allee an unserer äußeren Hauswand. Nicht kräftig, aber verhalten stand sie da. Die grünen Bäume waren wieder mit einem Zuckerstaub von Sand übersät. Sie waren verschleiert. Nicht in ihrer authentischen Schönheit sichtbar. Der Gärtner musste wieder einmal die Bäume besprengen. Er sollte das selbst sehen. Jedem muss ich hier Anweisungen geben, damit sie wissen, was zu machen ist, dachte ich.

Nur Angel ließ mich nicht im Stich. Sie sah die anfallenden Aufgaben und erledigte sie, ohne auf eine Aufforderung meinerseits zu warten. Sie war meine größte Hilfe. War Latif im Ausland, so konnte sie mit seinem Chauffeur als Driver zum Einkaufen in das Carrefour fahren und die notwendigen Lebensmittel besorgen.

Ich wandte wieder meinen Blick mit den Gedanken zu unseren kleinen Bäumen. Auch wenn sie nicht in ihrem reinen satten Grün zu sehen waren, so bildeten sie doch eine Nische für die frei fliegenden Vögel, die ihre Richtung ohne Vorgabe selbstständig bestimmten. Ganz im Gegenteil zu mir. Sie zwitscherten und gaben sich Antworten auf die Fragen der anderen. Mit dieser Musik in den Ohren und dem Bild einer grünen Allee ging ich zurück in mein Bett.

In den nächsten Wochen und Monaten erledigten die Kinder ihre Aufgaben und forderten wenig von mir. So konnte ich mich täglich für mehrere Stunden zurückziehen. Angel wunderte sich nicht mehr über mein Verhalten. Die Kinder waren so beschäftigt, dass sie es bei ihrem Trubel nicht bemerkten. Der Driver chauffierte sie zu ihren Terminen. Und so ging alles seinen Weg. Ja, und Latif war mal hier und mal dort, und erledigte weiterhin mit Übereifer seinen Job.

Oben im Schlafzimmer konnte ich meinen Gedanken freien Lauf lassen. Sie waren ein Mix des Wandels, der in wenigen Jahren in Bahrain stattgefunden hatte. Von den Beduinen zu den Selbstherrlichen und In-Sich-Verliebten-Neureichen, den mit Glitzer und Glamour behangenen Menschen, und meinen selbstgeträumten Glitzerfantasien der Jugendzeit und meinem Leben im Hier und Jetzt und dieser Revolution, die uns immer häufiger dazu zwang, die Wochenenden komplett in unserem Haus am Meer zu verbringen.

Am Ende dieser Reflektion meiner inneren und äußeren Welt wusste ich nicht, was Wirklichkeit war. Aber mir war klar, dass eine Wende kommen musste. In vollem Bewusstsein, wie unwichtig materielle Werte in meinem Leben geworden waren, sehnte ich mich nach einem anderen Leben.

Mein Herz war schwer und traurig. Ich legte den Schmuck ab, machte mir nichts mehr aus meiner schönen Schminke, tat so, als sei alles toll. Damit versuchte ich mich über Wasser zu halten, was mir nicht immer gelang.

Die Zeitspanne des Rückzugs wurde von Tag zu Tag länger. Langsam fühlte ich mich immer erschöpfter und hatte ein größer werdendes Schlafbedürfnis, das sich für mich wie eine Depression anfühlte, die ich aber als solche nicht wahrhaben wollte. Ich vegetierte dahin und gab mich auf. Ich glaubte an nichts mehr. Die Achtung vor meinem Mann mit seinem Glauben entzog mir zu lange zu viel Kraft und Energie, so dass ich nicht mehr ich selbst war.

Für meine geliebten Kinder holte ich den letzten Krümel Unternehmungsgeist und Tatendrang aus mir hervor. Doch an vielen Tagen zog ich aus der visuellen Schublade, die mit „Stewardessen-Zeit“ beschriftet war, meine lächelnde Maske und keiner konnte merken, wie es mir wirklich ging. Selbstredend mokierte sich Latif über mein Verhalten, denn schließlich hatte er sich in eine Frau verliebt, die vom jetzigen Bild abwich.

Mehrere Monate war ich dieser inneren Trauer, Leere und Willenlosigkeit verfallen. In meinen Träumen und Gedanken sah ich unaufhaltsam eine verschleierte Sicht in ewiger Hitze. Roten Sand, der den Himmel ergraute und jeden hinter seinen weißen Mauern zurückließ. Keine Klarheit. Keine Weitsicht. Trotz Sonnenbrille war nicht viel zu erkennen. Eine frische Brise, die Haarsträhnen um mein Gesicht flattern ließ und die Schwermut von mir nahm, war das, wonach ich mich sehnte. Die freien Atem verschaffte. Die den Sauerstoff im Blut erhöhte, damit das Denkvermögen ansprang. Grünen Wald wollte ich, der dem Körper neue Energie gab, um stabil und fit ohne Krämpfe entspannt neue Wege beschreiten zu können. Oder einen großen Kastanienbaum, der mir Schatten in der Hitze, Schutz und Halt gab.

Partys und Geburtstage waren eine willkommene Abwechslung mit gekünsteltem Lächeln. Manchmal saß ich die Zeit ab, bis alles vorbei war.

Große Hoffnung setzte ich auf die Zeit, die kommen würde. Die Zeit, wenn die Kinder ihre Ausbildung hätten und ich anfangen konnte, mein Leben nach eigener Regie zu leben. Aber was würden die Unruhen im Lande für unsere Familie bringen? Wie würde sich die Situation weiter entwickeln und wie würden es die Kinder verkraften?

Es war ein heißer Sommertag. Fünfundvierzig Grad knallten bei Windstille auf den Asphalt. Bevor Latif eine Geschäftsreise antrat, führten wir ein bizarres Gespräch. Es ging wieder um den Sommer, als wir das Haus in der Schweiz kauften. Unser Urlaubsaufenthalt bestand damals darin, alle Baumärkte und Möbelfachgeschäfte im größeren Umkreis aufzusuchen. Wir nahmen die Kinder samt Maid mit. In der Spielecke des Ladens konnten sie sich die Zeit vertreiben, in der Latif die Möbel aussuchte.

„Als Dolmetscherin saß ich neben dir. Nichts anderes hatte ich zu sagen.“

„Was wolltest du mehr? Du hattest ein großes Haus, wir haben auch Fahrradtouren in deinen geliebten Wald unternommen. Wir waren mit den Kindern in verschiedenen Freizeitparks. Wer hat das schon? Schließlich ist das alles nicht billig.“

Nichts mehr von all dem konnte ich hören. Ich spürte, dass meine Augen vor Zorn sprühten, den ich in all den vielen Jahren in mir gespeichert hatte. Ich stützte die Arme in die Hüfte, atmete tief durch und sprach mit voller Stimme: „Ja, schön. Ich habe ein Haus in der Schweiz. Nicht zu vergessen, bei dem, wie bei allen anderen auch, meine Einrichtungsideen ad acta gelegt wurden. Angeblich kamen irgendwelche schlecht laufenden Geschäfte dazwischen oder es war die Zeit der Finanzkrise. Ich bin es leid, immer dann von einer schlechten Lage zu hören, wenn ich etwas will. Mir fehlt die Gleichstellung. Schließlich bin ich mündig und volljährig.“

Latif wollte einlenken, hatte aber bei meinem Redefluss, der selten in dieser Form aufkam, keine Chance. Er war darauf nicht vorbereitet. Er konnte mir nicht sofort das Wort abringen.

An meinem Hals kam wieder Wärme auf. „Sicherlich weiß ich, und oft genug zeigst du es mir, dass ich mit einem Mann moslemischen Glaubens verheiratet bin. Ich weiß, dass eine bestimmte Art des Verzichts einkalkuliert ist. Aber auch du solltest daran denken oder wieder mal aus deinem geistigen Speicher abrufen, dass du eine europäische Frau des einundzwanzigsten Jahrhunderts geheiratet hast.“ Aus meiner Stimme wich langsam der innerliche Groll. Sanft sprach ich weiter. „Schau, Latif, wir sind erwachsene Menschen, die sich lieben. Wir wissen beide, dass wir aus verschiedenen Kulturen kommen. Ist es da unmöglich, einen Mittelweg zu finden? Du solltest mich so gut kennen, dass dir klar ist, ich würde dein Geld nicht unnötig verschleudern und gäbe es auch nicht freizügig aus. Wir sind beide Fünfzig-Plus, da sollte Vertrauen und nicht Konflikt und Kontrolle den Alltag beherrschen. Oder willst du mir etwa die Schuld zuweisen? Meinst du, nur du hast Rechnen gelernt?“

Latif war überrascht. Wie angewurzelt stand er hinter dem Arbeitsfeld in der Küche. Kopfschüttelnd nahm er seine Unterlagen, iPhone6 und iPad mit, ging zur Tür und sagte: „Wer in *meinem* Haus wohnt, macht das, was *ich* sage. Und außerdem vergiss den Wagen nicht. Deinen Eintritt ins Beachhotel ..."

Diese Vorrechnungen konnte ich nicht mehr hören. Ich drehte mich um, ging und ließ ihn in der Tür stehen. Von da ab war mir sonnenklar, dass ich keine Chance hatte, Entscheidungen zu meinen Gunsten zu hören. Meine Unzufriedenheit nahm zu. Der ganze Glamour zählte nicht mehr. Einzig und allein fehlte mir die Gleichberechtigung. Gerne hätte ich den Protz gegen mehr Achtung und Respekt eingetauscht. Ich sehnte mich nach einem Partner, der mich und meine Wünsche ernst nahm, nach einem Land, in dem Freiheit und Frieden herrschte.

Die Gedankenwelt während meiner langen Aufenthalte im Bett ließen mich immer tiefer in das Kopfkissen einsinken und die Bettdecke weit über mich ziehen. In all den Jahren meines Lebens hatte ich meine geliebte Freiheit gegen Begrenzung eingetauscht. Ich musste wieder zurück. Ich musste wieder an mich glauben.

Immer klarer wurde mir, dass mein Einfluss auf Latif dem des Regens in der Wüste glich. Die persönliche Demut gegenüber meinem Mann, den ich aus Liebe geheiratet hatte, entwertete meine Selbstsicherheit.

Mir fiel häufiger ein Zitat von Ernst Augustin ein: „... wie jede Geschichte aus dem Orient, die Moral, dass das Ende schon im Ansatz vorgezeichnet und unausweichlich ist. Was heißt: Ich will nicht und was heißt: Ich will. Sie sollten lieber sagen: Wohin auch immer der Strom mich trägt."

XVI. Kapitel

Die braunen, dicken Leinenvorhänge deckten die Fenster sehr gut ab, so dass immer noch der Anschein von Nacht im Schlafzimmer lag, obwohl es draußen Tag war. Willenlos und schlapp lag ich im Bett. Ich fühlte mich unterfordert und war doch überfordert. Wieder schloss ich die Augen und drehte mich zur anderen Seite, um den hellbeleuchteten Zahlen des Weckers zu entkommen. Aus der Ferne hörte ich das Klingeln des Telefons.

Meine Gedanken sammelten sich. Nachdem Latif aus Saudi Arabien zurückgekommen war, richtete er seinen Blickwinkel vermehrt auf das Leben in den Straßen Bahrains. Ihm musste die Verkehrsdichte sowie die erhöhte Zahl der Absperrungen aufgefallen sein, denn Latif entschied sich, einen zweiten Driver einzustellen. Ich war überrascht. Seit unserem hektischen Telefonat in jener Krisennacht hatte sich sein Verhalten mir gegenüber etwas verändert. Mir kam es vor, als wolle er eine zufriedenere Ehefrau an seiner Seite haben und damit ein angenehmeres Zuhause.

Schlaftrunken ging ich zu den großen Fenstern, um die Gardinen zur Seite zu ziehen. Und wieder hielt das grünlich schimmernde Glas das grelle Sonnenlicht zurück. Mein Blick ging hinaus auf die Straße, die einem Acker glich. Der Schatten der vorbeifahrenden Jeeps ließ mich die Stärke der Hitze vermuten. Trockener Sand wirbelte durch die Luft. Ich ging duschen.

Vir, der neue Driver, hatte Bashar, Ahmet, Alia und Chayma aus ihren Schulen abgeholt. Seit zwei Monaten arbeitete er für uns. Die

Wege und Straßen der Highways waren breit, groß und doch überfüllt. Viele Kreisel mit Namen, die für Ausländer schwierig zu merken waren, unterbrachen die lange Teerstraße. Vir war immer wieder vom Weg abgekommen und musste telefonisch nachfragen, wie er aus der Sackgasse herauskäme. Das war nicht einfach. Seine praktischen Kenntnisse als Driver und die verzwickte Aussprache waren eine Kombination, die die Lage erschwerten. Hinzu kamen die vermehrten Straßenkontrollen. So war ich stets erleichtert, wenn die Kinder gesund angekommen waren.

Nun wollte ich mit Latif eine Geschäftsreise ins Saudiland antreten. Zwei Jahre waren vergangen, bis ich Latifs Aufforderung annahm, ihn zu begleiten. Nach anfangs heftiger Ablehnung ließ ich mich überzeugen, den Frauenstatus in dem Land des großen Bruders, „the premier state of men's world“, kennenzulernen.

Latif machte mich auch neugierig, denn er war dem Land gegenüber immer freundlich gestimmt. Seinen Angaben nach waren wir in einem Hotel der Superlative einquartiert. Gold, wohin das Auge schaute. Glanz, der durch geschickt platzierte Spots erhöht wurde. Hohe Marmorsäulen in der Eingangshalle. Es wäre eine fantastische Gelegenheit, mich zu erholen und außerdem wäre er nicht allein. Zudem war IKEA gleich hinter der Grenze. Das war ein Argument, das für sich sprach. Ich ließ mich überreden.

Für drei Tage fuhren wir in das Heilige Land Mohammeds. Mein Gepäck verringerte sich auf ein kleines Handgepäck, in dem sich außer meiner legeren Jogginghose mit ein paar T-Shirts und dem Hygienebeutel nichts befand. Ungewöhnlich wenig für mich.

Doch dort war und ist noch immer die Abaya, das schwarze, lange, mantelartige Gewand, und der Niqab, der schwarze Gesichtsschleier, der nur die Augenpartie freilässt, ganz groß in Mode. Trotz der Weite ihrer Stoffmassen behinderte die Abaya jede Bewegung und der Niqab schränkte die Sicht bis auf einen kleinen Schlitz ein. Nicht zu vergessen die Handschuhe, die ich tragen musste. Alles zusammen vermittelte mir ein neues Lebensgefühl.

Vormittags, nachdem die Kinder in der Schule waren und der Driver über seine Tätigkeiten für die Tage informiert war, fuhren wir in der trockenen Hitze los. Ganz in Schwarz saß ich neben Latif im Wagen.

Latifs Geschäftstermin war am nächsten Morgen um neun Uhr. So hatten wir an diesem Tag Zeit für IKEA und konnten gemütlich weiter ins Hotel fahren. Die Air Condition ließ die Fahrt angenehmer erscheinen.

Wir fuhren auf der Verbindungsbrücke zwischen Saudi Arabien und Bahrain. Das Meer war nur spärlich zu entdecken. Mir entging auch der glitzernde Schein auf dem Wasser, der durch die gebrochenen Sonnenstrahlen entstand. Eine graue Schutzmauer rechts und links der Fahrbahn zwang den Blick geradeaus. Unter meinem blickdichten schwarzen Seidengewand entstand eine große Hitze, die sich nach fünfzig Grad anfühlte. Nur wenige Autos waren ins Land des großen Bruders unterwegs. Mehr kamen uns entgegen.

Freiwillig waren nur Arbeiter nach Saudi Arabien auf dem Weg, die dort viel Geld verdienen konnten. Viele, die bei einer großen westlichen Firma arbeiteten oder bei der amerikanischen Armee verpflichtet waren. Nach ein paar Wochen Aufenthalt hatten sie etwa eine Woche frei, die sie im Vergleich freien Land Bahrain verbringen wollten. Gerne glichen sie ihren Nachholbedarf an Konsum unterschiedlicher Art aus. Obwohl Bahrain auch ein arabischer Staat war, so war wohl schon auf den Straßen und in den Malls ein Unterschied zwischen diesen beiden Ländern zu erkennen. Die *Freigänger* fühlten sich bei dem farbigeren Anblick westlich orientierter Frauen und Männer heimischer. Ihre Arbeit versuchten sie mit Nichtstun und Vergnügen in Restaurants und Bars bei Ausschank von Alkoholika zu kompensieren. Den hohen Preis, den sie für ihre Arbeit im Land ohne öffentlich zu sehende Weiblichkeit und westlichen Genuss erhielten, zwang sie dazu, sich den Gegebenheiten im Staate Mohammeds zu unterwerfen. Die Sonne brannte auf die Motorhaube und der Asphalt wurde an der einen oder anderen Stelle weich. Wir näherten uns dem grauen Gebäude an der Grenze. Meine Unruhe wuchs. Latif versuchte, mich zu beruhigen. Unter der Körperverhüllung wurde es immer unerträglicher. Ein Gefühl des Eingekastelt-Seins kam mir in diesem Moment in den Sinn. Als sei das nicht genug, so war mir nur erlaubt, mit gesenktem Blick zu gehen. In die Augen der Soldaten durfte ich nur bei meinen Antworten sehen. Eine ganz neue Herausforderung stand mir bevor.

Latif parkte den Wagen so, dass der beschwerliche Weg nicht weit sein sollte. Ich öffnete die Tür und raffte die Stoffansammlung des Gewandes zusammen. Dabei musste ich meinen Kopf ungewöhnlich tief senken, um überhaupt die Füße und den Boden zu erkennen. Meinen Nacken zog ich so lang, dass ich dachte, eine Giraffe könnte aus mir werden. Mit ungeübten Bewegungen stieg ich aus und stellte mich gerade auf, ohne dabei über den bodenlangen Stoff zu stolpern. Ich wollte nur hinein und wieder schnell hinaus.

Auf dem Weg zum Büro der Grenzkontrolle lief ich im Abstand von etwa einem Meter fünfzig hinter Latif her. Meine Persönlichkeit durfte nicht gezeigt werden. Mit einem stark eingeschränkten Blick konnte ich die Welt wahrnehmen. Ich hatte zu folgen. Meine Bewegung war trotz großer Stoffmasse eingeengt. Alles behinderte mich. Wo war meine Freiheit?

Latif hatte alle notwendigen Papiere bereit. Er hoffte, die Befragung schnell abwickeln zu können. Mein erster Auftritt als moslemische Ehefrau in dem arabischsten Land kam immer näher. Ich hatte nur mit „Ja“ oder „Nein“ zu antworten, wenn ich gefragt wurde. Fragen stellen war ausgeschlossen. An der Wand musste ich stehen bleiben, während Latif drei Meter vor mir am Schalter die Einreise regelte. Ich verstand kein Wort. Doch der Ton der dunkelhäutigen Soldaten mit ihren bärtigen Gesichtern flößte mir tiefen Respekt ein.

Die arabische Sprache ging fließend schnell über den Tisch. Von ihnen gesprochen und in diesem Moment klang sie, mit ihrem „CH“ das tief in der Kehle geformt wurde, noch härter. Bestrafend. Mit ihren Maschinenpistolen standen sie allzeit schussbereit in Stellung.

Ich war mir keiner Straftat bewusst. Ich fühlte mich in einer grausamen Welt der Ignoranz und Unwürdigkeit gefangen. Feuchter Schweiß lief über meinen Körper. Wie angewurzelt verweilte ich einige Minuten, die wie Stunden vergingen. Ich wechselte meine Beinstellung von links auf rechts und umgekehrt. Und tippelte auf der Stelle. Unruhig war inzwischen mein komplettes Wesen. An die Wand durfte ich mich nicht lehnen, das hatte mir Latif zuvor erklärt. Und nachdem einer der Soldaten meine Beinwechselung gesehen haben musste, sagte er etwas zu Latif, das ihn mich mit einem forschen Blick ansehen ließ, der keine Worte mehr benötigte. Dann gab er mir mit dem gleichen Tonfall wie die Soldaten zu verstehen, dass ich stramm stehen müsse.

Die Zeit verging und das Warten an der „Klagemauer“ zog an den letzten Registern meiner Energie. Einer der Soldaten hatte den Raum verlassen. Hinter der Theke befanden sich zwei, die sich ausgiebig mit Latif und den Papieren unter der Air Condition beschäftigten. Sie redeten, suchten und kontrollierten. So glaubte ich, mich in halber Sitzposition auf die Kante des Tisches ohne Stuhl im Wartebereich setzen zu dürfen. Nicht lange dauerte es, bis mich ein anderer Soldat des Platzes verwies. Mit noch härterer Stimme in tiefstem Bass und grausamen Blick, der töten könnte, rissen mich die Worte aus meiner Haltung heraus. Seine schwarzen Augen fesselten mich. Sie stachen in mein Herz. Kein Wort war mir geläufig. Seine kräftige Stimme schüchterte mich ein. Ich fühlte mich in die Enge getrieben.

Latif sah mich erschrocken an. Vorwurfsvoll war sein Ton, mit dem er mir zu verstehen gab, dass ich mich nicht auf den Tisch setzen dürfe. Ich solle mich sofort fest und beidbeinig in die linke Ecke stellen.

In diesem Moment war es von Vorteil, den Niqab vor dem Gesicht zu tragen, denn so konnten sie meine Mimik nicht sehen. Im Fall der Fälle wäre ich wahrscheinlich mit anderen unwürdigen Maßnahmen konfrontiert worden. Ich war Opfer der Unterdrückung. Keine Air Condition im Wartebereich. Dafür zwei im Arbeitsbereich. Mir war unklar, was sie drei Stunden bereden konnten. Nie hatte ich irgendeinen Konflikt mit der Polizei gehabt. Auf der ganzen Welt gab es keinen mir bekannten offiziellen Eintrag.

Die Situation, die ich nun erlebte, diese untergeordnete Haltung einer Frau unter saudi-arabischer Herrschaft, fühlte sich miserabel an. Hitze. Gesenkter Blick. Körperhaltung wie beim Militär. Steigende Körpertemperatur ins Unermessliche. Geruch nach abgestandenem Schweiß. Die Luft, die mich unter der schwarzen Verhüllung umgab, war zum Schneiden. Die Kräfte in meinen Knien ließen nach. Sie schlotterten. Trotz Abmahnung versuchte ich, unter dem Gewand meine wechselnde Beinhaltung zur längeren Ausdauer der Standposition auszuführen. In Gedanken sah ich den grünen Hyde-Park, roch seine gesunde Luft und spürte den sanften Wind an meinen Augenwimpern, die als einziges Körperteil Freiheit fühlten. Meine innere Stimme hörte „Highway to hell".

Ich weiß nicht, wie lange ich in dieser Position ausharren konnte. Die Zeit arbeitete gegen mich. Aus einem dunklen Punkt auf dem Boden, den ich während der letzten Minuten oder Stunden anstarrte, wurden plötzlich zwei. Ich überlegte, versuchte einen zu sehen. Es waren zwei, dann drei, dann wurde alles schwarz.

Mein rechter Ellenbogen schmerzte. Ich öffnete die Augen. Viele Augen starrten mich an. Doch erkannte ich unter ihnen Latifs Blick. Sie zeigten die größte Anteilnahme. Mitleid. Selbstvorwürfe waren darin zu lesen. Er hielt mir ein Fläschchen Patschuli unter die Nase, deren genaue Position er abtasten musste.

„Mein Liebes, riech einmal kräftig daran. Hast du irgendwo Schmerzen? Kannst du dich aufrichten? Wir sind jetzt fertig."

Fragen über Fragen, die ich zu sortieren versuchte. Patschuli roch so gut und frisch wie in meinen Jugendjahren. Gedanklich ging ich in meinen Körper. Wieder fühlte ich einen Schmerz an meinem rechten Ellenbogen. Dann erst merkte ich, dass ich auf dem Boden lag. Vorsichtig hob ich ein wenig meinen Kopf.

Latif hielt mir ein Glas Wasser hin. „Kannst du dich aufsetzen?"

Mühsam richtete ich meinen Oberkörper auf. Mehrmals trank ich hintereinander von dem kühlen Wasser. Dabei musste ich mit der rechten Hand den Niqab anheben, damit ich mit der linken das Glas zum Mund unter dem Stoff führen konnte. Nicht nur der Arm schmerzte.

„Du bist umgekippt. Es ist wohl doch ziemlich heiß."

Ich konnte, wollte und durfte vor allem nichts sagen. Ich lehnte mich an die Wand. Es wurde mir dieses Mal gewährt.

Die Blicke der Soldaten hatten noch immer den Ausdruck, als könnten sie töten und fragen: Was macht sie hier, wenn sie der Situation nicht gewachsen ist?

Allerdings habe ich mich das auch gefragt: Was mache ich hier? Ich musste mich verkleiden, unterwerfen und meine Persönlichkeit unsichtbar machen. Ich fühlte mich so bescheiden. Niemals zuvor war ich so unwürdig behandelt worden. Es war eine noch törichtere Situation als an der jordanischen Grenze seinerzeit. Hastig trank ich das kleine Glas Wasser leer, stand mit Latifs Hilfe auf und verließ mit gesenktem Kopf den Raum der Kontrolle. Diesmal kam mir die Haltung gerade recht. Keinen Blick wollte ich ihnen schenken.

Den Gipfel der Tortur erzählte mir Latif später im Wagen. Seinen Pass mit Visum hatten sie zurückgegeben. Hingegen behielten sie meinen Pass ein. Also doch irgendwo ein polizeilicher Eintrag, der mir unbekannt war, oder war ich als geborene Christin zu ungläubig?

Welche Gedanken und Befugnisse auch immer die Soldaten hatten, sie gaben mir die Bescheinigung der Entmündigung und des Eingesperrt-Seins. Spätestens in diesem Moment wurde mein idealistischer Glaube, jedem Menschen gehöre die Freiheit, in Frage gestellt. Gänsehaut stellte die Härchen auf meinen Armen auf. Nur zu gerne hätte ich mir den Niqab vom Kopf gerissen. Mein Magen hatte das Bedürfnis, die fehlende Bewegung der letzten Stunden in dem stickigem Raum munter nachzuholen. Ich stellte die Rückenlehne zurück, um es mir so bequem wie möglich zu machen. Während der weiteren Fahrt herrschte eine bizarre Stille im Wagen. Latif versuchte, die Sache zu beschwichtigen.

Warum habe ich mir das angetan? Wäre ich bei Sinnen gewesen, hätte ich mir die Situation doch ausmalen können. In ein Land einzureisen, in das nur erwünschte männliche Menschen mit Visum für Geschäftsreisen oder aus religiösem Grund einreisen dürfen, dachte ich im Stillen. Das ist doch Wahnsinn! Hier dürfen Frauen nur in Begleitung ihres arabischen Ehemanns, als Sponsor oder Bürgen einreisen.

Auf der anderen Seite der Grenze, dem saudischen Festland, war die Wüste noch trockener und größer. Meine Lust auf IKEA war verflogen. Doch das blaue, riesige Betongebäude mit dem gelben Schriftzug zeigte sich als ein großer Lichtblick. Kleine, heimische Gefühle kamen in mir auf. Wir parkten in der Nähe des Eingangs. In der brütenden Hitze lief ich wieder drei Meter hinter Latif. Müdigkeit und das Empfinden der inneren Austrocknung erschwerten den Weg. Die angenehm kühle Luft mit Hilfe der Air Condition war ein wahres Geschenk. Zielgerichtet liefen wir zu den Kerzen und der Außenbeleuchtung, bezahlten und gingen wieder in die frauenfeindliche und trockene Welt.

Die Fahrt zum Hotel war nur noch von kurzer Dauer. Ich freute mich auf Ruhe, auf einen Platz, an dem ich mich frei bewegen konnte. Ich wollte relaxen.

Das luxuriöse Hotel mit seiner Goldfassade, auf der sich das Sonnenlicht brach und es reflektierte, versprach eine Glitzer- und Glamourwelt ersten Grades. Große schwarze Limousinen fuhren vor. Die Türen wurden vom Personal geöffnet. Männer in weißen Dishdasha und rot-weiß-karierten Kopfbedeckung stiegen gemächlich aus. Manchmal kam noch eine Gestalt im schwarzen Niqab heraus, nachdem der zugehörige Mann schon einige Meter vor ihr im Hotel angekommen war.

Kein George Clooney, kein Sean Connery, keine Madonna oder Brangelina – keine Schönheit weit und breit. Nur schwarze und weiße Gestalten. Die große, kühle Lobby hielt das, was Latif mir zuhause vorgeschwärmt hatte. Hochgezogene Marmorsäulen und goldene Gitter an den Treppengeländern ließen den einzelnen Menschen klein und unwichtig erscheinen. Tausendfach glitzernde Kronleuchter nach französischem Vorbild gaben der Großzügigkeit des Hotels ihre warme Helligkeit.

Latif wendete sich zu mir. Der Glanz in seinen Augen sprach von Glück und Stolz. Sicherlich empfand er, ein Mann, andere Gefühle als ich. Ich sah nicht nur den Prunk. Die Überzahl der Gewänder waren weiß. Schwarze Gestalten durften nur im Zusammenhang mit ihrem Ehemann oder eines männlichen Familienmitgliedes erscheinen. Schwarz und weiß, wie die Figuren eines Schachspiels, saßen sie dort und tranken Tee. Männer mit Bärten an der Rezeption. Männer im Dishdasha an den Tischen.

Latif erledigte das Einchecken. Wieder stand ich in mäßigem Abstand hinter ihm und wartete beidbeinig. Die Frau, die Person der zweiten Reihe.

Nach Stunden der Finsternis konnte ich in unserer Suite Niqab und Abaya erleichtert lösen, meinen Kopf unbehindert bewegen und den Körper von der Schwere des Gewandes befreien. Ich hatte das Bedürfnis, mit einer Dusche das Gefühl der Unterdrückung abzuspülen. Ausgiebig und in Ruhe erholte ich mich. Wie gerne hätte ich mich im Spa-Bereich bewegt. Doch leider war auch dieser im Hotel ausschließlich für Männer. Der Rezeptionist hatte Latif bei seiner Nachfrage ausgesprochen ungläubig angesehen, als würde er von einem anderen Planeten kommen. Doch er informierte ihn über ein „*Spahouse only for women*“, das zwei Straßen weiter sei. Dort könne er einen Massagetermin für mich reservieren.

So nahm Latif seine Geschäftstermine wahr und ich hatte eine Stunde Zeit, bis mich die Hotellimousine zu diesem Spahouse fuhr. Mit einem Tee mit Milch und Zitrone setzte ich mich auf das große

Sofa. Gedanken durchquerten meinen Kopf. Es war ein anderer Kosmos, in dem ich mich hier befand. Kein einziges weibliches Gesicht war mir in der Lobby entgegengekommen. Nur Gestalten in schwarzen Gewändern. Eine Männerdomäne sondergleichen.

Es wurde Zeit, aufzubrechen. Der Weg in die Tiefe in dem gläsernen Lift, der Blick von oben war beeindruckend. Zum einen sah ich wieder das prächtige Gold, zum anderen wandelnde schwarze und weiße Gestalten. Keine frei wallenden Haare. Keine Nase, die vielleicht nicht zur Gesichtsform passte. Keinen schön geformten Body. Alle hatten, bis auf den Körperumfang, die gleiche Statur. Die wirkliche Individualität war unsichtbar. Sie war verschleiert. Die Menschen gingen in der Uniform des Landes ihren Weg.

Der Driver der Hotellimousine wartete in der Lobby. Die Fahrt glich einem Katzensprung, den ich nicht allein zu Fuß gehen durfte. Angekommen vor dem Spahouse erwartete mich ein Portier, der mir die Tür öffnete und mich zur Rezeption brachte. Wieder empfing mich Prunk und Glanz wie in einem Schloss. Eine freundliche Frau begleitete mich in den Bereich der Wellness. Dort sah ich sie dann wirklich – die verborgenen Schönheiten. Ich konnte einen Blick auf aalglatte Gesichtshaut erhaschen. Mit ihrer aufgetragenen Kosmetik hätten sie Modells der VOGUE sein können. Erschrocken ertappte ich mein Angesicht im Spiegel, das ich unter dem Niqab herausgezogen hatte und hoffte, sie nähmen es nicht wahr.

Zu Beginn der entspannenden Massage verlor ich noch einige Gedanken über diese anmutigen Frauen. Doch ziemlich schnell zog mich die Massage in ihren Bann und ich fühlte mich auf Wolke Sieben.

Mit frischem Sinn verschleierte ich mich wieder, ließ mich den Katzensprung zurückchauffieren, machte mich im Hotel als *„Black Woman"* ausgehfertig und wartete auf Latif.

Es war keine Frage, dass ich mich ausschließlich in der Abaya und dem Niqab im Hotel außerhalb unserer Suite aufhalten durfte. Wieder lief ich einige Schritte hinter Latif. Der gläserne Fahrstuhl brachte uns hinunter. Die Restaurants waren in drei Räume unterteilt. Ein Raum für männliche Singles, einen für Paare und einen für Familien. Wir nahmen unser Dinner im Bereich für Paare ein.

An diesem Abend war ich eine von ihnen. Bewusst konzentrierte ich mich auf uns. Doch es blieb nicht aus, dass ich das Paar am Nachbartisch sah. „Latif, ich fühle mich so fremdartig. Bei der Vorstellung, in Bahrain würde in ein paar Monaten die gleiche Situation vorliegen, wie sie hier alltäglich ist, vergeht mir der Appetit. Schon an viele Gegebenheiten konnte und musste ich mich gewöhnen, aber diese Einschränkung ist jetzt der Gipfel!"

„Was meinst du? Weil hier kein Alkohol ausgeschenkt wird?"

„Nein, das ist mir von Bahrain bekannt. Ich meine viel mehr diese schwarze Tracht, die sichtlich das Essen der Frau erschwert. Merkst du nicht, wie sie mich daran hindert, ordentlich und mit Würde zu essen?"

Diese Millionen Jahre alte Aufnahme des Mahls war hier eine Kunst. Ich beobachtete sie und sah, was auf mich zukam. Mit Messer und Gabel zu hantieren, war schier unmöglich.

Mein bestelltes Lammcarpaccio mit Kürbiskernöl sollte mir das Dinner erleichtern. Dennoch stand mir eine erschwerte Ausführung bevor, um die geschnittenen, hauchdünnen Lammscheiben unter dem Niqab in den Mund zu befördern. Die Umsetzung wurde durch die schwarzen Seidenhandschuhe nicht erleichtert. Vielleicht sollte es edel ausschauen, aber effizient war die Ausbeute nicht. Meine Finger rutschten sanft über die Gabel, deren Haltung in meiner Hand weich und gefühllos war. Meine mit Seide überzogenen Fingerkuppen landeten in dem Mix aus Kürbiskernöl und Balsamico. Abschlecken war nicht angesagt. Die ein oder andere Lammscheibe entglitt mir auf die weiße Tischdecke, das Öl lief herunter. Alles sah aus, als wäre ich die erste Frau, die unter einem Niqab essen müsste. Ich schämte mich. Aber es kannte und erkannte mich keiner und so sollte es mir doch gleichgültig sein.

Doch meine Beine waren anderer Meinung. In schnellem Rhythmus bewegten sie sich unter dem Tisch auf und ab. Die Nervosität hatte ein Ventil gefunden. Schnell wollte ich den Raum verlassen. Latif versuchte, die Situation zu beschönigen und redete mit einem Lächeln drauflos, als würde er dafür bezahlt.

„Ich glaube, ich verzichte auf den Rest des Dinners. Lass uns nach oben gehen, bitte."

Mit ernstem Blick sah er mich an. „Sophie, das ist unmöglich. Wie sieht das aus, wenn du jetzt den Raum verlässt, obwohl die Speise noch vor dir steht und du angefangen hast, zu essen. Meine Geschäftspartner schauen sowieso schon die ganze Zeit herüber."

„Verstehst du denn nicht, wie ich mich fühle? Diese Frauen sind das von jeher gewohnt. Sie kennen es nicht anders. Aber ich fühle mich zugeknöpfter als eine mittelalterliche Nonne. Eine unbarmherzige Angelegenheit ist das. Die Last auf meinem Kopf erdrückt mich. Auch Atemnot stellt sich wieder ein. Die Hitze unter diesen Stoffballen sammelt sich wie in einem Kessel. Latif, ich fühle mich total unwohl. Das Gefühl ist beängstigend." Ich legte die Gabel zur Seite. Mir war es gleich, ob sie auf dem Teller oder dem Tischtuch lag, aber ich hatte sie so schräg auf den Teller gelegt, dass er kippte und das Öl über die Tischdecke auf Latifs feinen Hosenstoff floss. Ich sah es nicht. Meine Hände übernahmen die Bewegung, die aus mir herauswollte.

Latifs Blick wollte mir mehr sagen. „Sophie, jetzt ist es gut. Nimm deine Hände unter den Tisch. Siehst du nicht, was du mit deiner Fuchtelei anrichtest."

Entsetzt bemerkte ich seine Hose. Ich beugte meinen Kopf so weit nach vorn, wie es möglich war. Doch um etwas genauer zu sehen, hätte ich aufstehen müssen. Und wer weiß was dann noch passiert wäre? Ich hätte schreien können und zwang mich doch zur Ruhe. „Wie bitteschön soll ich bei dieser Sicht, die so groß ist wie drei Financial Times aufeinandergelegt, irgendetwas sehen? Ich hätte im Gym meine Halsmuskulatur stärken sollen. Dann könnte ich jetzt meinen Kopf so drehen, wenden und beugen, um auch das kleinste Tohuwabohu zu entdecken. Das macht keinen Spaß. So gefällt mir das Leben nicht. Ich fühle mich wie eine Aussätzige. Latif, dieser Niqab erschlägt meine Seele.“ Ich spürte, wie sich mein Hals zuschnürte und Trauer in mir aufstieg. Mehrmals musste ich beim Reden schlucken, um gegen die Tränen anzukämpfen. Ich weiß nicht, ob Latif wirklich geistig neben mir saß. Er sah in die Runde und grüßte mit einem Lächeln fremde Menschen. Latif schien andere Probleme zu haben. Es kam mir vor, als sei ich für ihn in diesem Moment mit meinem Thema zweitrangig. Doch ich gab noch nicht auf und redete weiter. „Die ganze Situation könnte sich in ein paar Monaten in Bahrain abspielen.“

„Das wird nicht sein. Unser Land ist freier. Wir werden uns nicht so beherrschen lassen. Glaube mir.“

„Diese Einschränkung der Frau. Kannst du dir nicht vorstellen, wie es mir geht? Ich, die Europäerin, die Stewardess geworden war, weil ihr alles zu eng und klein erschien. Die stolz im Flugzeug auf und ab lief, sitzt jetzt verhüllt hinter dieser schwarzen Stoffmauer. Ich sehe nichts und darf nicht gesehen werden. Ich fühle mich überflüssig. Bin ich nur hier, damit du nicht allein am Tisch sitzt oder nicht mit deinen Geschäftspartnern reden musst? Ich mag nicht mehr.“ Entmutigt spürte ich, wie mein Esprit aus mir herausfloss. Ich sank in meinen Stuhl und ließ die Arme auf meinen Schoß fallen.

Latif musste meine Gestik empfangen und verstanden haben.

Als könne er plötzlich mein Problem nachfühlen, sagte er mit leidender Stimme: „Meine Liebe, Habibti, ich glaube dir. Und glaube du mir, ich bin sehr froh, dich neben mir zu haben. Deine Nähe zu spüren. Aber nimm wenigstens noch ein paar Happen. Versuche es, mir zuliebe. Habe noch ein wenig Geduld. Gleich haben wir es geschafft. Dann können wir wieder nach oben gehen. Und morgen können wir in unserer Suite dinieren, wenn dir das lieber ist?“

Innerlich kochte ich plötzlich vor Wut. „Welch eine unverfrorene Frage. Du sitzt in deinem maßgeschneiderten Anzug neben mir, hast deinen Kopf nicht eingewickelt wie eine Mumie und bewegst dich frei.

Dich betrifft diese Einschränkung nicht."

Latif nahm einen Schluck seines erfrischenden Wassers „on the rocks" und tupfte den Mund mit der Stoffserviette ab. Eindringlich sah er in meine Augen, die durch den schmalen Stoffritz des Niqabs zu sehen waren. „Habibti! Von ganzem Herzen sage ich dir, dass ich dich viel lieber ohne Niqab sehe. Der Anblick deiner weichen Gesichtszüge in deinem schönen Gesicht sind mir tausend Mal lieber als alles andere. Und deine graziösen und lackierten Fingernägel strahlen viel mehr Wärme aus als diese schwarzen Fingerhandschuhe, auch wenn sie aus Seide sind. Du hast so schöne Hände, die du nicht verstecken musst." Latif schaute mich an und ein Lächeln zog über sein Gesicht. „Ich verrate dir ein Geheimnis."

Er machte mich neugierig. „Was willst du mir denn hier jetzt beichten?"

„Ich ertrage diesen Anblick, deinen Körper verhüllt in dieser Schale nur, weil ich an unsere Hochzeit denke. Das Bild vor meinen Augen sehe, an dem du mich so strahlend, glücklich und verliebt in deinem cremefarbenen Hochzeitskleid angesehen hast."

Mein Grinsen konnte er nicht sehen, aber vielleicht konnte er den weichen Klang in meiner Stimme erhören. „Du meinst, die Kraft der Gedanken ist die wirkliche Lösung jeglicher Probleme."

Latif zog die Schultern hoch. „Schau, meine Liebe, ich befinde mich in einer Zwickmühle. Dort drüben sitzt mein zukünftiges Geld und neben mir sitzt meine einzige und wahre Liebe. Es sind zwei mega divergierende Kulturen, die sich in diesem Raum treffen." Latif näherte sich mit seiner Hand meinem linken Arm. Doch durfte er ihn nicht berühren. Seine liebevollen Worte liefen wie warmes Öl an mir herunter. Seine rehbraunen Augen, die mich treu ansahen, sagten mir: Ich bin bei dir und alles wird gut, denn ich liebe dich.

„Mussten wir extra in das strenggläubigste Land der Welt fahren, damit du mir solch warmherzige Worte zuflüsterst?"

Latif zog die Augenbrauen hoch und sagte mit einem feinen Lächeln: „Vielleicht muss ein Kamel zuerst durch ein Nadelöhr, um in die Freiheit zu gelangen.“ Überrascht von seinem neuen Redestil saß ich sprachlos neben meinem treuen Latif. „Liebe Sophie, halte noch durch. Gleich beenden wir diese Session. Zur Belohnung gehen wir morgen in das beste Geschäft des Hauses, ‚Die Sonne der Uhren‘. Dort suchst du dir aus, was immer du willst.“

„Latif, ich könnte bei deinen Worten dahinschmelzen. Doch den Trick mit einer neuen teuren Rolex hättest du lassen können.“

„Warum das denn jetzt? Das war doch immer dein Ding.“ Enttäuschung lag in seiner Stimme.

„Du sagst es. Es war mein Ding. Ich weiß nicht, ob ich es noch wirklich brauche, um glücklich zu sein. Außerdem predigst du mir stets, wir hätten kein Geld. Schon als du mir die Kamera schenktest, war ich erstaunt. Willst du mich mit den teuren Geschenken von der Realität ablenken und bei Laune halten?“ Gedankenversunken spielte meine mit Seide überzogenen Finger auf der befleckten Tischdecke. Dabei drängte sich ein ungeheuerlicher Impuls in meine Gedanken. Empört fuhr ich auf. „Latif, die Luft, die schon so trügerisch ist, wird jetzt aber wirklich zu dick in diesem Raum. Ich bin kein Kind mehr. Du solltest schon offen mit mir umgehen. Hast du etwa irgendwo noch mehr Geld gebunkert und lässt mich im Dunkeln tappen, was deine, meine, unsere finanzielle Situation angeht?“

Mit einem Male hatte ich einen kleinen Jungen neben mir sitzen, der mich ansah, als habe ich ihn ertappt. Ich nahm seinen Blick auf und schluckte jeden weiteren Kommentar hinunter. Mir erschien die Situation sonnenklar. Latif hatte stets gespürt, wie glücklich mich manch neues Geschenk machte. Er wollte eine zufriedene Sophie, die ihm zur Seite stand. Das glaubte er nur über den Weg des Materiellen zu erreichen. Zwar war Latif auf dem richtigen Weg, aber er setzte die falschen Hilfsmittel ein, um ans Ziel zu kommen.

Trotz aller Strapazen hatte sich die Reise gelohnt. Wir verkürzten das Dinner und genossen eine weichgebettete Nacht. Meine Gefühle der Unterwürfigkeit verschwanden im Rausch dieses Taumelns. Am nächsten Tag entschied ich mich, die erstklassige Suite mit ihren Vorzügen zu genießen. Latif hatte wieder einige Geschäftstermine. Den Abend genossen wir in Ruhe und Zweisamkeit in unserer goldenen Herberge.

Die Heimreise trat ich mit glücklicheren Gefühlen als die Hinreise an. Erleichtert sah ich die Grenze und die Brücke.

Latif schien meine Gedanken zu erahnen. Er griff nach meiner Hand. „Meine liebe Sophie, glaube mir, auch ich bin froh, wieder zuhause zu sein. Ein Leben unter solchen Repressionen ist für uns beide keine Option."

XVII. Kapitel

Zurück in Bahrain spürte ich in mir ein Gefühl des neu gefundenen Glücks. Ich glaubte, zwischen Latif und mir das altbekannte Knistern zu empfinden, das Wärme verbreitete. Frohen Mutes fuhren wir die letzten Kilometer zu unserem Heim. Meine Kopfbedeckung durfte ich wieder entfernen. Die aufgebürdete Last, die ich nie wieder tragen wollte, hatte mir zeitweilig echte Unmenschlichkeit zu fühlen gegeben.

An diesem Donnerstagnachmittag, dem arabischen Samstag, an dem gewöhnlich die Straßen von den Wochenendgenießern überfüllt waren, lag eine besondere Stimmung in der Luft. Latif konnte per Telefon erfahren, dass sich die Schiiten nicht einschüchtern ließen und die Regierung zu anderen Mitteln greifen wollte, von denen keiner genau wusste, was gemeint war. Ich sah nichts Gutes auf uns zukommen.

Am Abend des gleichen Tages erledigte ich diverse Einkäufe in der Mall und im Fresh Market. Ich fuhr auf den Straßen der Bewegung. Es war die Bewegung der Revolution. Manche Straßen waren gesperrt und Geschäfte geschlossen. Unfreiwillige Umwege waren zu nehmen. Wieder flogen brennende Reifen von den Autobahnbrücken. Die Sunniten unterdrückten weiterhin die Schiiten. Ihre Vorherrschaft wollten sie auf keinen Fall aufgeben. Die Königsfamilie unseres Landes war nicht konfliktbereit. Sie gab sich demokratisch orientiert und wurde als konstitutionelle Monarchie bezeichnet, die aber nicht in der Lage war, eine Opposition und andere Meinungen zu akzeptieren und schon gar nicht mit ihnen umzugehen. Das Regime stellte sich mit seinen Handlungen selbst in Frage. Und im Gegenzug wurden die

Aktivisten kreativer, blockierten mit Autos die Autobahnen, um die Wirtschaft des Petro-Dollars zu schwächen. Dennoch hatten nur wenige den Mut, sich für die Freiheit und gegen die Petro-Dollars auch in friedlichen Demonstrationen zu entscheiden.

Nicht nur auf der Straße war der Konflikt erkennbar. Auch in den Geschäften wurde der Alltag langsam schwieriger. Das Angebot in seiner Vielfalt wurde geringer und die Frische der Lebensmittel ging zurück. Die Revolution nahm immer stärker das gesamte Volk ein. Unzufriedenheit wuchs.

Ich brauchte jemanden, um mich mitzuteilen. Jemand, der zuhörte und keine Fragen stellte. Und das ging per Mail am besten. Oiva! Ich weinte mich aus. Die vielen Erlebnisse der letzten Tage und Wochen berichtete ich ihr. Meinem Zorn, verbunden mit dem Unmut, dem Allein-gelassen-Sein ohne meine eigene Familie machte ich Luft.

Ich hatte niemanden, zu dem ich die Kinder für eine Nacht oder für ein Wochenende bringen konnte. Ich durfte nicht mit einer Freundin übers Wochenende einen Kurztrip unternehmen. Ich hatte immer da zu sein, was ich auch gerne machte, aber manchmal hatte ich Lust auf ein Reißaus. Und spätestens dann musste Oiva herhalten. Ich klagte ihr mein Leid.

Aber vielleicht hätte ich gar keine Sehnsucht nach einem Wochenende für mich, wenn die Halbinsel noch so wäre wie vor zwanzig Jahren, als wir hier angekommen waren? Wo ist unser exotisches Land mit seinen farbenfrohen Mosaiken und Ornamenten und der Leichtigkeit des Seins? Wo ist das Leben, das uns hier gehalten hat? Oder befand sich schon damals die arabische Freiheit hinter Mauern? Mauern, hinter denen sie den offiziell unerlaubten Alkohol trinken, wo der Tanz der dürftig gekleideten Bauchtänzerinnen die Herrschaften bezirzt.

War mir zu jener Zeit nicht bewusst gewesen, dass es nur einen eingezäunten Strand am Meer für die Reichen im First-Class-Hotel und die Königsfamilie gab? Oder habe ich das alles zwischen den Landungen und Abflügen in die große, weite Welt nicht richtig wahrgenommen? Was war derzeit los? Und was ist nun? Nun vergesse oder verdränge ich aktuell alles, was mir missfällt, so habe ich doch eine schöne Zeit, mailte ich Oiva.

Während des Schreibens, beim Revuepassieren, kam es zum Gefühlsausbruch. Obwohl sich die Beziehung zu Latif wieder besserte, fühlte ich mich in diesem Moment allein. Keiner sah und hörte mich. Ich weinte über ein unzufriedenes Leben, in dem trotz allem meine Liebsten die Wichtigsten waren. Diese Art der Trauer teilte ich Oiva nicht mit. In die Datei gab ich ein paar Bilder mit fröhlichen Gesichtern eines Kindergeburtstags, beim Schulsport und Golfen. Auch eines aus dem verschleierten Saudi Arabien.

Nach dem Klick auf den Sende-Button ging ich in die Küche und machte mir einen Tee mit Milch. Angel bereitete das Essen vor. Sie schnitt Karotten, Tomaten, Paprika für den Salat.

Wir standen dort fast nebeneinander. Ich rührte in meinem Tee und schaute ihr gedankenlos zu. Während Angel ihre Arbeit verrichtete, machte sie etwas, was sie sonst nie tat. Sie schaute mich von der Seite an.

Bevor ich sie nach dem Grund fragen konnte, begann sie mit einem Gespräch. „Madame, darf ich mit Ihnen reden?"

„Ja, sicher."

„Ich habe in den letzten Tagen an den stromlosen Abend und die Zeit danach denken müssen. Sie haben Ihre Angst wirklich toll vor den Kindern verbergen können. Mir aber entschuldigen Sie meine Bemerkung ist Ihre Angst selbst in der Dunkelheit bei Kerzenlicht aufgefallen. Das ist auch nicht schlimm, Madame, Angst zu haben in einem Land, in dem Gewalt herrscht und Schüsse so nah zu hören sind, als seien sie vor der Tür." Überrascht hörte ich ihr zu und sah, wie beflissen sie das Gemüse klein und fein schnitt, während ich an meinem Tee nippte.

„Ich wurde an meine Zeit zuhause erinnert. Bei uns war die Revolution sozusagen in der Familie. Mein volltrunkener Vater, der mit lautem Holter und Gepolter schon von Weitem zu hören war, wenn er nach Hause kam und wieder auf meine Mutter einschlug, weil sie sich verweigerte. Es waren fürchterliche Geräusche, die noch immer in meinem Kopf festsitzen. Wir Kinder haben uns versteckt. Ich war die Älteste und nie sicher, was danach kommen würde. Meine Mutter war zu schwach. Sie wollte ihn nicht rausschmeißen. Schließlich ging ich und wollte mein Leben anders gestalten. Aber Sie wissen, mit meinen fünf Kindern von zwei Männern ist es mir nicht wirklich gelungen. Nachdem mein Vater alles versoffen hatte, gab es viel Arbeit und wenig Bildung. Deshalb ist es mir bei meinen Kindern umso wichtiger, für eine gute Bildung zu sorgen." Angel sah mich mit nachdenklichem Blick an.

Ihre Offenheit überraschte mich. Angel sprach nie so viel. Ich ließ sie reden und unterbrach sie nicht. Ich war betroffen. „Angel, das ist nicht einfach für dich. So weit von deinen Kindern weg. Nie da zu sein, wenn sie krank sind oder Probleme haben. Aber du machst es wirklich blendend. Das zeichnet dich aus. Ich sehe oft, mit wie viel Geduld und Hingabe du mit meinen Kindern spielst." In diesem Moment, als ich es sagte, wurde mir klar, dass sie ihre ganze Liebe, die sie als Mutter ihren Kindern gerne schenken würde, meinen Kindern für ein paar Dinar gab. Sie ließ das Liebste, was sie hatte, hinter sich auf den Philippinen, um ihnen Bildung zu ermöglichen. Angel gab alles. Ihre Kinder sollten ein besseres Leben in ihren Familien führen. Tiefen Respekt fühlte ich ihr gegenüber. Doch wollte ich es als ihre Madame nicht zu offenherzig zeigen. „Du gibst dir auch wirklich große Mühe, meinen Aufträgen perfekt nachzukommen."

„Entschuldigen Sie bitte, Madame. Solche Gedanken zu haben, steht mir nicht zu, aber ich glaube, die Sirs und Madames vergessen immer, welche Grundausbildung wir haben und wo wir herkommen. In unserem Heimatland herrscht ein ganz anderer Standard, den man mit hier in keiner Weise vergleichen kann." Angel hielt inne. Sie unterbrach ihre schnellen Bewegungen mit den emsigen Fingern und schaute in die kopfhohe Schranktür, in der sie ihr Spiegelbild erkennen konnte. Es schien mir, als habe sie das Gefühl, sie spräche mit dem

Spiegel und ich sei nicht anwesend. „Sie denken, wir seien billige Arbeitskräfte und müssten alles, was sie sagen, sofort korrekt ausführen. Aber viele Geräte und Dienste gibt es bei uns nicht in dieser Form. Und die Hitze bringt uns dazu, langsamer zu arbeiten. Manchmal wünschte ich mir mehr Verständnis von den Familien. Und auch manchmal eine bessere Arbeitshaltung von den anderen Service-Kräften, die im gleichen Haus arbeiteten wie ich. Madame, entschuldigen Sie nochmals. Ich arbeite schon so lange in Ihrem Haus und wir reden immer wieder miteinander, wenn Sie alleine sind. Und nach jenem Abend hatte ich das Bedürfnis, Ihnen zu sagen, wie großartig Sie vor Ihren Kindern aufgetreten sind. Schließlich ist es für Sie auch nicht einfach."

„Ja, Angel, da hast du recht. Wir beide sind Ausländer in diesem Land. Für uns beide ist auf seine Weise vieles fremdartig. Doch wir haben uns hierfür entschieden. Wir müssen die Herausforderung annehmen und unsere Aufgabe erledigen." Und gedacht habe ich mir noch: In einem Leben ohne Demut fehlt die Wehmut.

Versunken in das Gespräch hielt ich ihr eine Karotte nach der anderen entgegen und schaute mich um. Mit den Elektrogeräten, die an der Wand hingen oder im Schrank für den dreimaligen Gebrauch im Jahr verstaut waren, hatten wir nicht selten bei der ersten Benutzung eine Anfangstüftelei zu überstehen. Wie musste es dann für Angel gewesen sein? Das Gespräch brachte Neuigkeiten an den Tag, an die ich zuvor keine Gedanken verschwendet hatte. Angel warf ein neues Bild auf die täglichen Abläufe im Haus. Sie war in ihrem Redeschwall, den sie immer dann hatte, wenn sie sich angenommen oder gefragt fühlte. Sie redete in ihrem Englisch, das ich nicht immer verstand. Ich konnte den Zusammenhang erahnen, wenn sie den einen oder anderen Satz wiederholte.

„Danke, Angel. Da hast du jetzt viel gesagt, was dich wahrscheinlich schon lange beschäftigt hat. Aber bei allem darfst du nicht vergessen, dass wir für deine Grundausbildung, um im Haushalt zu arbeiten, bezahlten und auch jeden Flug in deine Heimat. Ich verstehe dich."

Oh! Ich hörte meine Worte. Sie klangen wie Latifs, wenn er mir einmal mehr die Kostenaufstellung vorhielt. Schnell wechselte ich das Thema. Mit einem Lächeln fragte ich: „Aber sag, wie geht es deinen Kindern?“

„Danke! Gut!“

„Wie alt sind sie?“

„Die Jungs sind vierundzwanzig und dreiundzwanzig. Und Maria ist einundzwanzig.“

„Was machen sie inzwischen?“

„Die beiden Söhne sind glücklich verheiratet und arbeiten in einem Café. Meine Tochter studiert noch.“ Stolz lag in ihrer Stimme. Wie automatisch zog sie ihre Schultern nach hinten und hob leicht den Kopf, ohne dabei von ihrer Arbeit wegzusehen.

„Du hast noch regelmäßig Kontakt zu ihnen?“

„Ja, wie ausgemacht. Einmal im Monat telefoniere ich. Madame, ich bedanke mich dafür sehr bei Ihnen.“

„Und wie hast du es gemacht, wenn sie krank waren?“

„Dann rief mich eines meiner Geschwister an und hinterließ eine Nachricht. Ich habe in Absprache mit Ihnen, Madame, zurückgerufen und ihnen meistens mehr Geld für Medikamente geschickt.“

„Das klingt alles gut. Aber, Angel, wenn du für die Gesundheit deiner Familie Geld benötigst, dann komme bitte zu mir. Ich weiß, du bist ehrlich und verdienst mein Vertrauen.“

„Ich danke Ihnen, Madame. Sie sind so gut zu mir. Nie würde ich Sie ausnutzen oder hintergehen.“ Mit einem dankbaren Blick schaute sie mich an.

„Ich bin auch zufrieden mit dir. An deiner Arbeit gibt es auch nicht ernsthaft etwas zu bemängeln. Stets war ich froh, dich schon als Maid gehabt zu haben, als die Mädels auf die Welt kamen. Du warst immer eine große Unterstützung für mich. Du hast die Arbeit gesehen. Ich musste sie dir nicht auftragen.“

Ich dachte nach. Bevor ich weiterredete, nahm ich noch einen Schluck meines Tees. „Es liegt auch an beiden Parteien. Ich meine, wenn die Arbeitgeber auf die Angestellten eingehen und sie nicht wie Menschen niederer Klasse behandeln, dann kann man auch von ihnen gute Arbeit verlangen. Dazu fällt mir ein Bild ein, aus Dubai am Strand, das ich voller Entsetzen gesehen habe." Ich stellte meine Tasse ab und lehnte mich mehr an den Küchenschrank, so dass ich frei und beweglich war. Denn das, was ich dann sagte, brachte ich mit großer Dynamik meiner Arme zum Ausdruck. „Eine junge arabische Familie. Vater, Mutter, etwa zehnjähriger Sohn, sechsjährige Tochter und ein Kind, das noch den Buggy benötigte. Die Maid hielt die Tochter an der einen Hand und schob mit der anderen den Buggy. Das ging natürlich nur solange, wie sie auf Teer liefen. Dann kam der Sand. Sie ging mit dem Kleinkind hinterher. Das hatte jetzt Schwierigkeiten beim Laufen. Also nahm sie es auf den rechten Arm. Mit der linken Hand wollte sie den Buggy schieben. Wohl gemerkt, schieben." Ich schaute Angel ausdrucksvoll an und griff mit der Hand an meine Stirn. „Jeder Mensch weiß, dass man einen Buggy im Sand nur ziehen kann, dachte ich immer. Aber ich sah, dass es immer noch Leute gibt, die das nicht wissen. Die Maid kam mit Sack und Pack der Familie nicht nach. Das Kleinkind quengelte. Die Mutter drehte sich um und rief etwas zu ihrem Mann. Der telefonierte immer noch mit seinem Hightech-Handy, blieb stehen und schaute zurück. Die Mutter war in ihrer Abaya hilflos und der Junge kümmerte sich nicht. Der Vater bewegte sich zum Schimpfen zwei Schritte zurück. Mit der Hand unterstützte er seine Rede und machte eine Handbewegung, dass sie zurückgehen sollen. Das war typisch Mann. Er hatte sich in seiner Hightech-World gesonnt und ließ die Mutter mit dem Problem allein. Beziehungsweise er löste es, indem er sie zurückschickte, damit er machen konnte, was er wollte. Stell dir vor – die Mutter ist mit den Kindern und der Maid tatsächlich zurückgegangen, mit all dem Strandspielzeug und den Badesachen, die am Buggy hingen. Und der Vater trabte allein in Schuhen durch den Sand in Richtung Meer. Es war unglaublich, wie unfähig diese Familie war, gemeinsam zum Meer zu kommen. Sie können die modernsten iPods und iPads bedienen, aber die einfachsten Dinge, die sie mit den Genen ihrer Beduinen-Großväter locker bewältigen könnten, denen sind sie nicht mehr gewachsen. Also, Angel glaube mir, ich verstehe dich."

„Sie meinen, die Opas sind mit Buggys durch die Wüste gewandert?" Angel grinste mich an. Zunächst wunderte ich mich, doch dann bemerkte ich ihre Gesichtszüge und lächelte.

„Madame, ich bin froh, bei Ihnen arbeiten zu dürfen. Ich habe nur gesagt, wie ich es vorher erlebt habe." Angel schnitt emsig weiter. Ihr Blick haftete auf ihrer Arbeit.

„Angel, du siehst, es gibt solche und solche. Wir sind froh, uns gefunden zu haben."

Angel schaute mich mit einem zufriedenen Gesichtsausdruck an, bei dem ich auch Glück zu sehen glaubte. Ich stellte meine leere Tasse ab und strich Angel mit Wohlgefallen über die Schulter. Ich ging die Treppe hinauf in mein Schlafzimmer, zog die Vorhänge vor und wollte die nächsten zwei Stunden für mich haben. Nichts sehen. Nichts hören. Meinen erholsamen Schlaf für die Abendstunden mit den Kindern nehmen.

Allerdings war ich zu aufgewühlt, um Ruhe für den Schlaf zu finden. Angels Gespräch mit ihren Lebenserfahrungen, meine Situation im Hier und Jetzt und meine Vorstellungen vom Leben. Drei verschiedene Seiten vom Leben. Meine Gedanken drehten sich um meine Ansprüche, meine Müdigkeit und meine Willenlosigkeit. Ich hatte alles und hatte nichts und war unzufrieden. In mir kam wieder das Gefühl auf, dass sich etwas ändern musste. Die Kinder waren nicht mehr klein. Es war ihre Pubertät und vorpubertäre Zeit. Und nach dem Sommer nehme ich mir mehr Zeit für mich und dann mache ich mein Ding. Nur – welches?, grübelte ich.

XVIII. Kapitel

Ein paar Wochen vor den Sommerferien klingelte das Telefon. Draußen brütete die Hitze und die Revolution tobte ungehindert weiter. Udako war am Apparat. Schon einige Jahre hatte ich nichts mehr von ihr gehört. Sie war mit ihrem Mann Peter zurück nach Namibia gegangen. Dort übernahm Peter die Filiale seiner Bank, bei der er schon in Bahrain gearbeitet hatte. Udakos Anruf holte mich aus dieser dunklen Phase meines Lebens.

„Hallo, Sophie, ich bin´s, Udako aus Namibia. Kannst du dich noch an mich erinnern?"

„Udako! Udako, meine Beste. Natürlich weiß ich noch sehr gut, wer du bist. Du gingst damals kurzfristig mit deinem Mann in eure Heimat. Ja, ich weiß noch, wie traurig ich war. Aber dafür umso erfreuter jetzt. Wie geht es dir? Und wo bist du jetzt?"

„Du, wir können bald ausgiebig reden, denn dann bin ich für zehn Tage mit Peter in Bahrain, und da dachte ich, dass wir uns wieder mal treffen."

Wir verabredeten uns für Dienstagnachmittag im „Le Café". Der Anruf hatte mich verzückt. Die nächsten Tage waren schnell vergangen und mein Esprit kam langsam wieder hervor. An jenem Morgen kämmte ich nach der Dusche meine Haare streng aus dem Gesicht nach hinten und steckte sie mit einer größeren Haarklammer zusammen. Das Makeup legte ich bei der Hitze dezent auf. Ein Hauch von Ausgeglichenheit sollte es sein. In der bequemen, blauen Jeans mit den breiten Hosenbeinen und einer weißen Bluse, die meinen Po bedeckte, zog ich los. Der Verkehr lief mäßig. Wenig Raser und Huper. Dafür musste ich wieder einmal auf Inder oder Pakistanis achten, die mit ihrem Rad auf dem Highway in umgekehrter Richtung radelten. Wie so oft waren sie auf der falschen Spur.

An der Ampel schaute ich mein Gesicht im Spiegel an und blickte in trübe Augen. Aus dem Radio war der Song „I feel sexy, I love my body“ zu hören, der meinem Wohlfühl-Gefühl keine Steigerung gab. Ein wenig aufgeregt war ich schon. Wie sieht sie aus? Wie geht es ihr? Und was ist mit mir? Ich werde als unerfüllte graue Maus neben ihr im bunten Kleid stehen, dachte ich und konzentrierte mich auf den Verkehr.

Die großen Palmen vor dem Haus, in dem die französische Boulangerie und Patisserie „Le Café“ einquartiert war, verbreiteten eine entspannte Atmosphäre. Bambus, Palmen und rosafarbener Oleander standen am Fußweg vom Parkplatz zum Eingang Spalier und spendeten angenehmen Schatten. Ein Springbrunnen befand sich vor dem Eingang. Französischer Flair, untermalt von Chansons, lag in dem hellen Raum, der durch die Pflanzenvielfalt, die das Café in der Mitte teilte, unterstützt wurde. Es war ein Café der Augenweide und des Schmausens.

Ein Fensterplatz mit Blick auf die Oase im Innenhof hatte uns die Serviererin, Antoinette, reserviert. Meine Augen hingen wie gefesselt an der natürlich grünen Schönheit. Gedankenlos beobachtete ich einen kleinen, gelben Vogel, der fleißig umherschwirrte. Dann nahm ich einen Geruch wahr, der mir nur zu vertraut war. Ich schnupperte und drehte meinen Kopf.

Wunderschön in Lila mit Orange auf grüner Seide und dem passenden Haarband. Geschmackvoll. Selbstbewusst. So stand sie neben mir. Ihre weißen Zähne und die leuchtenden, glanzvollen schwarzen Augen spiegelten Zufriedenheit und ein glückliches Leben wider. Ich war stumm. Sah sie an. Stand wie versteinert auf und ließ mich in ihre weit geöffneten Arme sinken. Sie war es. Meine beste Freundin Udako aus Namibia. Fest umarmten wir uns inniglich. Der Glanz mühsam unterdrückter Tränen stand in den Augen.

„Hallo, meine Liebe“, ich brach ab und holte tief Luft, „es tut so gut, dich zu sehen und dein herzliches Lachen zu hören.“

„Sophie, ich freue mich, dass ich hier bin. Als Peter mir von seiner Reise erzählte, wollte ich sofort mit. Unbedingt wollte ich dich sehen.“

„Die Überraschung ist dir grandios gelungen.“

Die Serviererin nahm, nachdem wir sie zweimal zurückgewiesen hatten, unsere Bestellung auf. Einen Café Latte, Croissants mit Marmelade und Orangensaft. Ganz klassisch.

Udako berichtete von ihrem Leben im schönen Namibia mit seinen vielen Oasen und Nationalparks. Peter, ihr Mann, arbeitete noch immer bei der gleichen Bank. Nun war er hier, um wegen der brenzligen Lage in Bahrain für Ordnung zu sorgen und um ein paar Wogen der Finanzkrise zu glätten. Glücklich verheiratet und kinderlos kümmerte sich Udako ehrenamtlich um die Bildung der Kinder im Ort. Sie organisierte Wohltätigkeitsveranstaltungen, um Spenden für Schulen und Kindergärten zu bekommen. Ich konnte ihr ansehen, welch große Zufriedenheit sie aus dieser Arbeit zog. Sie beeindruckte mich durch ihre ruhige Ausgeglichenheit, die jedoch Power in sich hatte.

„Jetzt habe ich die ganze Zeit aus meinem Leben erzählt. Sag, was macht deines?“

Urplötzlich, wie auf Knopfdruck, kam meine Maske heraus. Mit meinem gekonnten Lächeln erzählte ich ihr von unseren wunderbaren Kindern, die in der Schule gute Ergebnisse einfuhren. Von Latifs tollen Jobs als Selbständiger, Finanzmakler, Immobilienbesitzer. Von meiner Arbeit als Chauffeur auf den überfüllten Straßen mit dem weichen erhitzten Asphalt. Und von meiner Abwechslung im Fitnesscenter mit der russischen Personaltrainerin.

Die feinfühlige Udako hatte das Gespür, jede Veränderung an ihren Freunden sofort festzustellen, bevor die betreffende Person es aussprach. „Aber Sophie, was macht dein Leben? Nicht, was macht das Leben mit dir? Was macht dein Leben? Wo stehst du auf deiner Reise? Deine Augen verraten mir mehr, als du sagst.“ Jeder rührte in seinem Café. Stille. Udako schaute auf. „Ich habe da eine Idee! Was habt ihr in den Sommerferien vor?" Ihr Blick ließ nicht von meinen Augen, als wolle sie mich einbinden.

„Dieser Sommer wird zum ersten Mal anders sein. Jeder will seinen Weg gehen, um vor der Revolution zu fliehen." Nachdem ich Udako berichtet hatte, wer in der Familie wo den Urlaub verbringe und ich noch nicht wusste, wohin, lud sie mich für drei Wochen nach Namibia ein.

„Das klingt wunderbar. Es könnte einer meiner Träume sein. Es wird auch einer bleiben, denn Latif wird mich nicht allein ziehen lassen."

Udako ließ nicht locker. Sie tischte einen Plan auf, dem ich erwartungsvoll entgegensah.

Zuhause erzählte ich Latif erfreut von unserer Begegnung. Ich nahm all meinen Mut zusammen und trug ihm die Idee mit der Lösung vor. Die Art des Lächelns ließ mich seine Antwort vermuten. Sie konnte man auslegen, wie man wollte.

„Warten wir ab, was kommen wird. Es ist noch lange bis dahin." Ich bemerkte ein Augenzucken und das Hochziehen der Stirn in seinem Gesicht. Oh, Oh! Das bedeutete nichts Gutes. Abermals versuchte ich mit einem verliebten Blick, der meine innere Wärme zum Ausdruck brachte, seinen Bann auf mich und meinen Wunsch zu ziehen. Latif saß mir am Küchentisch gegenüber und sah mich neugierig und zugleich verständnislos an. Mit meiner vollen Überzeugungskraft legte ich los. „Jetzt lass mich doch einmal in unserer langen Ehe zu meiner allerbesten Freundin fliegen, die ich Jahre nicht gesehen habe."

„Wie stellst du dir das vor?"

„Schau, es ist in den Ferien. Also liegt kein Schul- und Hobbystress der Kinder vor. Du könntest einen tollen Urlaub mit Ahmet und Chayma in einem arabischen Land, ganz nach deinen Vorstellungen, haben. Komm! Überlege es dir nochmal. Einmal! Bitte! Drei Wochen vergehen ohnehin schnell."

„Ich will nicht, dass du alleine bist." Latif räusperte sich und fuhr mit der Hand über den Nacken. Für ihn, einen Moslem, war das Thema „Die Familie fährt getrennt in den Urlaub“ eine neue Unbekannte.

„Nur während des Fluges bin ich allein und dann bei Udako auf ihrer Farm außerhalb der Stadt. Was soll mir passieren? Du weißt, ich liebe dich. Tagsüber wird Udako mir das Land mit seinen Eigenarten zeigen und abends werden wir am Kamin sitzen und bei einem Rotwein plaudern. Ich werde bei ihr wieder meine Ausgeglichenheit finden. Das ist gut für mich und auch für uns alle.“

„Namibia mit seinem roten Sand und den großen Dünen. Den hast du auch hier aus dem Saudiland, deswegen musst du nicht so weit wegfahren.“ Latif reagierte nicht auf meine Worte. Er schaute nachdenklich auf sein Handy und fuhr fort. „Wobei, wenn ich es mir recht überlege ...“ Der Ton in seinen Worten hörte sich nach Ablehnung oder Provokation an. Ich erwartete nichts Gutes.

„... ist die Reise gar nicht so schlecht. Du willst doch sowieso eine Veränderung. Und da Namibia einmal eine deutsche Kolonie war, zwar keine österreichische, dennoch deutschsprachig, könntest du gleichzeitig nach einer Immobilie Ausschau halten.“

Typisch Latif! Er ließe mich gerne ziehen, wenn ich nach einer Immobilie schauen würde. Als ob wir nicht mehr als genug davon hätten. Mir schauderte. Mit einem Lachen ersparte ich mir das Nachdenken.

Latifs Handy klingelte. Er ließ mich sitzen, nahm seinen Laptop und ging. Zumindest hatte er zum Schluss kein klares massives „Nein“ von sich gegeben. Hoffnung schwellte in mir.

Mit diesem beflügelnden Gefühl ging ich gleich an meinen Computer. Oiva! Ich sandte ihr eine Mail. Das schöne Bild aus dem Café, auf dem die farbenfrohe Udako mit dem Glanz in ihren Augen und meine triste Anwesenheit zu sehen waren, legte ich in den Anhang.

Am Nachmittag, als Latif wieder bei seiner Arbeit war, rief ich Udako an und berichtete ihr von der Situation. Und überdachte nochmals die Idee mit der Immobilie.

„Siehst du, die Tür ist schon mal nicht ganz zu. Alles wird gut.

Wenn du willst. Glaube daran und stelle dir vor, du sitzt im Flugzeug auf dem Weg nach Namibia."

Mit dieser Vorstellung rasten die Tage dahin. Bald sollte unser gemeinsames Dinner mit aller Überredungskunst stattfinden. Beschwingt lief ich durch das Haus und erledigte meinen Job als Mutter und Ehefrau. Latif gefiel meine Veränderung. Er lächelte öfter, hatte ein freundliches Wort auf den Lippen und war nicht mehr so streng zu den Kindern. Bis zu diesem Zeitpunkt standen die Sterne gut.

Der Abend der Offensive war gekommen. Peter und Udako erzählten viel von Namibia und dem herrlichen Klima im Südwinter von Juni bis September. Leider sei es die regenfreie Zeit, so dass mir die Sicht einer blühenden Wüste mit frischem Grün versagt bliebe. Aber dafür gäbe es genügend andere grüne Naturoasen.

Peter und Udako hatten großes Talent, ihr Leben in Namibia schmackhaft vorzustellen. Ich führte mir den erfrischenden Wasserfall, umgeben von einer Oase, gedanklich vor meine Augen. Der Duft nach neuem Leben zog um mich. Der knallblaue Himmel ohne eine einzige graue Wolke, mit nächtlicher Sternenparade am Horizont zeigte sich vor meinem inneren Auge. Abenteuer lag in der Luft. Ich spürte Latifs Blick. Er beobachtete mich. Seit langer Zeit fühlte ich eine wohlige Wärme in mir.

Beim Dessert kam Udako zum Thema. „Latif, du hast begeistert den Ausführungen unserer Heimat und Arbeit gelauscht. Ich glaube nicht, dass dir entgeht, wie glücklich deine geliebte Sophie aussieht. Alles ist perfekt. Wir wollen sie ja nicht entführen. Im Gegenteil, wir sorgen für Sophie. Sie wird sich blendend erholen und ihre geliebte Natur genießen. Sie wohnt bei uns im Haus. Wir nennen es den Westflügel für Gäste. Ihr Bereich hat ein großes Schlafzimmer, ein Bad und ein Wohnzimmer mit Kamin für die kälteren Abende. Da kann sie sich zurückziehen, wenn ihr alles zu viel sein sollte."

Latif hörte ihr interessiert zu. Alle Blicke richteten sich erwartungsvoll auf ihn. Sein Gesicht nahm weiche Züge an, die ihm einen aparten

Ausdruck verliehen. Mit unruhigen Fingern nahm ich einen Schluck meines Merlots.

Latif lächelte und begann. „Nun, als muslimischer Ehemann könnte ich es nach dem Koran nicht verantworten, meine Ehefrau“, dabei sah er mit stolzem und verliebten Blick auf mich, „allein ziehen zu lassen. Ich aber sehe, wie glücklich sie ist. Es würde ihr natürlich auch gut tun, zu euch zu kommen. Also hätten wir alle etwas davon. Nicht zu vergessen, der anhaltende Bürgerkrieg, die Revolution hier im Lande. Kein Ende in Sicht. Die Lage zerrt an den Nerven. Da wäre der Aufenthalt in eurer grünen Oase eine hervorragende Abwechslung.“ Mit einer kurzen, effektiven Pause, nach dem Motto „Soll ich oder soll ich nicht?“, um die Spannung zu erhöhen, unterbrach er mit leicht geöffnetem Mund und nachdenklichem Blick seine Rede. Dann fuhr er fort: „Ich weiß, wie wichtig eure Freundschaft für dich, meine liebe Sophie, ist und wie sehr du das Land lieben wirst, so wie ihr es beschrieben habt.“ Latif hatte steten Blickwechsel mit uns Dreien und wandte sich nun an mich. „Deshalb komme ich zu dem Entschluss, liebe Sophie: Ich will dich fliegen lassen.“

Die Freude, die während seiner Rede jedem im Gesicht stand, dehnte sich ganz besonders bei Udako und mir zu einem überglücklichen „Wow-Gesicht“ aus.

Mir fehlten die Worte. Ich sah Latif in die Augen. Der Glanz, das Leuchten verschmolz mit meiner Liebe. Zum ersten Mal schenkte er mir so großes Vertrauen, dass er bereit war, mich allein in ein fremdes Land gehen zu lassen. Es war ein Zeichen für mich, dass Latif von seiner Kontrolle lassen wollte. Ich umarmte ihn, was ich eigentlich gar nicht in der Öffentlichkeit durfte, und gab ihm einen Kuss, den er nicht zurückwies.

Die Wochen bis zu den Sommerferien zogen schnell dahin. Am Abend vor meiner Abreise saß ich zufrieden und voller Vorfreude auf der Lümmelcouch. Die Bilder des TVs, eines ausländischen Nachrichtensenders, zeigten wieder News über die Revolution im Land. Beim

Hinsehen spürte ich, wie sie meine Stimmung herunterzogen, und so schaltete ich um. Ich wollte entspannt in meinen wohlverdienten Urlaub gehen und begann ein Gespräch mit Latif, der seinen Kopf hinter dem Laptop versteckte.

„Unsere Reisen, die wir erstmals getrennt unternehmen, sind nicht nur eine Reise fort von den Unruhen in Bahrain, sondern auch ein Weg des Loslassens. Die Kinder werden erwachsen und gehen ihren Weg. Du wirst sehen, wenn sie zurückkommen, sind sie nicht mehr unsere Kleinen. Nach diesem Sommer wird in dieser Familie alles anders sein. Es wird gut sein. Ich bin mir sicher. Es findet eine Entwicklung statt."

„Bashar verbringt seine Ferien bei sehr guten Bekannten in den Staaten. Alia ist bei ihrer Lieblingstante in London und Chayma und Ahmet sind mit mir in Beirut. Du siehst, alle sind bestens versorgt." Latif sah über seine Lesebrille vom Laptop auf. Mit einem Schmunzeln in seinen vom vielen Arbeiten harten Gesichtszügen fuhr er fort: „Meine liebe Sophie, du kannst beruhigt in deinen Urlaub fahren und alles, was dich quält, hierlassen. Die Revolution tobt sich auch ohne uns weiter aus."

„Wir werden sehen, wohin die Entwicklung gehen wird." Und schon war ich mit den Gedanken bei meinem Gepäck. Liebe strahlte aus meinem Gesicht.

Er fing sie auf und entgegnete: „Ich will nicht wieder predigen. Ich will nur Gutes. Entschuldige. Bis wir uns wiedersehen, will ich mich gebessert haben, das habe ich mir für den Sommer vorgenommen." Zärtlich blickte er mich an. Latif stand auf, nahm mich in den Arm und küsste mich.

XIX. Kapitel

Früh am Morgen musste ich zum Flughafen. Der Flieger ging über London. Es sollte ein langer Tag werden. Die Freiheit über den Wolken unter blauem Himmel erschien mir grenzenlos. „Namibia, ich komme!"

Nachdem ich mein Gepäck eingesammelt hatte, führte mich ein hilfreicher Kofferträger zum Ausgang.

Ihre Markenzeichen – weiße glänzende Zähne und ein farbenfrohes Kleid – winkten mir entgegen. Sofort fühlte ich mich wohl. Ich war angekommen.

„Hallo, meine Liebe. Schön, dich zu sehen."

Wir brauchten nicht viele Worte. Unsere herzliche Umarmung mit den warmen Blicken bescherte einen größeren Ausdruck als jeder Redeschwall.

Die Halle des Terminals war heruntergekühlt, so dass es ein wenig zu kühl auf mich wirkte. Hingegen war die Außentemperatur wohltuend. Keine übermäßige Hitze. Keine hohe Luftfeuchtigkeit. Udako hatte diesbezüglich nicht zu viel versprochen. Ein leichter, frischer Wind, der mit seinem Duft Grünflächen erahnen ließ, zog um meine Nase und löste die ein oder andere Haarsträhne aus meiner Frisur. Während wir zum Wagen liefen, hatte ich Udako im linken Augenwinkel. Jeder Schritt prägte ihren anmutigen Gang und jede Bewegung stilisierte ihre korrekte Haltung. Udako verkörperte eine selbstbewusste Frau des einundzwanzigsten Jahrhunderts, so wie ich gerne eine wäre. Mit ihrem Mercedes-Allrad-Jeep fuhren wir durch ein Land, das mir fremd war und doch so nah vorkam.

„Ich bin überwältigt. Es ist wunderschön. Ein Paradies.“ Erstaunt wanderten meine Blicke durch die beeindruckende Umgebung des Flughafens.

„Warte ab, wenn du im Landesinneren oder an der Küste bist. Die Wasserfälle und das saftige Grün sind zauberhaft. Ich will nicht zu viel verraten. Lass dich überraschen. Jetzt fahren wir erst zu uns nachhause. Dort kannst du dich frisch machen, ausruhen, was immer du willst. In drei Stunden gibt es Abendessen.“

Nach einer längeren Fahrt durch eine wüstenähnliche Landschaft mit wenigen Oasen kamen wir an. Durch das hohe Eisengitter an der Einfahrt verlief der Weg zum Haus um zwei Kurven. Große, alte Bäume spendeten reichlich Schatten. Die Villa mit den weißen, dicken Säulen am Eingang im Kolonialstil des neunzehnten Jahrhunderts versetzte mich in ein herrschaftliches Zeitalter zurück.

„Das ist unglaublich.“ Ich sah ihre Residenz und schaute dann Udako an. Große Augen mit hochgezogenen Augenbrauen spiegelten sich in ihrer Brille. Meine Verwunderung war deutlich sichtbar. Ein großer Springbrunnen, von Palmen umgeben, verbreitete kühle Frische. In zwei Metern Entfernung des großzügig angelegten Treppenaufgangs spendeten die Palmen breiten Schatten. Die Blätter wedelten im Wind des späten Nachmittags.

Ihr Chauffeur namens Tom begrüßte mich, als kennten wir uns schon seit Jahren. Er nahm das Gepäck und trug es in den Westflügel für Gäste. Der italienische schwarz-weiße Marmor brachte Glanz und Kühle in den großen Empfangsbereich.

Mum, die Hausdame im schwarzen Kleid mit weißer Schürze, begrüßte mich mit gekühltem Zitronenwasser und Minze. Große Fenster mit leicht gefärbtem Glas ließen die Helligkeit in die Zimmer. Die braunen Holzmöbel im Wohnzimmer und der Bibliothek vermittelten Festigkeit, Halt und Stütze. Die langen Stoffgardinen waren auf die Bestuhlung im Essbereich und die Couch im Kaminzimmer sowie im Wohnzimmer farblich abgestimmt. Farbenfrohe Leichtigkeit. Alles passte perfekt.

„Amazing! Du konntest dich sicherlich voll auslassen. Wenn ich mir eure Villa anschaue, dann kommt dein glanzvoller Geschmack, der im Detail liegt, zum Vorschein. Einfach prachtvoll!“

„Danke, Sophie. Du überschüttest mich mit Komplimenten. Aber du hast recht, ich durfte wählen. Peter war sehr tolerant und großzügig. Er wollte, dass wir ein schönes Heim haben, in dem wir uns beide wohlfühlen. Und so vertraute er mir voll und ganz. Es gefällt uns beiden. Wir sind gerne zuhause.“

Tief beeindruckt wollte ich mich zurückziehen und für das Dinner fertig machen. Auf dem Weg in den Westflügel sah ich im Mittelteil, auf Höhe der Eingangshalle, aus dem Fenster. Ich schaute hinaus und sah einen Pool. Naturbelassenen, in dem Seerosen integriert waren. Udako begleitete mich zu meinem Reich. Großzügige Räume in frischem Hellgrün mit dem Duft rosafarbener Queensrosen empfingen mich. Ich war überwältigt. Ohne Worte umarmte ich Udako und drückte sie an mich. Ein wohltuendes Gefühl.

Etwa zwei Stunden hatte ich bis zum Dinner. Der übliche Jetlag blieb fern. Ich packte meinen Koffer aus. Verteilte meine Hygiene-Utensilien im Bad und auf dem Spiegeltisch im Schlafzimmer, auf das ich ein Bild meiner Lieben neben die frischen Rosen stellte.

Der Blick in den Spiegel warf mir eine Sophie entgegen, deren Antlitz ich lange nicht erblickt hatte. Ich sah mir tief in die Augen, die einst vor Übermut geglänzt hatten. Deren Strahlen ganz langsam zurückzukommen schien. Dennoch lag ein Hauch Müdigkeit der vergangenen Jahre in ihnen. Ich glaubte zu sehen, dass er sich sanft wie ein leichter Vorhang über meinen Kopf hinaus wegziehen lasse. Peu à peu entfernte er sich um Nanometer. Danach kam er wieder ein wenig zurück. Ständig in Bewegung, deren Zugkraft nach oben immer intensiver wurde. In dem hauchfreien Anblick entdeckte ich einen leichten Schimmer meines verlorengegangenen Glanzes. Ich starrte hin, wollte ihn festhalten und wieder ganz zurückholen. Leichtigkeit stieg in meine hängenden Schultern, die nach Bewegung schrien. So wie sich der Vorhang wegziehen ließ, wollte ich mein altes Selbstbewusstsein wiedererlangen. Ein Leben voller Selbstbestimmung. Ich sehnte mich nach meiner geistigen Freiheit der Jugendjahre.

Nach einer erfrischenden Dusche und dem Anruf bei Latif zog es mich hinaus auf die Rückseite des Hauses. Ein faszinierender Anblick empfing mich an der Terrassentür meines Wohnzimmers. Der Holzfußboden versprach Wärme und die Kraft des Halts. Hohe Palmen mit ihren großen Blättern umgaben den riesigen Naturpool, der zum Hineinspringen einlud. Die Bäume, die dazwischen standen, mischten die Einseitigkeit auf und spendeten hervorragenden Schatten für die Liegen der Outdoor-Lounge. Ich war verzaubert. Diese Frische, trotz der Wärme. Diese Relaxzone. Wie in einem meiner Träume. Fast wurde ich ein bisschen neidisch. Ich blickte, schaute und lauschte den Tönen der Vogelvielfalt. Ihre Musik war auf eine andere Weise intoniert als die der Vögel in unserem Garten und der äußeren Allee um unsere Hausmauer. Vertieft stand ich wie angewurzelt da. Mir war entgangen, dass Udako kam.

Ihre Worte riefen mich aus meiner inneren Welt. „Ah, hier bist du! Ich suche dich und dachte schon, du hättest dich verlaufen." Udako zeigte auf die schmalen Wege hinter der Abtrennung durch einen Holzzaun, die in die freie Wildnis führten.

„Oh! Nein! Da würde ich nicht hingehen. Wer weiß, was mich da draußen alles erwartet."

„Ja, wer weiß. Man ist sich nie ganz sicher, was alles herum lurcht und wildert."

„Ich habe deine prachtvolle Außenanlage bewundert. Sie ist fantastisch." Ich drehte mich zu ihr und sagte: „Du hast das absolute Mega-Glück, meine Liebe."

Nachdenklich schob Udako mit dem rechten Fuß kleine Holzstücke auf dem Boden hin und her. „Ja, ich hatte unglaubliches Glück, Peter kennen und lieben zu lernen. Unsere Blicke zeigen uns täglich, wie sehr wir uns trotz der vielen Jahre noch lieben. Wir sind füreinander da. Nehmen den anderen ernst und schenken Vertrauen. Es ist ein wunderbares Gefühl der Festigkeit, das die Zuneigung stärkt."

Ich schwieg. Lächelte sie an und schaute wieder in die grüne Oase.

„Komm, lass uns zum Lunch hineingehen.“ Sie legte ihren Arm um meine Schulter und führte mich ins Speisezimmer.

Am nächsten Morgen verschlief ich das frühe Aufstehen. Ich ließ mich treiben. Machte mir um nichts Gedanken und ließ mich führen. Es war eine zwanglose Führung, in eine andere Welt auf einer anderen Seite des Planeten.

Die Tage vergingen mit Wohlgefallen. Udako zeigte mir ihr Land mit seiner Tierpracht. In der idealen Temperatur von angenehmen fünfundzwanzig Grad unternahmen wir eine geführte Pirschfahrt durch den Etosha-Nationalpark. Die Wasserfälle, die dem Paradies ähnelten, und die Touristenorte an der Westküste hatten ihren eigenen zauberhaften Flair.

Udako berichtete von ihrem Job als Event-Meisterin von Spendenaktionen für die Schulbildung finanzschwacher Familien.

Die Abende, die wir meist gemeinsam am Kamin verbrachten, wurden mit Einladungen von Freunden und Diskussionsrunden über das Leben gefüllt. Das Thema, die Revolution in Bahrain, blieb nicht aus. Die Unruhen hatten laut TV zugenommen. Doch das war weit weg.

Udako, Peter und Namibia schenkten mir unaufgefordert und großzügig meine innere Harmonie, Lockerheit und die notwendige Geduld, die ich weiterhin im arabischen Land aufbringen musste. Auch Udako befand sich in finanzieller Abhängigkeit von ihrem Ehemann, dennoch war sie eine selbständige Frau, die ihren ehrenamtlichen Job täglich ausübte. Sie liebte das Leben und war glücklich.

An einem der letzten Abende vor der Abreise saß ich vor meinem Spiegeltisch und blickte mir wieder tief in die Augen. Ich ließ ihn nicht los, diesen Blick in die Tiefe. Der zu Beginn des Besuchs aufgetretene Hauch war nicht mehr zu sehen. Die Gardine hatte sich über den Kopf hin entfernt. Mein eigener Blick zog mich an. Wie bei einer Meditation driftete ich ab. Was sah ich? Es war Udako in dem farbenfrohen Kleid mit ihrem Herz verzaubernden Lächeln. Das Bild zeigte Halt, Lockerheit, Glück.

Ich fragte mich: Was hat sie, was ich nicht habe? Wie kommt sie zu einer solch positiven Ausstrahlung? Ich überlegte eine Weile und kam zu dem überraschenden Schluss: Keine selbständige Arbeit mit Verdienst. Wir arbeiten beide mit Kindern. Wir sind beide verheiratet, haben ein Zuhause und können uns in finanzieller Sicherheit wiegen.

Bei der Checkliste waren mehr Übereinstimmungen, als ich vermutet hatte. Der Unterschied lag im Detail. Es musste das Glück und ihre Zufriedenheit sein, die in jedem einzelnen Punkt lag. Die Liebe, die die Kraft besitzt, einander zu verbinden, deren Worte Gedanken und Gefühle sind. Ich überdachte meine Position. Wollte nicht mehr am Alten herumnörgeln. Wollte entschlossen zu neuen Ufern aufbrechen. Ich war überzeugt, frohen Mutes mit viel Power und Esprit in ein paar Tagen nachhause zu fahren. Ich nahm mir vor, meine positiv gewonnene Stimmung mitzunehmen und diese Gefühle an Latif weiterzugeben, der, wie ich, nach dem Urlaub erholt sein sollte. Ich wollte seine Eigenschaften suchen, die ich an ihm liebte.

In der Besinnungszeit in Namibia wurde mir bewusst, dass zu meinem Leben nicht nur Glitzer und Glamour gehörten, sondern insbesondere Liebe und Respekt, die mir oftmals zwischen Peter und Udako ins Auge gefallen waren. Das musste das Detail des Puzzles sein, das Glück und Harmonie in einer Beziehung ausmachte. Eine konfliktfreie Zeit, ein Leben in Harmonie musste auch bei uns, in unserer Glaubenskonstellation möglich sein.

Ich nahm mir vor, Udakos Worte zu leben. Sie sagte, die Vorstellungskraft über eine Veränderung in ihrem Leben, Gesundheit und Erfolg, habe sie zu ihrem Ziel geführt. Die täglichen Gedanken an die Wunscherfüllung habe den Werdegang unterstützt. Davon sei sie überzeugt.

Peter bot mir an, mir in der Bankfiliale in Bahrain einen Halbtagsjob als Sekretärin zu verschaffen. Ich sollte mich bei ihm melden, wenn meine Zeit reif sei. Dieses Angebot roch nach dem Salz des Meeres. Auffliegende Möwen vor meinem inneren Auge stabilisierten mein Selbstwertgefühl.

Ein Zwinkern mit den Wimpern, und ich sah wieder mein lächelndes Gesicht, das in Heiterkeit ausbrach. Vor dem Spiegel saß ich und lachte mich aus vollem Herzen an. Meine Seele fühlte sich wieder wohl in mir. Eine andere Sophie als die, die angekommen war, schaute mich an.

Ein heftiges Klopfen an der Tür riss meinen Blick vom Spiegel und ließ mein Lachen verstummen. Udako kam mit dem Telefon. Sie warnte mich vor. Ich sammelte mich, nahm den Hörer und begrüßte Latif leise und sanft, in der Hoffnung, ihn von einer möglichen Explosion abzubringen. Doch er war ungehalten.

„Hallo Sophie, welches Spiel spielst du mit mir? Ich glaubte, unsere Beziehung habe sich gebessert. Stattdessen verhältst du dich genauso wie damals bei dem Besuch deiner Mutter und ihren halbjüdischen Enkelkindern. Du trickst mich aus!" Latifs Stimme klang sehr aggressiv. Er redete hastig. „Ich sitze hier allein im Libanon, lasse dich in gutem Glauben zu deiner Freundin ins ferne Namibia fliegen. Und was machst du? Du nutzt mein Vertrauen aus." In Latifs Stimme schwang das Gefühl des Unrechts.

„Was ist passiert? Was soll ich bitteschön gemacht haben?" Auf den angesprochenen Besuch aus Israel ging ich nicht ein. Ich wusste nicht, um was es ging. Es war der Moment, in dem er mein wieder erlangtes Selbstwertgefühl ankratzen konnte.

„Tu nicht so, als hättest du keine Ahnung. Es sind schließlich unsere Bilder, die kannst nur DU herumgereicht haben. Oder glaubst du, Bashar würde sich in der Badehose mit Surfbrett veröffentlichen?"

Ich versuchte ihn zu beschwichtigen. „Naja, ins Facebook hat er das Bild schon reingestellt, oder? Aber was ist los? Wo sind welche Bilder? Du sprichst in Rätseln. Sag, was ist geschehen?"

„Im Internet habe ich Werbung für ein Album gesehen, in dem

Bilder, sogenannte ‚Impressionen einer arabisch-europäischen Familie' abgedruckt sind. Die erste Auflage war nach wenigen Wochen ein Bestseller und vergriffen. Auch die zweite ist vergriffen. Beim visuellen Blättern konnte ich ausschließlich Bilder unserer Familie entdecken. Was hat das zu bedeuten?"

Die Nachricht überraschte, aber verblüffte mich nicht. „Latif, beruhige dich. Ich habe keine Ahnung, doch es wird sich klären lassen. Wie sehen die Bilder aus?"

„Wie sehen die Bilder aus? Wie unsere Bilder eben aussehen. Schön. Zumindest die, die zu sehen waren."

„Naja, dann ist es vielleicht nicht so dramatisch. Ich weiß nicht, wie der Bildband entstand. Ehrlich."

Nachdenklich sah ich zu Udako, die auf meine Bitte im Raum blieb. Ich sah in den Spiegel. Ich grinste mich an und mir fiel es ein. Aber ich sagte ihm nichts. „Ja, Latif, ich weiß nicht. Lass uns zuhause darüber reden. Wir werden herausfinden, wer der Übeltäter ist. Sicherlich können wir diese Person verklagen oder einen Teil des Gewinns erhalten ..."

Latif unterbrach meinen als Scherz gedachten Kommentar gereizt. „Dir scheint es gar nichts auszumachen, dass unsere Privatsphäre im Buchhandel für fünfunddreißig Dollar zu haben ist."

Im Spiegel sah ich, wie sich meine Augen vergrößerten. „Schau, Latif, du musst es so sehen: Im Facebook bekommt man kein Geld dafür."

„Ich sehe, du lässt nicht mit dir reden."

„Ja, du hast recht. Ich lasse mir deine schlechte Laune nicht aufreden."

Latif musste mein schnippischer Ton aufgefallen sein. „Ts! Wie bist du denn drauf? Da muss ich gleich fragen, ob du freiwillig nachhause kommst oder ob ich dich holen muss?"

„Da muss ich dich fragen, wie kommst du zu so einer Frage?" Ich betonte jedes Wort.

Latif hatte den richtigen Riecher und konnte die Melodie harmonisieren. „Wie auch immer, Habibti. Lass uns nicht streiten. Ich freue mich, dich wiederzusehen. Ich habe dich vermisst. In diesen Wochen habe ich erkannt, wie wichtig du für mich bist, was leider zuhause im Alltag untergegangen ist."

„Es ist schön, das von dir zu hören. Wir sehen uns alle erholt und munter wieder. Wie geht es Chayma und Ahmet?" Im Spiegel sah ich eine glückliche Sophie, die sich anlächelte.

„Sie haben mächtig viel Spaß. Sie sehen sehr glücklich aus und sind ungewöhnlich aufgewirbelt."

„Dann erwartet mich Einiges. Übrigens, ich habe ein Jobangebot von Peter bei der Bank in Bahrain. Ist das nicht super?"

Sein tiefes Durchatmen war nicht zu überhören. Doch in seiner Stimme lag keine Veränderung. „Ach ja? Da müssen wir nochmal drüber reden, wenn wir wieder zusammen sind."

„Braucht´s des? Ich freue mich auf euch. Bis nächste Woche."

„Ich freue mich auch, meine Familie wieder um mich zu haben. Inshallah."

„Latif, fast hätte ich es vergessen. Hier gibt es wirklich schöne Häuser der Kolonialzeit. Aber das führe ich zuhause weiter aus. Inshallah." Ich glaubte noch seine Stimme zu hören, dennoch drückte ich die Taste, erstickte seine Worte und übergab Udako das Telefon. Meine selbstsichere Handlung überraschte mich. Udako zog die Augenbrauen hoch und die Stirn in Falten.

„Nichts ist gut. Oder alles ist fantastisch." Kurz und knapp erzählte ich ihr die Bilderstory, die Oiva zunächst im Internet und in einer Print-Version veröffentlicht hatte.

Udako konnte sich vor Lachen kaum halten. „Das ist großartig. Sophie, alles wird gut. Da hast du deine ersehnte finanzielle Unabhängigkeit. Diesbezüglich ein Leben ohne Kontrolle."

Meine Mundwinkel kräuselten sich leicht. „Dann kaufe ich mir ein Haus in San Francisco und richte es so ein, wie ich es will." Mir war bewusst, dass es von diesem Erlös unwahrscheinlich sein würde. Allerdings amüsierte es mich, die Gedanken kreisen zu lassen.

„Genau, das machst du.“

Wir gaben unserer Fröhlichkeit großen Raum. Udako lud mich auf einen Drink in ihrer Relaxzone unter freiem Himmel ein. Die Luft war frisch und machte den Atem frei. Mit großer Hoffnung auf bessere Zeiten in finanzieller Unabhängigkeit und der Selbstsicherheit, einen Job zu bekommen, freute ich mich auf Bahrain. Und die große Frage war: Wie würde Latif reagieren, wenn ich ihm von der Immobilie erzählte?

XX. Kapitel

Ohne große Umschweife hielt Latif mir schon auf dem Weg zum Wagen, als er mich vom Flughafen abholte, eine altmodische Standpauke. „Was ist bloß in dich gefahren? Du kannst doch nicht einfach hinter meinem Rücken Bilder veröffentlichen. Auch noch Bilder aus unserer Privatsphäre."

„Latif, ich wusste wirklich nicht, was Oiva vorhatte ..."

Latif unterbrach mich mit hektischer Stimme. „Wie, Oiva? Was hat Oiva damit zu tun?"

Ja, das war es, was mir noch bevorstand. Der Weg zum Wagen schien länger zu werden. Mit festen Schritten in meinen silberfarbenen Flip-Flops hoffte ich, die Kraft aus der Erde herauszuziehen und in mich einfließen zu lassen. Ich hob meinen vorher gesenkten Kopf und erklärte Latif den Tatbestand. „Schau, Latif, ich habe immer viele Mails an Oiva geschickt. Sie ist meine besondere Freundin, wenn ich etwas zu sagen hatte, aber es keiner hören wollte, mailte ich ihr. Und damit meine Nachrichten nicht gar so trocken waren, setzte ich schöne Bilder unserer Familie in den Anhang. Ich dachte mir nichts dabei, nur dass sie uns beide kannte und sie so die Entwicklung der Familie verfolgen konnte."

„Dafür wusste sie umso mehr, was sie tat. Du hast meine Gutmütigkeit ausgenutzt. Hast dich aus dem Staub gemacht, weil du wusstest, dass da etwas auf uns zukommt."

Meine bisherige ruhige Stimme wurde aufgebrachter. „Latif, lass deine haltlosen Vorwürfe. Du liegst hier total falsch. Du siehst dich in deiner Autorität mit deiner ewigen Supervision untergraben, weil dir der Glaube an mich und eine gleichgestellte Beziehung fehlt."

„Bevor wir geflogen sind, sagtest du, nach diesem Sommer würde alles anders sein. Dass es aber so kommt, war nicht in meinem Kopf."

„Latif, du fühlst dich gekränkt und übergangen. Die Veröffentlichung ist nicht das Thema." Ich sah ihn an.

Sein Blick war auf den Koffer-Transportwagen gerichtet. Er wirkte nachdenklich. „Vielleicht hast du recht. Wenn ich es mir richtig überlege, ist der Bildband wirklich eine gelungene Sache." Latifs Gesichtszüge machten mich neugierig. Er lachte. Fragen erkannte er in meinen Augen.

Am Wagen angekommen, holte Latif vom Rücksitz den Bildband und überreichte ihn mir. Hochglanzpapier. Schwarz-Weiß-Fotos. Auf dem Cover ging eine Frau in der Abaya auf eine weiße Mauer zu, die eine Villa umgab. Eine weiße Frau, modisch gekleidet mit offenen, dunkelbraunen, schulterlangen Haaren und einer großen Sonnenbrille, kam dem Betrachter lächelnd entgegen. Der Halbmond leuchtete ihnen den Weg. In meiner rechten Hand hielt ich den Bildband und strich mit der linken darüber, als würde ich beide Frauen sanft streicheln.

Latif beobachtete mich und meine Bewegung. Er erkannte, wie beeindruckt ich das Buch an mich hielt. Still stand ich da. Latif nahm mich in den Arm und flüsterte in mein Ohr: „Verzeih, meine Liebe, alles wird gut." Latifs Wärme erreichte mein Herz. „Übrigens, mit den ersten Tantiemen können wir locker eine Zeit mit Nichtstun verbringen." Ein Schmunzeln huschte über sein Gesicht.

Ich löste mich aus seinen Armen und sah ihn überrascht an. Ich glaubte, den Beginn eines Wechsels in meinem Leben zu spüren.

Der Alltag mit der Revolution holte mich viel zu schnell ein. Zwar kamen alle gutgelaunt und fröhlich aus ihrem Urlaub, aber es sollte nicht von Dauer sein, obwohl noch ein paar Tage Ferien waren.

Ich hatte mir den Bildband, die Impressionen, mit Vergnügen angeschaut und wusste, was Oiva anpackt, war einfach wunderbar. Der

Job in Peters Bank war vergessen.

Zur Überraschung aller war während unserer Abwesenheit die Dogge Woulfy an einem Hitzschlag gestorben, berichtete Angel mit traurigen Augen. Sie hatte ihn auf dem Hoppelacker, der unser Haus umgab, begraben. Die Kinder waren untröstlich.

Die Situation im Lande bereitete mir Stress. Ich war aus dem Urlaub gekommen und hatte auf ein schönes, ruhiges Leben gehofft, in dem jeder seine Alltagsaufgaben erledigte. Doch da flogen die Nachrichten des Terrors ins Haus.

Im Fernsehen ließ die Königsfamilie, die sich nach Saudi Arabien abgesetzt hatte, den Ausnahmezustand verkünden. Der große Bruder aus Saudi Arabien marschierte mit Panzer und Soldaten ein. Nach zwanzig Uhr herrschte Ausgangssperre. Die schiitischen Läden wurden boykottiert. Keiner durfte mehr ins Land einreisen. Die Botschaften evakuierten ihre Landesbürger. Die Revolution hatte ihren Höhepunkt erreicht. Über Facebook oder per SMS verbündete sich die schiitische Mehrheit. Das unterdrückte, finanzschwache und bildungsarme Volk des Landes verstopfte mit seinen Autos die Highways und zündete die einzige Allee an, die zum Palast führte. Es schien, als würde ihre Kraft und ihr Mut zum Protest aus der steigenden Zahl der Toten wachsen. Sie organisierten sich mit einfachsten Mitteln.

Am Abend saßen wir alle gemeinsam im Fernsehzimmer. Jeder nahm die Nachricht für sich auf. Latif sah mich eindringlich an, als wolle er mir eine Botschaft vermitteln. Mit leiser Stimme erwiderte ich seinen Blickkontakt. „Schau, ich habe nicht so unrecht gehabt. Mein Alptraum ist nicht so weit weg von uns."

Latif antwortete nur mit einem Kopfnicken. Doch Ahmet nahm diesen Austausch auf und erkundigte sich nach dem Sinn. In kurzer Zusammenfassung berichtete ich vom Einmarsch Irans in meinem Traum.

„Mum, du glaubst doch nicht wirklich, dass der Iran das machen würde. Was hätte er davon, die Atombombe zu zünden?" Entsetzen lag in Ahmets Gesicht.

Latif seufzte, zog seine Lesebrille ab und antwortete, als habe er schon lange auf diese Frage gewartet. „Schau, die vielen iranischen Schiiten sehen sich als Brüder unserer Schiiten. Und sie wollen sie vor Gewalt und einem noch größeren Angriff unseres saudischen Nachbarlandes schützen. Wahrscheinlich denken sie, lieber alle tot als diese Art der Vernichtung. Nur bin ich davon überzeugt, dass der Iran keine Atombombe werfen wird, falls er überhaupt im Besitz einer ist. In der Politik wird nicht alles so heiß gegessen, wie es gekocht wird."

„Aber warum reden sie dann so?" In Alias Stimme schwang Angst.

Chayma zog ihre Ärmel über die Hände. „Dann könnten doch auch wir davon getroffen werden und andere, die nichts damit zu tun haben."

Latif schaute mich besorgt an. Er konnte jetzt nicht mehr entrinnen. Es war die Zeit gekommen, über unschöne Dinge zu reden. „Eine Atombombe ist die fatalste Erfindung, die je gemacht wurde. Sie könnte alles zerstören. Kein Lebewesen, kein Sandkorn wäre noch in seiner gesunden Form. Jeder weiß, dass die Überlebenschance plus minus gleich null ist."

„Könnten nicht dann auch die Bürger Irans den Tod finden?" Bashars Blicke zeigten ein großes Fragezeichen.

„Also, meine Lieben," Latif hatte den Laptop zugeklappt und fokussierte seine Kinder mit einem warmen Blick, „lasst uns keine Kriegsszenarien abspulen. Ein Krieg hat in der Geschichte noch nie bunte Früchte getragen. Es gab immer eine Vielzahl von Toten, die unnötig waren. Hätte man vorher miteinander geredet und nicht den anderen beschimpft oder wäre mit einem Kompromiss auf die Forderungen eingegangen, dann sähe das Ende oft anders aus."

„Sie schießen doch jetzt schon und verhaften Leute", sagte Alia.

Ich verfolgte das Gespräch und sah, dass die Kinder unruhiger wurden. Sie waren an einem Punkt der Diskussion angelangt, der sie zutiefst ängstigste. Wir mussten in ruhigere Gewässer kommen.

„Wir wissen nicht, wie es weitergehen wird. Ich weiß nur, wir müssen für uns etwas ändern. Wir können hier nicht warten, bis es uns erwischt“, sagte ich.

Jetzt konnte sich Chayma nicht mehr halten. Sie brachte das andere Gesicht des Alltags zum Vorschein. „Fatma geht fast jeden Tag ins Carrefour. Sie sagt, sie müssten Lebensmittel kaufen, bevor es zu spät sei.“

„Ja, stellt euch vor, es würde kein Nutella mehr geben?“, warf Ahmet ein.

Doch Latif fing die Bedenken seiner Kinder nicht auf. „Was willst du damit sagen? Ich muss mehr arbeiten, weil die Appartements leer stehen und sie keiner kaufen will. Und du redest so, als würde ich hier sitzen und die Zeit abwarten.“

„Latif, du weißt, dass es so nicht gemeint ist. Glaubst du, ich merke nicht, wie du dich immer mehr krümmst und biegst, um noch mehr Zeit für deinen Job zu erhaschen? Aber genau das ist der Punkt. Wir drehen uns im Kreis. Die Botschaften der anderen Länder ziehen zur Vorsicht ihre Leute ab.“ Mein Ton enthielt Unbehagen.

„Das ist mir jetzt zu viel und zu laut. Komm, Chayma, lass uns nach oben gehen und sie weiter streiten.“

Nicht gerne sah ich solche Momente. Meine Kinder sollten sich immer wohl und geborgen fühlen. Zu diesem Zeitpunkt war es mir leider entglitten. Das war ein Grund, sich für eine Veränderung einzusetzen. Dabei kramte mein Unterbewusstsein aus der hintersten Schublade meinen Schachzug heraus. Ich richtete mich auf und sagte mit einem zarten Lächeln: „Übrigens, Latif, was ich bei dem ganzen Tohuwabohu vergessen habe: Namibia hat wirklich wunderschöne Häuser der Kolonialzeit im Angebot.“

Wie verwandelt schaute mich Latif an. „Aha! Das ist natürlich eine neue Situation. Du zeigst Interesse an meinen Geschäften. Du meinst, ich sollte internationale Fäden spinnen. Mh!“ Latif dachte nach.

Sein Blick gab mir neue Hoffnung auf ein glückliches und gemeinsames Leben an einem friedlichen Ort, irgendwo dort draußen in der freien Welt.

Verwundert sahen sich Bashar und Ahmet an. „Welcher Film läuft hier gerade ab? Wollt ihr uns nicht sagen, was ihr vorhabt?“ Bashars große Augen verrieten seine Neugierde.

Ahmet konnte sich nicht mehr zurückhalten. Bevor Latif antwortete, legte er los. „Ich versteh dich nicht, Dad.“ In Ahmets Augen sah ich den dunklen Lichtstrahl, der mir aus Latifs Blick bekannt war. Immer wenn es um seine Existenzangst ging, schoss dieser Missmut aus seinen Pupillen. „So oft sitzen wir zusammen und diskutieren über die Finanzwelt und den Koran. Du gibst mir das Gefühl, als hätten wir ein tolles Verhältnis. Scheinbar erzählst du mir aber nur die Dinge, die schon geschehen sind? Was kommt, was ihr vorhabt – da lässt du mich im Ungewissen. Bin ich noch ein so kleiner Junge, mit dem man über das außerordentliche Tagesgeschäft nicht reden kann? Oder vielleicht darf?“ Ahmets Stimme zitterte. Noch nie zuvor hatte er seinem Vater Widerworte in diesem Ton gegeben.

Bashar sah sich von Ahmet in diesem Thema unterstützt. Er fing den Ball auf und stürmte nach vorn wie ein Fußball-Profi. „Was soll das überhaupt? Vielleicht sind wir manchmal nervig, ok! Aber wir sind so erwachsen, dass ihr mit uns über unser weiteres Leben reden könnt. Wir müssen nicht vor vollendete Tatsachen gestellt werden. Was wollt ihr machen?“

„Nein, Ahmet und Bashar“, beschwichtigte Latif. „Ich übergehe euch nicht. Das mit dem Haus ist eine ganz andere Sache. Es war eine Idee von mir, deine Mum könne in Namibia nach einer Immobilie Ausschau halten.“ Latif brachte wieder ein wenig Ruhe in den Raum. Die aufgeladene Atmosphäre wurde mit Hilfe seiner entspannten Mimik annähernd ausgeglichen. Trotz allem konnte ich Ahmets Unzufriedenheit sehen. Seine hängenden Schultern, verbunden mit einem starren Blick in die brennende Kerze auf dem Tisch, zeigten seine innere Stimmung. Er wirkte abwesend.

Latif schenkte ihm und Bashar einen Blick voller Zuneigung und Verständnis. „Ahmet, wir werden sehen, was die nächsten Tage bringen. Dann entscheiden wir situativ.“

„Wir? Du meinst, DU sagst, was WIR machen müssen.“ Ahmets

Lippen wurden schmal. Er stand auf und ging ohne eine weiteres Wort und einen weiteren Blick hinaus.

„Ahmet hat recht. Alles entscheidest DU allein." Bashar folgte seinem Bruder.

Latif kam zu mir, reichte mir seine Hand und zog mich auf. „Unsere Kinder werden erwachsen. Bestimmung und Bevormundung scheinen zu den Aktien von gestern zu gehören." Liebevoll nahm er mich in den Arm. Sein inniger Kuss wärmte mich auf.

Die Revolution eskalierte. Die Schiiten wandten zwar keine Gewalt gegen Personen an, aber sie ließen ihrem Unmut freien Lauf, indem sie Nachbarhäuser ausraubten, während die Eigentümer in der Arbeit waren. Brennende Reifen blockierten nicht mehr nur Straßen unterhalb von Autobahnbrücken, auch Wohngebiete erhielten diese fatale Leuchtkraft. Der Überdruss und die Ausschreitungen nahmen zu. So erreichte auch uns, am Tag nach der Familienrunde, die schiefe Lage des Landes.

Ich saß am Pool. Mit den Füßen im Wasser schaute ich meinen Jungs zu. Es war eines ihrer wenigen gemeinsamen Spiele. Bashar und Ahmet kickten hinter der Mauer auf unserem Rasen den Fußball. Ahmet zeigte ungewohnte Freude am Spiel und bolzte den Ball hoch hinaus.

Bashar konnte ihn nicht erreichen. „Ahmet, du hast ihn über die Mauer geschossen. Jetzt musst du ihn holen."

„Du hättest ihn fangen sollen, dann wäre er nicht drüber."

„Du bist viel zu weit nach rechts abgekommen. Es war unmöglich, ihn zu halten. Geh und hol ihn, damit wir weiterspielen können."

Ahmet murmelte etwas in sein Kinn und trabte hinaus. Mein Bauchgefühl ließ meine Beine wie ein Fisch am Strand zappeln. Ich rief ihm noch nach: „Wenn der Ball nicht am Haus liegt, lass ihn, wo er ist. Wir kaufen einen neuen."

Sekunden später hörte ich Ahmets verzerrten Ausruf. „Lasst den Ball sofort los. Ihr habt hier nichts verloren!"

Viele unbekannte Stimmen, laut und durcheinander, als sei eine halbe Fußballmannschaft zusammen, schallten über die sichere Mauer. Angst wuchs in mir. Schnell sprang ich auf. Ich spürte meine zittrigen Knie nicht, die mich trugen. Bashar lief vor mir hinaus. Wir rannten um die Ecke und waren fassungslos über das, was wir sahen.

Entsetzt überblickte ich die Situation auf dem ausgedörrten Boden. Ahmet lag dort im heißen Staub. Der Stoff seines langärmligen Lieblings-T-Shirts brannte lichterloh.

„Bashar, lauf und hol Hilfe. Vir soll mit dem Wagen vorfahren und Angel soll Wasser bringen." Gleichzeitig zog ich hastig meine Jacke aus und warf sie über Ahmets rechten Arm. Schnell erstickte ich die Flamme. Danach schleifte ich Ahmet von den brennenden Autoreifen und dem Feuer gefangenen Fußball weg, der im Staub des Ackers ausrollte. Ein Mix aus Weinen und Schreien durchbrach Ahmets Japsen nach Luft. Ich wusste nicht, welche Folgen sein Körper davontragen würde, aber diese momentanen Geräusche waren die schrecklichsten meines Lebens.

Angel war mit dem kalten Wasser herbeigeeilt. Hastig nahm ich den Eimer entgegen und schüttete vorsichtig das kühlende Nass über Ahmets Wunde. Inzwischen stellte Vir den Wagen so, dass wir Ahmet beim Einsteigen unterstützen konnten. Bashar setzte sich zu ihm auf die Rückbank und redete sofort mit ihm.

Ich fühlte nichts mehr. Kopfgesteuert hatte ich die Situation im Griff und raste über den Highway in das Krankenhaus. Angel hatte zehn Stoßgebete gegen den Himmel gebetet. Sie blieb mit Vir zurück und wartete auf die Mädels, die auf einem Teeny-Geburtstag waren.

Sofort wurde Ahmet vom Notarzt behandelt, die Verbrennungsstelle gesäubert und versorgt. Luft solle drankommen, damit sie schneller heile, sagte der Notarzt. Bashar wartete mit mir vor dem Behandlungszimmer. Als wir nach einigen Minuten Latifs Schritte auf dem Gang hörten, begab er sich zur Toilette. Nun bloß keine Auseinandersetzung mit seinem Vater.

Entsetzen stand in Latifs Gesicht. „Was sagt der Arzt? Wird die Wunde wieder heilen oder muss eine Hauttransplantation vorgenommen werden?“ Latif fuhr sich mit zittrigen Fingern durch seinen weniger gewordenen Schopf.

„Du kannst dich beruhigen. Es sah schlimmer aus, als es war. Dank unserer schnellen Erste-Hilfe-Maßnahmen konnten wir eine Katastrophe verhindern. Der Arzt sagt, es gäbe keinen Grund zur Besorgnis. Er habe alles unter Kontrolle. Er gab Ahmet eine Tetanus- und eine Beruhigungsspritze.“ Latif fixierte seinen angsterfüllten Gesichtsausdruck auf meine unruhigen Hände, die gegeneinander rieben. Mit gedämpfter Stimme fuhr ich fort. „Ahmet hatte tierische Schmerzen. Er schrie und weinte fürchterlich.“

Latifs Gesichtsfarbe wechselte zu leichenblass. Er schaute um sich, als könne er den Täter erwischen. „Wie konnte das passieren? Er spielt doch nie Fußball? Alles nur wegen dem blöden Fußball. Ich habe schon immer gewusst, dass der weg muss.“

Die Zeit war gekommen. Ich musste sein unsinniges Gerede unterbrechen. „Latif, es reicht. Keiner hat Ahmet zum Spielen gezwungen. Er wollte es und hatte mächtig viel Spaß. So locker habe ich ihn selten gesehen.“ Unruhig lief Latif auf und ab. Er schenkte mir keinen Blick, als sei ich verantwortlich.

„Latif, schau mir ins Gesicht. Lass deine Vorwürfe. Du musst die Sache richtig sehen. Es geht nicht um das Fußballspielen. Es geht um die Revolution, die jetzt unsere Familie richtig dick erwischt hat.“

„Andere sind auch betroffen. Das hier war sicherlich ein Zufall.“

„Latif, willst du es nicht kapieren, oder was ist los? Zufall hin oder her, es ist passiert. Es ist unserer Familie passiert. Unserem Sohn!“ In meinen Adern sprühte Feuer. „Bist du von deinem Aktenstaub so benebelt? Willst du die Wahrheit nicht sehen?“ Ungehalten zornig trat ich mit meinem Fuß auf, wie ein junger Mensch, der verzweifelt um Aufmerksamkeit rang. Der etwas Wichtiges zu sagen hatte, doch keiner wollte ihn ernst nehmen.

„Warum? Was meinst du damit?“

Latif zeigte mir mit diesen Fragen seine Ignoranz der Dinge. Ich konnte nicht glauben, dass Latif so schwierig war. Seine Reaktion zeigte mir, dass er sich in seine Arbeit vergrub und die Realität einfach nicht sehen wollte. Mit hektischer Aussprache fuhr ich fort: „Ahmet hat mir im Auto gesagt, was passiert war. Es war fürchterlich. Der Geruch von Ahmets verbrannter Haut hing in dem beengten Raum. Ich versuchte Ahmet zu beruhigen, doch er wollte unbedingt reden und nuschelte langsam unter Schmerzen. Noch bevor er um die Mauerecke bog, roch er den Gestank verbrannten Gummis in seiner Nase. Er ahnte nichts Gutes. Er kam hinter die Mauer. Sah, wie zwei Jungs einen brennenden Autoreifen über die Mauer werfen wollten. Bevor er sie zur Rede stellen konnte, zündeten sie den Fußball an."

Latif schluckte. Er rieb sich die Augen. Fassungslos hörte er mir zu.

„Die Jungs wollten ihn mit einer provisorischen Fackel, einem brennendem Stoff, der um einen Holzstab gebunden war, abhalten, einzugreifen. Doch dann mussten sie meine Schreie nach Ahmet gehört haben. Sie schossen Ahmet den brennenden Ball zu und rannten davon. Ahmet war über einen Stein gestolpert. Er fiel und bekam dabei das Feuer vom Ball ab. Sein Ärmel brannte sofort lichterloh. Er schrie. Ich habe die Flammen mit meiner Jacke erstickt und dann sind wir los, ins Krankenhaus gefahren."

„Ich kann das nicht glauben."

„Du musst es glauben, Latif. Sieh dir den Arm deines Sohnes an. Schiitische Jungs haben ihn angegriffen!"

„Du willst sagen, das sollen schiitische Jungs gewesen sein?" Latif blickte auf den Boden, als suche er die Wahrheit.

„Wer soll es denn sonst gewesen sein? Etwa Sunniten? Deine Gleichgesinnten? Sie wollten unser Haus anzünden und haben dabei Ahmet Verbrennungen zugefügt! Latif, du kannst dich vor den Tatsachen nicht länger verschließen! Schau hin, was sie machen." Mein Herz pochte bis zum Hals. Ich nickte wortlos mit dem Kopf. Sekunden der kummervollen Stille hingen im Raum. Die Kälte des weißen Krankenhauses, in dem jeder Schritt hallte, durchströmte meinen

Körper.

„Du meinst doch nicht etwa, das Volk greife sich in diesem Maße gegenseitig an! Sunniten gegen Schiiten oder umgekehrt. Wehrlose Bürger würden angegriffen werden?“ Latif klang, als hätte es die letzten Monate der Revolution nicht gegeben, nicht das Militär, die Straßensperren, die Kontrollen, die brennenden Autorreifen auf den Straßen. In Latifs Stimme schwang Verzagen.

„Latif, werde endlich wach! Wir müssen sofort weg von hier. Jetzt hat die Revolution ihr Opfer direkt in unserer Familie gefunden. Wir hatten Glück, unser Sohn wird überleben, aber er ist verletzt und leidet schlimme Schmerzen. Und unser Haus hat es nicht erwischt, noch nicht! Aber sag, was ist ein Haus, es geht hier um unsere Familie!“

„Du hast leicht reden. Schließlich muss ich hier arbeiten und Geld verdienen. Außerdem muss ich unsere Immobilien verwalten. Wie soll das gehen?“

„Latif, du denkst zu kompliziert. Dein Arbeitsplatz ist eine Sitzmöglichkeit und dein Laptop mit internationaler Verbindung. Und damit kannst du auf der ganzen Welt arbeiten, wo es WLAN gibt. Und dein Handy funktioniert genauso. Also, wo ist das Problem?“

Latif strich über seine Stirn, die von tiefen Falten durchzogen war. „Ok! Du sagst, wir sollen gehen. Ok! Dann gehen wir erst mal in unser Domizil in den Süden. Ich muss noch einiges im Büro regeln und komme heute Abend früher nachhause. Dann packen wir unsere Sachen.“

Zwar war Latif noch nicht bereit, das Land zu verlassen, aber die Stadt. Erleichtert fasste ich ihn an der Hand und drückte sie fest. Es war eine Geste, die ich hier nicht machen durfte, doch ich sah weit und breit keinen Menschen.

Nun hatte auch uns der Ausnahmezustand erreicht. Nachdem Ahmets Verbrennung im Krankenhaus versorgt war, entließ uns der Arzt mit Medikamenten und der Empfehlung zur Ruhe.

Am Abend kam Latif wie verwandelt nachhause. Fest entschlossen klang sein Schritt, mit dem er unser Heim betrat. Alia und Chayma kehrten von ihrer Party zurück. Latif, Bashar und ich saßen im Fernsehzimmer. Ahmet war oben im Bett. Auf dem Tisch brannte eine weiße Kerze, deren zarter Blütenduft nach Lilien den Raum durchzog und Helligkeit in das Dunkel des Abends spendete.

Sofort berichteten wir unseren Töchter die traurigen Neuigkeiten. Ihre fröhliche Mimik veränderte sich von Null auf Hundert zu einem erschrockenen Ausdruck.

„Meine Lieben, das Unmögliche ist eingetroffen. Erst jetzt sehe ich den Ernst der Lage. Unser Leben ist in Gefahr. Morgen Früh ziehen wir in unser Wochenendhaus."

„Was heißt das? Wir können doch nicht einfach gehen. Unsere Freunde." Chayma verstand nicht und schüttelte heftig den Kopf.

„Wenn du Ahmet draußen liegen gesehen hättest, würdest du so nicht denken." Bashar schaute sie vorwurfsvoll an.

„Bevor ihr jetzt streitet, sage ich euch, wir können nicht mehr nach anderen schauen. Wir sind verpflichtet, an uns zu denken. Und deshalb müssen wir unser Familienhaus vorübergehend verlassen."

„Dad, was heißt das?" Alias Furcht lag in ihrer Stimme.

Stille. Latif ließ die Schultern hängen. Seine Augen blickten in die Dunkelheit der Nacht, als suchten sie einen lichtvollen Weg. „Wir packen jetzt die wichtigsten Sachen. Jeder nimmt maximal einen Koffer. Angel packt alle Lebensmittel ein, die im Haus sind. Ich kümmere mich um die Ausweise. Vir soll den Wagen volltanken und morgen früh fahren wir los. Für wie lange, das steht noch in den Sternen."

Alias und Chaymas mitgebrachte Freude war verflogen, verschwunden wie ein Haus nach einem Tsunami.

XXI. Kapitel

Wir flüchteten in unser Wochenenddomizil ans südliche Meer. Eine ungewohnte Lebensart für uns kam auf. Schulfrei, zurückgehende frische Lebensmittel, mangelndes Trinkwasser. Statt frischen Fisch gab es Dosenfutter und vertrocknetes Obst. Frischer Fisch ging ins Ausland und war die neue Dividende für das Land. Jeder Fang wurde exportiert, um Geld für die von der Revolution lädierte Wirtschaft zu erhalten.

Zu allem Überfluss veränderte sich Alias Gestalt immer sichtbarer. Mein Verdacht, sie würde dünner werden, stritt sie ab. Doch behielt ich sie im Auge. Ich hoffte auf die Ruhe an der Küste und wollte mir mehr Zeit für die Kinder nehmen. Ich begann, meine Gedanken über den Einfluss der Revolution auf meine Lieben kreisen zu lassen.

Die Oberschicht der bahrainischen Bevölkerung zog es vor, sich ins Ausland, in ihre Urlaubswohnsitze nach Marbella oder in die Staaten abzusetzen. Viele hatten mindestens eines ihrer Kinder in New York zur Welt gebracht, wodurch sie jetzt im Genuss großer Vorteile waren.

Abdallah und Layla zogen in ihre Residenz nach Malaysia. Ihr Angebot, mitzukommen, lehnte Latif ab. Er hoffte noch immer auf ein baldiges Ende der Revolution. So mussten wir in unserem Haus an der Küste im Süden des Landes ausharren. Zwar abgeschieden von der Revolution, denn die große Wüste lag dazwischen, aber auch vom Flughafen, der im äußersten Norden lag. Die Supermärkte waren ausgehamstert. Das neue Wort hieß „Sweet Nothing“.

Die Wochenenddomizile, das Paradies der bessergestellten Bahrainer war von den Hartgesottenen und den Ideologen wie Latif überfüllt.

Im Ort waren die Töchter und Söhne unterwegs. Die Mädchen schlenderten in ihrer teuren Designerkleidung unter der Abaya und einer gepflegt aufgetragenen Kosmetik auf und ab. Trafen sich im einzigen Café und rauchten Hubbly-Bubbly. Die junge stolze Männlichkeit fuhr in ihrem von Daddy gesponsorten Wagen der World-Premier-League vor und hielt durch ihre schwarze Sonnenbrille Ausschau. Ausschau nach der schönen Weiblichkeit unter der schwarzen Seidenabaya. Sie ignorierten die Realität, die sich im Norden des Landes abspielte.

Am kleinen Strand in U-Form, mit weichem, feinem Sand, etwa fünfzig Meter auf vielleicht eins Komma fünf Kilometer Länge, waren vorwiegend Männer zu sehen, die ihre Zeit auf Jet-Ski verbrachten oder sich bei Beachvolleyball vergnügten. Im Meer hielt sich keiner auf. Die Jugendlichen spielten Fußball, sogar geschlechtlich gemischt, solange es die Figur des Mädels und der Glaube zuließ. Die Kleinkinder befanden sich unter der Obhut ihrer Maids auf dem Spielplatz. Und die Frauen? Sie hielten sich hinter den weißen Mauern auf, die ihr Haus mit Zugang zum Meer, in das sie nicht gingen, umzäunten. Die Melodie von „It´s a men´s world" kam mir in den Sinn. Alles war wie immer an den Wochenenden. Kein einziger Schimmer der Revolution des Landes lag in der Luft.

Ich sah auf das Meer. Die Sonne brannte herunter. Trügerische Urlaubsstimmung herrschte. Hohe Wellen kamen auf. Ein knallrotes Jet-Boot. Einige Sunnyboys der Halbinsel zeigten ihren überschwängli chen Spaß. Alle, die noch an ein relativ schnelles Ende glaubten und ihr Heimatland nicht verlassen wollten, hielten sich hier auf. Imke und Ali auch. Brigid und Faruk waren nach Irland, ihre Heimat, geflogen. Ein Teil unserer Kinder vertrieb sich die unfreiwillige schulfreie Zeit vorwiegend am Beach. Bashar nahm seinen Fußball mit zum Strand. Ahmet zog es vor, sich hinter einem Buch zu verstecken. Obwohl seine Wunde wieder verheilt war, wollte er vom Fußball nichts mehr wissen. Alia schwang sich auf ihr Fahrrad und fuhr zu einer Freundin. Chayma blieb meistens im Garten. Sie legte sich auf den Rasen, schaute in den bläulich wirkenden Himmel und genoss den Blick auf die Meeresstraße. Alle versuchten Abstand zur Revolution zu bekommen.

Nur Latif fuhr des Morgens unbeeindruckt von der Revolution der Schiiten zurück in sein Stadt-Büro. Meine eindringlichen Worte, seine Arbeit von zuhause aus zu erledigen, verflogen wie Wüstensand im Wind. Eines Spätnachmittags hörte ich quietschende Reifen mit anschließender Vollbremsung vor unserer Haustür. Die Wespen, die schon tagsüber meinen Bauch besetzt hatten, explodierten und ließen meinen überhitzten Körper in großer Unruhe zur Tür stürzen. Ich riss sie auf und sah eine Gestalt, dessen Antlitz in einem meiner Alpträume vorkommen könnte. Latif! Mit blutigem Gesicht! Ich stützte ihn und führte ihn ins Bad, um ihn zu versorgen.

„Nachdem ich im Büro fertig war, schlug ich den Weg durch Straßen ein, die gesperrt waren. Ich fuhr mit unserem Cayenne um die Mauer der Sandsäcke und erhoffte Zeit zu gewinnen." Latifs Rede-Rhythmus war ungewohnt langsam und von Seufzern unterbrochen. Ich wischte ihm mit einem feuchten Tuch das Blut aus dem Gesicht.

„Es war ein Viertel, in dem viele Schiiten leben. Wohl mehrere Fahrer dachten, sie seien durch die Abkürzung schneller. Genau wie ich – töricht! Die Autos stauten. Und plötzlich kamen aus allen Häusern, wie auf Kommando, Männer mit Steinen. Die Fahrer hupten unruhig und unkontrolliert. Deswegen kamen sie trotzdem nicht schneller vorwärts und die Anwohner hatten ihre Chance. Zunächst warfen sie die Steine nur auf Reifen, Motorhauben oder Türen. Auf das Blech. Doch dann kamen fünf Jugendliche, deren Groll schon im Gesicht von weitem zu erkennen war. Blind vor Wut warfen sie die Steine. Nur langsam bewegte sich die Autoschlange. Immer wieder hörte ich, wie Scheiben zerklirrten." Latif stand gebeugt am Waschbecken. Sein Blick verriet Angst und Entsetzen. Angel war mit einem Hocker und einem Glas Wasser herbeigeeilt.

„Tut dir etwas weh?"

Latif schüttelte mit dem Kopf, setzte sich und nahm einen Schluck. „Kurz bevor ich die Straße verlassen konnte, schlug ein Stein von der Seite durch mein Fenster. Obwohl ich mich duckte, erwischten mich die Splitter und der Stein prallte an meinem Oberarm ab."

Die beste Versorgung, die in diesem Moment möglich war, hatte ich mit Angels Unterstützung an Latif ausgeführt. Latif wechselte auf die Couch ins Wohnzimmer. Ich hüllte ihn in eine Wolldecke. Für einen kurzen Moment setzte ich mich auf die Kante und streichelte seine Wange. „Latif, hat´s des gebraucht?"

Er schloss seine Augen und schluckte leise. „Du hast so recht gehabt. Aber ich wollte die Situation nicht wahrhaben und dachte auch nicht im Traum daran, dass sie so eskaliert ist."

Ich dachte, er habe sich besonnen. Nun würden wir gehen. Dann brachte er seine letzten Worte heraus, bevor ich den Raum verließ. „Sophie, ich werde meine Arbeit von hier aus erledigen. Ich habe meinen Laptop und das Handy. Aber weißt du, mir war das Haus hier zu eng geworden. Den ganzen Tag die Kinder um mich herum. Kein ruhiger Platz. Und ich wollte auch andere Lebensmittel mitbringen. Aber dazu kam ich dann nicht mehr. Mit Mutter hatte ich telefoniert. Sie wollen unbedingt in ihrem Haus bleiben. Vir wird für sie die Notwendigkeiten besorgen, so brauchen sie nicht außer Haus."

„Latif, schlaf erst einmal. Danach sehen wir weiter."

Leise, fast schläfrig waren seine Worte, die er langsam von sich gab. „Stolz war ich stets auf mein Heimatland. Doch wird es mit Gewalt durchzogen. Was ist aus meiner Heimat geworden, aus meinem arabischen Paradies?"

„Latif, es ist Zeit, dass du im Hier und Jetzt denkst und nicht an das, was war." Ich stand auf und ging hinaus in den Garten. Dabei sah ich, wie Angel die Schulter anhob und einen unmissverständlichen Seufzer losließ und an ihre Arbeit in den Bügelraum ging.

Im Garten stand Chayma nahe dem Übergang zum Meer. Sie warf Steine in das Wasser. Mir war nicht klar, ob sie vom Zwischenfall mit ihrem Vater etwas mitbekommen hatte.

XXII. Kapitel

Inzwischen plünderten die Schiiten mehr denn je und demolierten die Autos der Oberschicht. Journalisten aus aller Welt berichteten. Die UN schaltete sich ein. Sie redeten viel und machten wenig. Am wenigsten die USA. Die Wochen, in denen sich das eine verbesserte und das andere verschlechterte, vergingen. Latif hatte sich wieder erholt und sich mit dem Verbleib in unserem Strandhaus arrangiert. Bei Alia hingegen gewann ich den Eindruck, ihre Gestalt würde sich in kleinen, aber feinen Schritten verändern. Sie mied es, auf meine Worte zu reagieren. Ich beobachtete sie weiterhin, wollte sie nicht allzu bedrängen, um einen völligen Rückzug zu vermeiden. Schließlich war sie auch in der Pubertät, in der sich zur äußeren Befindlichkeit einiges im Körper bewegte und veränderte. Auch bei meinem ungewissen Verdacht gegenüber Bashar kam ich nicht weiter. Ich bat Latif, die Augen ihm gegenüber offen zu halten und des Öfteren die Familie in den Vordergrund zu stellen.

Jeden dritten Tag trafen wir uns bei Bekannten. Wir besprachen die Lage. Manchmal, wenn Latif und ich auf dem Fahrrad unterwegs waren, fuhren wir zur Beach. Nur wenige Freunde sichteten wir. Für jeden war es die Zeit des Neuen, des Umbruchs.

Das Verhalten von Bashar und Alia bereitete mir große Sorgen. Dennoch erwähnte ich noch nichts und hielt in der folgenden Woche, die zu unserer zehnten im Exil werden sollte, die Augen offen. Die neue aufgezwungene Lebenssituation begann Risse zu bekommen. Die Nahrungsmittel im Haus waren aufgebraucht. Ins Landesinnere zu fahren, war verboten, und die Produkte des einzigen Supermarktes vor

Ort neigten sich dem Ende zu. Es kriselte. Alle waren verzweifelt.

Es war Donnerstagabend. Ich hatte beobachtet, dass Ahmets Verhalten gegenüber jedem und allem aggressiver wurde. Die Wunde sah zwar zunehmend besser aus, doch die innere Veränderung schien der Auslöser seines auffälligen Benehmens zu sein. Er saß auf der Couch und schaute eine Nachrichtensendung an.

„Wegen dieser Schiiten sitzen wir jetzt fast drei Monate hier in diesem kleinen Haus. Jeden Tag gibt es das gleiche Essen. Ohne Garnelen. In die Schule können wir auch nicht gehen. Es ist total langweilig. Kann dem nicht bald ein Ende gesetzt werden, damit wir wieder zurück können?“ Ahmet strich schnell und kräftig über seine Wunde. Wollte er es ungeschehen machen oder damit die Schiiten aus dem Land vertreiben?

„Ahmet, ich verstehe deine Wut. Aber es sind doch deine Brüder und Schwestern. Sie sind doch Moslems wie du.“

„Das sind keine Brüder, die mich verbrennen.“ Seine Zornesfalte ging tief in die Stirn.

„Aber, Ahmet, wie verbissen denkst du denn? Das geht nicht. Die Schiiten sind genauso Moslems wie die Sunniten. Da gibt es keinen Unterschied. Und wenn man so rigoros vorgeht, wie es zur Zeit geschieht, dann ist es nicht verwunderlich, dass sie sich wehren. Mein Sohn, du bist doch gebildet und unterhältst dich immer mit deinem Vater. Ist dir noch nicht aufgefallen, dass dieser inner-moslemische Kampf der gleiche ist, wie im Mittelalter in Europa, als sich die Protestanten von den Katholiken abgespalten haben? Es gab auch damals Kriege, aber inzwischen leben sie friedlich miteinander und erkennen sich gegenseitig an. Dieser schiitisch-sunnitische Kampf ist genauso unnütz wie die Glaubenskriege damals.“

„Nichts ist unnütz.“

Mit leiser Stimme sagte ich: „Schau, mein Junge, dein Cousin ist Halbjude. Ich bin Christin. Sind wir deshalb schlecht? Haben wir deswegen deine Liebe nicht verdient?“

Mit traurigen Blicken schaute er von seinem Arm auf in mein Gesicht. „Es tut mir leid, Mum. So war das nicht gemeint."

Gerade wollte ich aufstehen und ihn in den Arm nehmen, da knallte die Haustür. Durch das moderne Wohnkonzept des Hauses waren Wohnzimmer, Küche und Eingang ein einziger großzügiger offener Bereich. Latif, der in der Küche stand und über die Leere im Kühlschrank schimpfte, schaute um sich. Wir alle sahen Bashar gleichzeitig. Er kam zerzaust und wacklig auf den Beinen nachhause.

Ich passte ihn an der Treppe ab. „Ja, wie schaust du denn aus? Wo kommst du her? Was hast du gemacht?" Entsetzt sah ich seine Gestalt, die nicht Gutes versprach.

„Vom Strand. Fußball gespielt." Seine Worte waren langsam und undeutlich.

„Und warum stolperst du ins Haus?"

„Weil es so warm ist und ich müde bin. Außerdem ist mir schwindelig." Schlapp lehnte Bashar an der Wand. Er wollte die Treppe hinauf und musste dazu an mir vorbei. Eine Fahne, die nicht nach Fußball roch, flatterte mir entgegen.

„Das ist kein Geruch, der nach deinem Hobby riecht. Der Sand fehlt auch in deiner Kleidung. Ich frage nochmal: Wo warst du?" Unsere Unterredung wurde unwillkürlich lauter. Doch anstelle mir eine Antwort zu geben, wackelte er die Stufen hinauf.

Latif war energisch hinzugekommen und stellte sich ihm in den Weg. „Gib deiner Mutter Antwort, wenn sie dich fragt."

„Ach, lasst mich doch alle in Frieden." Bashar schubste seinen Vater zur Seite und nahm eine weitere Stufe.

Latif redete in seiner Muttersprache auf seinen ältesten Sohn ein. In seiner Stimme schwang Unmut. Bashar ließ sich jedoch nicht aufhalten.

Aus dem Hintergrund kam Ahmet hinzu und sagte: „Bashar, komm, lass dir helfen. Ich gehe mit dir hoch in dein Zimmer." Plötzlich drehte sich Bashar um und antwortete auf seine Weise. Er hatte seinen Körper nicht mehr unter Kontrolle. Die Würgegeräusche ließen den überschüssigen Inhalt, ein Gemisch aus grünem Brei und brauner

Flüssigkeit, auf Latifs Brust folgen. Latif war übersät. Ahmet schluckte mehrfach und hielt seinen Atem flach. Er nahm seinen Bruder am Arm und führte ihn die Treppe hinauf. Latif und ich gingen hinterher. Bashar torkelte die Stufen hinauf und brach bewusstlos im Badezimmer zusammen.

Latif schlug ihm auf die Wangen und rief: „Bashar, Bashar!" Keine Reaktion. Meine Knie zitterten. Mein Herz pochte mir bis zum Hals. Der Gestank im Bad und auf der Treppe war *berauschend* fürchterlich. Ich gab Ahmet ein feuchtes Tuch für Bashars Stirn. Keine Reaktion. Latif pumpte auf seinen Magen. Nichts. Ich steckte meinen Finger bis zum Anschlag in seinen Mund. Mir wurde selbst übel. Bashar zeigte immer noch kein Lebenszeichen. Angel, die hinzugekommen war, gab mir einen Krug mit Wasser. Ich zögerte, aber schüttete es ihm nach und nach über sein Gesicht. Langsam, wie mit Blei beschwert, zog er seine Augenlider in die Höhe. Latif und Ahmet redeten ihm gut zu, er solle wach bleiben und würgen, sich übergeben. Nochmals steckte ich meinen Finger tief in seinen Mund. Ich hatte ihn noch nicht wieder draußen, da begann er zu spucken. Es war eine Befreiung. Endlich kam alles heraus, was nicht zu ihm gehörte. Dick, dünn, farbig!

Die Anspannung in mir wich großer Erleichterung. Doch mir wurde vom Geruch immer schlechter. Im anderen Badezimmer wusch ich mit einer Intensität meine Hände, als solle meine komplette Last in den Kanal fließen.

XXIII. Kapitel

Nachdem ich mich vergewisserte, dass es Bashar wieder besser ging, lief ich hinaus auf den Balkon. Ich atmete tief durch. Hielt mich am Geländer fest und ließ einen lauten Schrei los. Was war hier passiert?

Leichenblass stellte Alia sich neben mich. Sie war gerade von ihrer Freundin zurückgekommen, als Bashar ins Bad schwankte.

„Ich wusste es. Schon seit Wochen hielt er sich mit seinen neuen Freunden im Café auf und rauchte Wasserpfeife. Er drohte mir, wenn ich etwas sagen würde, gäbe es Schläge. Und so hielt ich meinen Mund." Traurige Augen aus ihrem blutleeren Gesicht schauten mich an.

Nun verstand ich. Da hat wohl mein geliebter Bashar Hubbly-Bubbly geraucht, die eine vielfache Wirkung von Zigaretten hat. Kein Alkohol war zu kaufen, aber Hubbly-Bubbly, dachte ich. Laut sagte ich zu Alia: „Und deshalb hast du auch nichts mehr gegessen. Hast alles verweigert und dich auf dein Zimmer zurückgezogen. Oh, mein Schatz, versprich mir, dass du mir ab sofort alles sagen wirst, was dich bedrückt. Weißt du, wie soll ich dir helfen, wenn ich nicht weiß, was dir fehlt?" Ich erkannte ihre kraftlose Haltung. Liebevoll nahm ich sie in den Arm. Erschrocken spürte ich, wie mager sie geworden war. „Dich trifft keine Schuld, meine Liebe. Die Umstände im Land sind so verrückt. Mach dir keine Sorgen. Wir wissen jetzt Bescheid. Bashar wird dort nicht mehr hingehen und du kannst wieder essen. Und wir müssen eine Lösung für unsere Familie finden."

Seit einiger Zeit war mir Alias Nicht-Essen aufgefallen. Schon immer hatte sie Probleme mit dem Essen. Ihren Lebensgeist hatte sie mit ihrem wachsenden Appetitverlust verloren. Mit ihrer Kleidung, die sie wie eine Zwiebel mehrfach übereinander trug, kaschierte sie gekonnt ihre Figur.

Was muss noch alles passieren? Es ist diese schreckliche Revolution! Nachdenklich schaute ich vom Balkon auf das Meer und die gegenüberliegenden Häuser. Die Revolution hat alles verändert. Sie brachte uns hierher und weckte mich auf.

Ich fühlte eine große innere Leere. Eisige Kälte stellte meine Härchen auf den Armen auf. Ein ungewöhnlich kräftiger Wind wirbelte meine Haare durcheinander. Das umherschwirrende Meeressalz belegte so intensiv meine Zunge, dass ich das Bedürfnis nach frischem Lebenswasser hatte. „Verzeih, mein Kleines. Jetzt wird alles gut. Vertrau mir. Einiges wird sich ändern. Dafür sorge ich."

Mit ihren großen Augen im zarten Gesicht schaute Alia mich an. Sie biss auf ihre Lippen. Ich beugte mich vor und hielt sie an beiden Oberarmen fest. Wir standen uns von Angesicht zu Angesicht gegenüber.

Alia stammelte mit leiser, krächzender Stimme: „Wir dachten, nach zwei bis drei Wochen würden wir wieder nachhause fahren. Aber jetzt sind wir schon ewig hier. Es ist langweilig. Das Essen ist überhaupt nicht mehr wie früher. Nur noch Dosenfutter. Und Chayma redet auch nicht mehr viel. Ich habe sie noch nie so viel schreiben sehen wie hier. Und du glaubst gar nicht, mit welchen Augen mich Bashar oft angeschaut hat. Ich hatte ihn am Strand mit den anderen Jungs und der stinkenden Wasserpfeife gesehen. Und ihr habt geglaubt, er würde Fußball spielen. Nur weil er ihn mitgenommen hatte. Er spielt schon lange nicht mehr. Wie leicht ihr doch zu täuschen seid. Und Ahmet redet weiterhin mit Vater über die Revolution. Ich hatte das Gefühl, sie seien nicht davon betroffen, so wie sie redeten."

Der Stich drang tief in mein Herz ein. Mein Mutterherz schmerzte. Ein Gefühl der Schwäche umklammerte mich. Angst machte sich breit. Mein Körper zitterte. Die Mundwinkel zuckten, als hätte *ich* eine

Überdosis Drogen genommen. Ich konnte es nicht fassen. Meiner sensible zarten Alia war mehr aufgefallen, sie hatte vieles bewusster aufgenommen als ihre Mutter, die gut dreißig Jahre älter war. Aber das würde sich nun ändern!

Ich gab ihr einen liebevollen Kuss auf ihre blasse Wange. „Lass uns reingehen. Es wird frisch."

Inzwischen hatte Angel das Badezimmer mit seinem sauren Geruch im Griff. Nach der Dusche brachte Latif seinen Sohn fürsorglich zu Bett. Er zog die Bettdecke über seine Brust und saß auf der Bettkante. Als ich am Türrahmen stand, strich er ihm über Stirn und Gesicht. Ahmet saß auf der anderen Seite und streichelte Bashars Hand. In arabischer Sprache unterhielten sie sich leise. Langsam und undeutlich waren Bashars Antworten. In Latifs Worten schwang eine Stimmung, die ich an ihm noch nie zuvor wahrgenommen hatte. Ich entdeckte einen Vater, der zärtliche Vaterliebe schenkte. Konnte es nicht schon früher so sein? Das Bild meiner zusammensitzenden Männer erschien mir wie das Siegel eines goldenen Dreiecks, verbunden durch das unsichtbare Band der Liebe.

Ich ging nach unten und sah nach Chayma. Im Schneidersitz saß sie auf dem Rasen. Ihren Kopf hatte sie in die linke Hand gestützt. Sie zupfte das Gras aus und warf es weg. Der Wind wehte es Richtung Meer. Stumm setzte ich mich neben sie. Schaute ihr zu und blickte auf das glitzernde, ruhige Wasser.

Nach einigen Minuten der Stille legte sie ihre Hand auf meine. Ihre dunkelschwarzen, runden Augen offenbarten große Traurigkeit. Ich nahm ihre Hand und drückte sie fest mit beiden Händen. Küsste ihren Handrücken und hielt ihn an meine Wange. Unsere Hände blieben verschränkt.

„Meine liebe Chayma, du bist noch so jung und hast schon so viel erleben müssen, was ich nie dachte und schon gar nicht gewollt habe. Es tut mir unendlich leid, dass alles so gekommen ist."

„Was wird jetzt?", fragte sie mit leiser, zittriger Stimme.

„Tja! Ich rede heute Abend noch mit eurem Vater. Bashar muss hier weg und Alia auch. Wir müssen alle weg. Und zurück können wir nicht mehr."

Ich wollte ihr nicht sagen, dass ich nicht mehr zurück wollte. Denn sie liebte genauso wie Ahmet und ihr Vater am meisten das Land. Ihre Heimat. Stumm, einander festhaltend, saßen wir dort mit Blick auf das Meer.

Lange Zeit später kam Latif, geduscht und mit frischer Kleidung. Er sah müde aus. Um Jahre gealtert. Chayma hatte ihren Kopf auf meine Beine gelegt, die Füße links von sich gestreckt und die Knie leicht angewinkelt. Ihr Atem war flach und kaum hörbar. Sie sah aus, als schliefe sie. Ich bat Latif, sich rechts neben mich zu setzen, damit wir nicht über Chaymas Körper hinweg reden müssten. Sie könnte wach werden. Das wollte ich verhindern.

„Latif, wir müssen jetzt etwas unternehmen. Unsere Familie ist am zerbröckeln. Die Kinder kommen mit der Situation hier nicht zurecht, vielleicht benötigen sie ärztliche Hilfe, das heißt Therapie. Es macht keinen Sinn hier zu bleiben und unserem Familienelend zuzuschauen. Lass uns fortziehen von hier. Zumindest so lange, bis hier wieder alles im Lot ist."

„Wie stellst du dir das vor? Weggehen? Wohin?"

„Siehst du immer noch nicht, wie es deinen Kindern geht?"

„Doch. Sicherlich. Da arbeite ich tagein, tagaus – und dann endet alles im Drama."

„Lass deine Arbeit aus dem Spiel. Betrachte die Situation neutral. Die Kinder sind mit dem Wandel nicht fertig geworden. Sie haben sich ihren Weg gesucht, um damit umzugehen. Müssen noch mehr Kinder in den Brunnen fallen, bevor du die Situation wirklich realisierst? Und was ist mir dir? Der Stein, der dich ins Gesicht getroffen hat, reicht wohl nicht. Unsere Kinder sind das Wichtigste. Wir sind verantwortlich. DU bist verantwortlich. Wir können hier nicht bleiben. Layla hatte uns ihre Wohnung in San Francisco angeboten. Sie sind jetzt in Malaysia. Sie steht leer."

Latif schaute mich nachdenklich an. „Mmh! Das hatte Abdallah auch zu mir gesagt. Ich habe abgelehnt, weil ich der Meinung war, wir würden das hier schon schaffen."

„Jetzt ist es aber anders. Ich warte hier nicht auf die Entwicklung im Land, wo auch immer sie hingehen wird. Zurück geht es jetzt auch nicht mehr. Wir fragen Imke und Ali, ob sie uns mit ihrem Schiff nach Dubai bringen können, um von dort nach San Francisco zu fliegen. Und wenn du es jetzt nicht einsiehst, gehe ich allein und werde die Kinder mitnehmen. Es ist Zeit, deinen Part in die Hand zu nehmen, um die Familie zu retten. Ich schaue nicht mehr zu. Du kannst mich hier und jetzt nicht mehr festhalten. Make a change!"

Latif schaute mich entsetzt an. „Glaubst du, ich lasse alles zurück? Unsere Immobilien? Sollen wir sie den Schiiten überlassen? All das, wofür ich gearbeitet habe, wäre dann mit einem Schlag weg? Es wäre totes Material für uns." Latif machte eine kurze Pause. Er hatte einen leeren Blick in seinen Augen, die an mir vorbeischauten. Halb verträumt, halb anwesend ergänzte er: „Alles wollte ich dir geben. Meine Liebe. Den goldenen Luxus von Bahrain. Und was bleibt übrig?"

„Latif, wenn du mir Vertrauen schenkst und mir die großherzige Liebe gibst, die ich zur Hochzeit von dir empfangen habe, dann wird alles gut. Ganz egal, wo wir leben. Wichtig ist, wir sind gesund und eine Familie. Und die Immobilien – da siehst du, was materielle Werte wert sind, an die du auch noch festgebunden bist." Ich ließ nicht locker. „Schau, wir müssen nicht für immer gehen, wenn du unbedingt hier sterben willst. Aber nicht jetzt und nicht aus Leichtsinnigkeit und Sturheit. Wir haben die Option, für unsere Familie an einem gewaltfreien Ort zu sorgen. Wenn wir später zurückkehren wollen, können wir wiederkommen, wenn Friede für alle herrscht. Vorher setze ich keinen Fuß mehr in dieses Krisenland. In dieses Kriegsland."

„Nenn mir bitte ein gewaltfreies Land auf dieser Erde. Überall wird in irgendeiner Form Gewalt angewendet. Geschossen. Gefoltert. Es gibt kein Land, das in Frieden lebt."

„Ja, sicher. Wir müssen ja nicht nach Uganda oder Nordkorea gehen. Und in Amerika haben auch viele eine Waffe. Aber trotzdem ist es kein Krisen- oder Kriegsgebiet. Du kannst hier bleiben, die Lage mitanschauen und abwarten. Und den Teufel für die anderen Länder der Welt an die Wand malen." Ich schüttelte meinen Kopf und fuchtelte ständig mit meiner linken Hand herum. Dabei musste ich aufpassen, Chayma nicht zu streifen. „Was soll das jetzt? Wie lange willst du die Augen noch zumachen?" Ich spürte Wärme an meinem Hals. Die roten Flecken mussten wieder aufgekommen sein.

„Du glaubst, ich bekomme nichts mit von den Misshandlungen in unserem Land? Falls du es vergessen hast, meine liebe Sophie, ich habe vor gar nicht allzu langer Zeit selbst die Gewalt gespürt." Latif fuhr über sein Gesicht, in dem die Narben zu spüren waren.

„Was hält dich dann noch hier? Warum diskutieren wir über eine Sache, deren Entscheidung längst gefallen ist?" Ich schaute auf Chayma. Ob sie die Diskussion mitbekommen hatte?

Nun zupfte Latif das Gras heraus, ließ es wieder los und vom Winde verwehen. Mit gesenktem Kopf blickte er auf seine Tätigkeit, als wäre es eine neue Erfahrung für ihn. Er stand auf, holte sein Handy heraus, wählte und redete dann Arabisch. Er lief auf und ab. Vor und zurück. Sein Blick war ernst.

„Morgen Nachmittag gegen fünf Uhr. Wenn es dunkel ist, kommt Ali mit seinem Boot. Er kümmert sich um unseren Flug." Chayma sprach mit geschlossenen Augen. Sie schlief nicht. Sie hörte bei dem Telefongespräch mit. Ich war stolz auf sie. Sie verstand und sprach ohne Schwierigkeiten die Sprache ihres Vaters, ihrer Heimat. Arabisch, die Sprache, die mir stets zu kompliziert und fremd erschien. Die Sprache, bei der ich zu wenig Gefühl empfand. Die so hart und barsch aus dem Rachen kam. Mit der ich die finsteren Blicke der jordanischen und saudischen Grenzsoldaten verband. Nie hatte ich Ambitionen, die Sprache des Vaterlandes meiner Kinder wirklich zu lernen. Ich begann und brach ab. Wir passten nicht zusammen. Und ich musste es auch nicht lernen, denn es gab doch die allverbindende Sprache Englisch. Aber vielleicht wäre alles anders verlaufen, hätte Latif Deutsch und ich Arabisch gelernt. Trotz allem fühlte ich mich in diesem Moment wohl.

So wohl, wie man sich in einer solchen Situation nur wohl fühlen konnte. Latif hatte zum ersten Mal in unserer Ehe bei einer wichtigen Entscheidung meinen Rat angenommen! Er hatte auf mich gehört! Ihm war unsere Familie wichtig. Ein Gefühl der Glückseligkeit überkam mich.

Latif telefonierte lang und redete intensiv. Dann kam er zu uns, setzte sich neben mich auf den Rasen und berichtete, was ich zum Teil schon von Chayma erfahren hatte.

„Ich weiß."

Er sprach weiter.

„Ich weiß."

„Warum sagst du ständig, ich weiß?"

„Du hast eine intelligente Tochter, die sich an mich lehnt."

Latif schaute ihr lächelnd ins Gesicht. Stolz stand in seinen müden Augen. Chayma hatte ihre Augen geschlossen und tat wieder so, als würde sie schlafen. Vielleicht schlief sie diesmal wirklich.

„Meine Liebe, was machen wir mit Angel? Ich schlage vor, wir nehmen sie mit." Er schaute mich an, als wäre es ein toller Vorschlag, der nach „Hurra" schrie.

Mich schauderte bei der Frage. Ich konnte seine Gedanken nicht teilen. „Was soll denn diese Frage jetzt noch? Natürlich werden wir sie mitnehmen, wenn sie mitkommen will. Schließlich hat sie Jahre deine Wäsche gewaschen und für dich gekocht. Und jetzt willst du sie abschieben, weil sie dir ein Anhängsel sein könnte. Oder willst du mir sagen, du hast kein Geld, dann gebe ich dir für ihr Ticket eine meiner Rolex. Wir gehen alle zusammen."

Latif zuckte während meines Vortrags zusammen. Mit hängenden Schultern stand er vor mir und raufte sich die Haare. „Entschuldige, meine Liebe. Natürlich hast du recht. Sorry about that! Ich bitte um Verzeihung, Habibti."

„Inshallah!"

Latif nahm meine Hand und gab mir einen zärtlichen Kuss, den in dieser stockdunklen Nacht noch nicht einmal der Mond sehen konnte.

„Eine Rolex für Angels Ticket.“ Er lachte. „Wenn ich je verstanden hätte, wie wenig wichtig dir letztendlich dein Schmuck ist, dann hätte ich nie so viel arbeiten und noch für den Notfall ein Konto in der Schweiz eröffnen müssen. Alles wäre einfacher gewesen.“

Ich wusste nicht, sollte ich jetzt überrascht sein, erbost oder lachen? Welche Geschäfte erledigte er ohne mein Wissen, während er mir Geld vorzählte und ich zu IKEA gehen musste? Ich wollte einfach nicht mehr über all das nachdenken. Das fehlende Vertrauen, die Pflichterfüllung. Ich sah hinaus auf das Meer, das jetzt hoffentlich wirklich glitzernd zu mir kommen sollte.

„Komm, meine Liebe, gehen wir ins Wohnzimmer und informieren unsere Kinder über die Entscheidung.“

„Ich hole Ahmet und Alia. Bashar wird sicherlich schlafen“, sagte Chayma mit leicht verschlafener Stimme.

„Ja, meine Liebe, mach das. Und sag auch Angel Bescheid.“ Mit entspanntem Lächeln schaute Latif mich an.

Neugierig saßen sie, der Rest der Viererkette, zusammen und warteten auf das Wort des Vaters. Angel hatte neben ihnen Platz genommen. „Nun, ich will keine Story erzählen. Bestimmt habt ihr mitbekommen, was sich in den letzten Tagen und ganz besonders heute offenbarte. Wir werden jetzt wieder unsere wichtigsten Sachen packen. Ali wird uns mit dem Boot nach Dubai bringen und von dort fliegen wir nach San Francisco. Es ist mir nicht leicht gefallen. Ich liebe mein Heimatland wie ihr, aber die Umstände zwingen uns dazu. Wir sind hier in Gefahr, solange die Revolution tobt.“ Latifs bedächtige Worte füllten den Raum. Er wandte seinen Blick von den Kindern und schaute auf seine Hände, die er gegeneinander rieb, als wolle er jede Ungewissheit zermahlen. Langsam hob er seinen gesenkten Kopf und fuhr fort. „Meine lieben Kinder, ihr seid mir neben eurer Mutter die wichtigsten Menschen, die ich habe und für die ich bereit bin, alles zu tun. Leider hatte mich zu oft die Arbeit fest umschlungen, so dass ich mich nicht loslösen konnte und mir einiges in unserer Familie entgangen war. Ich möchte mich für meine Fehler bei euch entschuldigen und wäre dankbar, wenn ihr meine Entschuldigung annehmen würdet. Ich verspreche euch, in den Staaten nehme ich mir mehr Zeit für euch und würde mich über eine zweite Chance freuen."

Stille. Sie schauten sich verwundert an. Riesige Emotionen knisterten zwischen uns. Alia fing die Funken auf. Sie ging zu ihrem Dad, umarmte ihn und küsste ihn auf die Wange. „Wir gehen mit, wo auch immer du uns hinführst. Allah wird unser Beschützer sein."

Wie auf Kommando begannen Ahmet und Chayma mit der Laola-Welle. Angel und ich sprangen mit auf. Alia und ihr Dad sahen sich überrascht an und lachten.

XXIV. Kapitel

Die Zeit bis zum nächsten Vormittag verging schnell. Nur die wichtigsten Sachen packte ich ein.

Angel unterstützte mich dabei und sagte: „Madame, mein Weg ist Ihr Weg. Ich freue mich auf unser neues Zuhause." Ein sanftes Lächeln stand in ihrem Gesicht. Vieles geschah in dieser Zeit zum ersten Mal. So auch, als ich sie herzlich umarmte. Nur mit Schwierigkeiten konnte ich meine Tränen unterdrücken. Langsam sagte ich: „Angel, über all die vielen Jahre sind wir in gewisser Weise zusammengewachsen. Du bist schon seit langem ein Teil unserer Familie, warst trotzdem auf Distanz, wie eine Maid sein sollte. Ich danke dir für all deine Arbeit und freue mich über deine Entscheidung."

Am späten Abend knipste ich ein letztes Foto von unserem Wochenendhaus an der Südküste und seinem Blick hinaus. Ich schrieb Oiva noch eine Mail und hängte das Bild an. Dabei informierte ich sie über unseren Ist-Zustand in der prekären Lage. Ich bedankte mich für den Bildband. Sicherlich hätte ich einer Veröffentlichung niemals zugestimmt. Aber im Nachhinein war ich froh und dankbar dafür. Es war ein Neuanfang oder eine Abrundung unseres bahrainischen Lebens.

Am nächsten Tag verabschiedeten wir uns von Bekannten und den Freunden der Kinder. Unser schneller Entschluss überraschte sie, doch sie verstanden unsere Entscheidung. Schon oft hatten wir uns für die großen Sommerferien getrennt, wussten aber stets, ein Wiedersehen war inbegriffen. Aber in diesem Moment war es offen. Wie wird sich alles entwickeln? Mein flaues Gefühl im Magen ließ mich die Einsamkeit spüren, die ich kannte, wenn mir etwas weggenommen wurde. Innere Kühle stellte die Härchen an meinen Armen auf. Ich konnte durch die Jacke die Gänsehaut meiner Arme fühlen.

Angel, ein Driver und Ali luden die Koffer auf das Schiff. Es wurde Zeit. Wir mussten einsteigen. Ali zündete den Motor.

Keiner konnte schlafen. Es war erst früher Abend. Leichter Wind ließ das kleine Schiff schaukeln. Jeder saß auf der Bank der Kajüte und hielt sich fest.

Gedanken der Vergangenheit umzogen mich. Was ließ ich hinter mir? Was würde kommen? War es wirklich eine gute Idee, alles zurückzulassen? Nichts konnte schlechter werden als die letzten Wochen und Monate.

Langsamen Schrittes kam Latif und setzte sich zu mir auf die Bank. Er umarmte mich. Sein Blick war vertraut und warm. „Sophie, ich habe vieles gelernt. Ich glaube, es war der wichtigste Tag in meinem Leben. Ich danke dir für deine Geduld mit mir. Wenn wir in San Francisco sind, möchte ich ein anderes Leben führen. Keinen Sechzehn-Stunden-Job. Ich hänge den Laptop an den Nagel. Ich mache erst einmal nichts. Das können wir uns leisten, von unserem Konto in der Schweiz. Und dann suche ich mir eine Baseballmannschaft, in der ich wieder spielen kann. Schließlich war ich in der obersten Liga der Studenten-Mannschaften. Und nicht zu vergessen – du bist jetzt die Finanz-Meisterin unserer bahrainischen Familie in Kalifornien." Gleichberechtigung lag in seinen Worten. Sein glückliches Lächeln spiegelte Anerkennung.

Mit großer Verzückung folgte ich seinen Worten. Dennoch ließ ich sie im Winde verwehen und wollte mich überraschen lassen, was in Amerika davon ankommen würde. Sobald ich an Deck war, zog ich meine alte ACDC-CD mit „Highway to hell" aus meiner Tasche und warf sie mit großem Schwung in das persische Meer. Vom Himmel gab mir das glänzende Licht einer Sternschnuppe die Kraft zur Veränderung.

Inzwischen waren alle an Deck gekommen. Je näher wir der Küste von Dubai kamen, desto klarer wurde der Himmel. Viele Sterne begleiteten unseren Weg. Bashar sah am wenigsten davon. Die Wellen schlugen mit großer Intensität gegen das Boot und so schaukelte es hin und her. Das Innenleben von Bashars Magen schien sich in dieser Achterbahn nicht wohl zu fühlen und hatte das große Bedürfnis, sich plötzlich und schnell zu entleeren. Er schaffte es noch zur Reling. Der Wind wehte uns den sauren Duft entgegen. Somit hatten auch wir etwas von seiner Besserung.

Latif wollte schon zu einem Vortrag ansetzen. Doch in letzter Sekunde trafen sich unsere Blicke. Er unterließ die Rede und entschuldigte sich stattdessen bei Ali. Mit seinem Lächeln zeigte er Verständnis für die Situation und sagte: „Mit Hilfe des Windes wird das Meerwasser Bashars Begegnung mit der Hubbly-Bubbly hinausspülen."

Ich sah nach meinen übrigen Kindern. Sie saßen dicht beieinander, als würden sie sich gegenseitig wärmen und stärken. Ihre Gesichter zeigten verweinte Augen und große Müdigkeit. Um sie ein wenig aufzumuntern, gab ich jedem einen Dinar. „Kommt, meine Lieben, hier nehmt und werft ihn mit einem Wunsch in das große, unbekannte Meer."

Freudig nahmen sie den Dinar. Ahmets Worte untermalten die kleine Zeremonie: „Unser geliebtes Bahrain, wir vergessen dich nicht. Wir verlassen dich, doch in unserem Herzen wirst du immer bei uns sein. Wenn die Zeit es will, kommen wir wieder."

Sie schauten sich an, zählten bis drei und ließen jeweils ihren Dinar los.

Am nächsten Morgen in Dubai brachte uns ein Taxi zum Flughafen. Latif und ich verabschiedeten uns mit Wehmut von Ali. Latif und Ali tauschten eine intensive Umarmung. In ihren Gesichtern stand die Frage der Ungewissheit, aber auch der Hoffnung auf Besseres.

„Im Leben sind drei Dinge wichtig. Liebe, Vertrauen und Glaube. So liegt es nun an dir, Latif. Make your change. And give change a

chance", sagte Ali, hob die Hand und ging.
„Mabrouk! Alles Gute!" Latif winkte ihm nach.

Ali kannte unsere Familienkonstellation. Die Glaubensmischung. Eine Familie aus Christen, Halbjuden und Moslems.

Welcher Glaube ist der richtige? Gibt es einen richtigen? Ich schaute nicht mehr zurück. Ich stieg in das Taxi und dachte: Auch ein Farbiger wurde Präsident des mächtigsten Staates der Erde.

Epilog

Ein Jahr später.

Der Abend meiner ersten Vernissage war fortgeschritten. Nur wenige Gäste waren noch im Raum. Unsere vier Kinder saßen müde, aber glücklich mit Angel am Bistrotisch bei Oiva und Brigid. Die vielen Eindrücke mussten sie erschlagen haben. Latif und ich standen vor einem der schönsten und anmutigsten Bilder.

Last but not least.

Zwei glückliche Gesichter. Unsere Augen spiegelten unsere große Liebe wider. Auf Brusthöhe hielten wir stolz unsere Diplome der Sprachschule. Es waren Zertifikate für die erfolgreiche Absolvierung der Sprachkurse Arabisch und Deutsch. Das Bündnis unserer Liebe!

„Glaubst du auch, was ich denke?" Verliebt strahlte mich Latif an.

„Dass du glücklich bist?" Latif nickte und lächelte.

„Dass du ein Haus aus der Kolonialzeit in Namibia gekauft hast?" Damit wollte ich Latif aus seiner Reserve locken und grinste.

Latif schüttelte mit dem Kopf. „Nein, meine Liebe. Es ist gut, dass wir es haben, aber Immobilien sind mir nicht mehr so wichtig. Ich meine, das Wichtigste im Leben haben wir. Unsere Kinder, unsere Gesundheit und wir sind das glücklichste Paar der Welt. Ich habe einen Job als Baseballtrainer und du machst dein Hobby zu unserer neuen Geldquelle. Die Vernissage war der Anfang."

Ich zwickte mir mit den Fingern in meinen rechten Oberschenkel. Ist es wahr, was er geade gesagt hat? Träume ich oder habe ich mich verhört? Er erkennt mich als gleichwertige Person an und schenkt mir so viel Vertrauen, dass ich eigenständig arbeiten kann. Es ist fantastisch!

Latif unterbrach meine Gedanken. „Ich bin froh, mit dir den Weg hierher gegangen zu sein. In Bahrain wütet noch immer die Revolution unter saudischer Hand. Im Moment weiß ich nicht, ob ich nochmal zurück will. Denn hier strahlt dein Gesicht so viel Freude und Glück aus, dass es schade wäre, würde es wieder verfliegen."

Wir sahen uns an, sahen auf das Bild, scherten uns um nichts und küssten uns. Inniglich waren wir bis in alle Ewigkeit verbunden.

Autorenprofil

Nachdem die Autorin aus ihrem Beruf als Berufsschullehrerin ausschied, entdeckte sie ihre besondere Liebe zum Schreiben. Bald erschien ihr erstes Buch „Schule macht krank – und dann!?“

Mit ihrem Mann, Robert Gottschalk, lernte sie mehrere arabische Länder kennen. Dort erwachten ihr Interesse und ihre Faszination an der arabischen Kultur und am Orient. Das Erlebte inspirierten sie zu ihrem ersten Roman: „Fenster zur Freiheit – Eine Liebe in Arabien“. Der Autorin war wichtig, keine gängigen Klischees aus westlicher Sicht zu wiederholen, sondern sich auf authentische, vorurteilsfreie Erfahrungen vor Ort zu beziehen.
Die spannende Familiengeschichte findet im nächsten Roman eine Fortsetzung mit dem Schwerpunkt Nahost-Konflikt.

Heike Adami, Jahrgang 1963, lebt in Augsburg.
Weitere Informationen finden Sie unter **www.adami-autorin.de**.

Heide-Marie Lauterer

"Mörderischer Galopp"

Ein Krimi aus dem mörderischen Reitstall-Alltag, unterhaltsam, humorvoll, gnadenlos.

Shelley Rosenberg

"Meine Pferde, meine Heiler"

Lesen Sie die bewegende Autobiografie der Grand-Prix-Reiterin Shelley Rosenberg mit einem Vorwort von Linda Kohanov.

Heike Gäßler

„Der leuchtende Schuh“

Ein Qigong-Roman

Ein spiritueller Roman und eine Liebesgeschichte, die uns an Schauplätze in Taiwan, Indonesien, Singapur, China, Tibet und die Mongolei führt.

Reinhold Fink

"Zeitenschnur"

Lesen Sie einen spannenden, unterhaltsamen Roman, der das alte Wissen der Druiden und Barden heraufbeschwört. Steigen Sie tief hinab in unsere Vergangenheit.

28568018R00146

Printed in Poland
by Amazon Fulfillment
Poland Sp. z o.o., Wrocław